AF188807

Zoe

Damals ist noch lang nicht heute

Schrill, bunt und mit seinem ganz eigenen Groove ersteht in diesem Buch das Berlin der Achtzigerjahre wieder auf. Zoe streift auf der irrwitzigen Suche nach ihrem Mr. Right durch die Musik- und Partyszene der Stadt. Doch so stil- und zielsicher sie auch ist, in einem Punkt versagt ihr Gespür regelmäßig: Männer.

Nicht, dass es nicht funken will – doch meist sind die Objekte ihrer Begierde komplette Nieten oder schwul. Mit einer gehörigen Portion Slapstick entwirft die Berliner Autorin bibo Loebnau das Bild einer modernen Power-Frau, die das Leben nicht nimmt, wie es ist, sondern ihm mit einem charmanten Lächeln die Zähne zeigt.

Endlich – die ungekürzte Geschichte von Zoe!
Mit zusätzlichen Kapiteln.

„Zoe hat das Zeug zum Bestseller!"

Hape Kerkeling

„In this world there are only two tragedies. One is not getting what one wants, and the other is getting it."

Oscar Wilde, „Lady Windermere's Fan"

bibo Loebnau

Zoe

Damals ist noch lang nicht heute

Ein Berlin-Roman

Für Hans und Heidi

Bibliografische Information der Deutschen Nationalbibliothek:
Die Deutsche Nationalbibliothek verzeichnet diese Publikation in
der Deutschen Nationalbibliografie; detaillierte bibliografische
Daten sind im Internet über http://dnb.dnb.de abrufbar.

© 2017 bibo Loebnau

Covergestaltung: Eva Brandt, diekomplizen, Bremen
Lektorat: Doris Engelke
Der Roman erschien erstmals in gekürzter Form unter dem Titel
„Zoe – Sind denn alle netten Männer schwul?" im Eichborn
Verlag (2009)

Herstellung und Verlag: BoD – Books on Demand,
Norderstedt

ISBN: 9783744867412

DER ANFANG

KAPITEL 1

Schwüle Hitze lässt das Kleid an ihrem Körper kleben. Zoe hetzt auf ihren neuen Pumps durch die Bergmannstraße. Ständig muss sie den voll besetzten Tischen der Straßencafés ausweichen. In diesem Moment beneidet sie die sorglosen Menschen, die sich entspannt ihren Cappuccino schmecken lassen und den herrlichen Sommertag genießen. Sie ist spät dran, konnte sich einfach nicht von dem süßen Typen trennen, der sie zum Lunch eingeladen hatte. Nico! Wirklich schnuckelig – trotz, oder gerade wegen, seiner fast zwei Meter Länge. „Im Stehen reiche ich ihm knapp bis zur Schulter, aber im Sitzen sind wir auf Augenhöhe – in jeder Beziehung", überlegt sie und lächelt in sich hinein. „Beim Küssen muss er sich dann eben zu mir runter beugen." Aber so weit sind sie immer noch nicht. Daran hatte sie bis vor Kurzem auch gar nicht gedacht. Dabei kennt sie Nico eigentlich schon seit Jahren. Allerdings hatte er sie bisher nie interessiert, war nur ein sehr flüchtiger Bekannter von Bekannten. Doch seit ein paar Wochen ist das anders. Ihre Mittagspause ist fast vorbei, aber schneller geht's einfach nicht auf den schicken Schuhen.

„Ich hätte sie nicht kaufen dürfen", sagt sie sich an diesem Tag bestimmt schon zum zehnten Mal. „Sie passen nicht und sind total unpraktisch, wenn man den ganzen Tag stehen muss. Und dann noch diese Hetzerei übers Kopfsteinpflaster." Als sie an einem Schaufenster vorbei kommt, muss sie trotzdem bewundernd auf ihr Spiegelbild, mit den neuen, knallroten Pumps, blicken: „Aber sie sehen verdammt gut aus!"

So, nur noch ein paar Meter bis zum Chamissoplatz. Da ist der Laden. IHR Laden – zumindest empfindet sie es so. Sie liebt die kleine Galerie.

Ihre beiden Chefs, Paul und Stefan, könnten ohne sie garantiert dicht machen. Sie schmeißt das Geschäft, kümmert sich um Termine, Künstler, Kataloge und ab und zu auch um die Kunden.

Zoe ist keine echte Galeristin, wollte auch nie eine werden, sondern jobbt seit Jahren vor sich hin. Sie wollte immer etwas Besonderes aus ihrem Leben machen. Was, das war erst mal egal, Hauptsache anders. Sie hatte die Welt bereist, interessante Menschen getroffen und sich amüsiert. Bloß keinen spießigen Allerweltsberuf und keine spießige Klein-Familie! Das war ihr Ziel – und das hatte sie geschafft ... Aber so richtig zufrieden ist sie nicht damit.

Nach dem Abi in Bremen wollte sie nur möglichst schnell weg. Nach Berlin! Das war ihr schon lange klar. Sie liebte die Mauerstadt und fuhr dort hin, so oft die Schule es zuließ. Berlin hatte sie fasziniert, hier konnte sie sich ausleben, studieren, neue Leute kennenlernen. Zoe kostete jede Minute voll aus – tagsüber, aber vor allem nachts.

CHAOS

Im Herbst 1983 war der Tag da, Zoe packte Klamotten und Bettzeug in ihren alten, metallic-grünen Kadett und machte sich auf in ihr neues Leben.

Sie hatte sich an der Uni für Germanistik, Anglistik und Komparatistik eingeschrieben. Eigentlich war es ihr ziemlich egal, was sie studierte, wichtig war nur, dass es das Fach, mit ihrem Notendurchschnitt, an einer Uni in Berlin gab. Gelesen hatte sie schon immer gerne, und ihre Klassenlehrerin war früh von Zoes Begabung für Wort und Schrift überzeugt gewesen – also war Germanistik die logische Konsequenz. Englisch fiel ihr auch immer leicht, somit wählte sie noch Anglistik dazu. Und ihr drittes Fach, Komparatistik, klang so exotisch, dass jeder nachfragte. Wenn sie gleich „allgemeine und vergleichende Literaturwissenschaften" gesagt hätte, wäre ihr so mancher nette Kneipen-Talk durch die Lappen gegangen.

In den ersten Semestern versuchte sie verzweifelt, einen Überblick zu bekommen – ohne großen Erfolg. Sie war genervt, dass sie in überfüllten Seminaren auf dem Boden sitzen und um die interessanteren Kurse mit ihren Kommilitonen losen musste. Also steckte sie ihre Energie in das, was sie eigentlich magisch nach Berlin gezogen hatte – das Nachtleben, die Szene! Nach ein paar Jahren Suche hatte sie endlich das Richtige gefunden: Im „Pinguin Club" musste man nicht betont cool sein, wie in so manchem anderen Laden in den 80ern. Hier war man's oder eben nicht. Beides war okay und keinen interessierte es. Jeder machte hier einfach sein Ding.

Nächtelang saß sie in der Schöneberger Bar und trank ihr Beck's aus der Flasche. Als Bremerin konnte sie gar nicht anders. Beck's aus dem Glas trank man nicht. Sie wohnte in einer hässlich-teilmöblierten Einzimmer-Wohnung in Neukölln, ging aber eigentlich nur zum Schlafen hin. Ihren Kadett hatte sie sehr bald verkaufen müssen, weil ihre Eltern nicht Wohnung und Wagen finanzieren wollten. Aber in West-Berlin brauchte man auch kein Auto. Weit kam man sowieso nicht – irgendwann stand immer unweigerlich die Mauer im Wege.

„Hat allerdings den Vorteil, dass man sich hier nicht verfahren kann", fand sie.

Mit dem 19er-Nachtbus oder der U-Bahn fuhr sie Richtung City. Schöneberg und der „Pinguin Club" waren meist nur die erste Station. Die winzige Kneipe war auf US-Diner getrimmt, an den Wänden hingen Fotos von Film- und Rock'n'Roll-Stars der 50er, und ein Stehtisch war auf einen alten Autoscooter montiert.

Alles gemütlich, aber das Wichtigste war das Beck's. Sie hatte schnell festgestellt, dass es in Berlin gar nicht so einfach war, ein anständiges Bier zu bekommen. Umzingelt von Schulli, Engelhart und Kindl, musste man sich seine kleinen Pils-Oasen erst suchen. Im „Pinguin" war sie fündig geworden und auch sonst war es nett hier. Marianne Rosenberg, inzwischen von der Schlagertante zur Punklady mutiert, und der eine oder andere „Arzt", von der „besten Band der Welt", konnten hier ungestört ihr Bierchen trinken.

Allein fühlte sich Zoe am Tresen nie. Dazu war der Laden zu klein. Hinterm Tresen stand entweder Kneipenwirt Volker, immer ein freundliches Grinsen in seinem roten Gesicht; Gosto, der Charmebolzen mit der Elvis-Tolle, der eigentlich Musiker war und in der Band „Die Helden" spielte, oder ein Schmuse-Punk namens Chaos – der erste „echte" Berliner, den sie kennenlernte.

Heute Abend arbeitete Chaos. „Na, meene Kleene, wie imma?", begrüßte er sie freudestrahlend.

„Wie immer!", antwortete sie grinsend. Das war ihr kleines Ritual.

„Wie findste dit?" Chaos deutete auf den Lautsprecher in der Ecke über der Bar.

„Wieso, ist der neu?", fragte sie verwirrt zurück.

„Nee, ick meen die Musik."

Sie lauschte konzentriert, nahm den Rhythmus in sich auf. Harte, schnelle Beats und eine unbekannte Männerstimme, die nach jeder Menge Rauch und Whisky klang. „Spannend", sagte sie vorsichtig. Bei Chaos wusste man nie so recht, ob er einen nicht aufs Glatteis führen wollte. Sein Lieblingsspiel war TV-Serien-Raten nach Titelmelodien.

Irgendwo hatte er vor einiger Zeit eine Kassette aufgetrieben, auf der die Intro-Musik aller alten US-TV-Klassiker, von „Flipper" über „Bonanza" bis „Daktari" und „Raumschiff Enterprise", waren. Chaos war ein echter TV-Junkie. Mittags, nach dem Aufstehen, lag er meist in Kreuzberg auf dem Sofa und sah sich wieder und wieder sämtliche alten „Enterprise"-Folgen an, die er alle mühsam auf Video aufgenommen hatte. „Jeder hat seine Macke", dachte sich Zoe, „und ich kenn schlimmere."

Heute Abend meinte er es aber ernst. „Spannend? Wat soll dit denn heeßen? Dit is ‚I Wanna Be A Flintstone' von ‚The Screaming Blue Messiahs'! Die sin' aus England und spiel'n morjen bei uns im ‚Loft'. Willste komm'? Ick lass dir für lau rinn."

Zoe nickte begeistert. Auch wenn sie von „The Screaming Blue Messiahs" noch nie gehört hatte – auf Chaos' musikalisches Urteil konnte man sich verlassen.

Es war nicht das erste Mal, dass sie von seinem Zweitjob, als Türsteher des kleinen Musik-Clubs „Loft", im ersten Stock des „Metropol" am Nollendorfplatz, profitierte. Chaos war ein gutmütiger Typ. Auf den ersten Blick sah er allerdings Furcht einflößend aus, mit seinem dicken Bier- und Pommes-Rot-Weiß-Bauch, den zum Zopf gebundenen, langen, weißblondierten Haaren samt schwarzen Strähnen und seinen angeranzten Biker-Klamotten – in denen er abends, auf seinem Hollandrad, von Kreuzberg nach Schöneberg fuhr. Doch wenn er sie aus seinen blauen, blondbewimperten Augen anstrahlte, wusste Zoe, dass Chaos keiner Fliege etwas zuleide tun konnte – es sei denn, man reizte ihn.

Er schob ihr noch ein Bier rüber. Die anderen Gäste hatten jetzt mal Pause. „Wenn dir dit jefällt, dann musste ooch zum Konzert von ‚Manowar', nächste Woche im ‚Metropol' jehn. Ick kenn den Kollejen an der Tür, da komm' wa so rinn. Oder, wenn de uff ‚Enterprise' stehst – ick hab alle Folgen uff Video. Könn' wa ja mal bei mir kieken."

„Ja, mal sehen", sagte sie zurückhaltend und überlegte: „Na ja, wenn er mal eine Glanzspülung in sein Haar machen oder andere Klamotten tragen würde … Eigentlich ist er ja ein ganz lieber Typ. Und mit dem kann man gefahrlos nachts durch Kreuzberg und Neukölln laufen – da traut sich keiner, einen blöden Spruch zu machen. Vielleicht …"

Noch bevor sie ihren Gedanken weiterspinnen konnte, flog die metallene Eingangstür auf. „Hi Schatzi, mach ma' 'n Bier!" Zoe blickte sich um. Die Stimme gehörte zu einer kleinen, drahtigen Blondine. „Ganz schön kräftige Stimme für so eine winzige Frau. Die hab ich hier noch nie gesehen", ging es Zoe durch den Kopf. „Komisches Styling, so kurze, glatte Haare. Und wie kann man sich bloß in einem gelben Minikleid, mit flachen Schuhen und dann noch ungeschminkt ins Nachtleben stürzen?"

Die Lady ließ sich mit einem kleinen Plumps direkt neben Zoe nieder. Sie schnappte Chaos das geöffnete Beck's aus der Hand und fragte: „Na, Alter, was geht ab?"

„Äh, hallo Gaby", stammelte er. Sichtbar aus dem Konzept gebracht, blickte er Zoe an und wieder Gaby – und wieder Zoe. „Äh, also dit is Gaby", brachte er schließlich hervor. Als Zoe nicht reagierte, fügte er hinzu: „'ne jute Bekannte."

Gaby drehte sich freundlich zu Zoe um. „Ja, wir kennen uns aus dem ‚Loft'."

„So, so ... Sieh an, der Chaos ... Wohl doch nicht nur ‚Raumschiff Enterprise' im Kopf ..." Aber bevor Zoe antworten konnte, drehte sich Gaby wieder zum Barkeeper um und lächelte ihn an.

„Du, Chaos, übrigens auf dein Angebot, mit dem ‚Enterprise'-Gucken, komm ich gern zurück ..." Ertappt und peinlich berührt, beeilte sich Chaos das Chaos zu klären. Zu Zoe gewandt platzte er heraus: „Also, Gaby is nur 'ne jute Freundin!"

Jetzt war es an Gaby, ihn ungläubig anzusehen. Bissig bellte sie: „'Tschuldigung, dass ich existiere!"

Das war zu viel für Chaos. Er wusste nicht mehr weiter. Mit knallrotem Kopf murmelte er, den Blick krampfhaft auf die Lücke zwischen den beiden Ladys vor sich gerichtet. „Ick muss denn ma weitermachen, wa? Die ander'n Jäste ..." Konzentriert wischte er, mit einem blauen Lappen, nicht vorhandene Bierränder vom Tresen.

Zoe konnte sich ein Grinsen nicht verkneifen. Wenn Männer wie Mädchen reagierten, war sie entzückt. Von wegen harte Kerle mit „Ich reiß hier jede auf"-Attitüde. Am Ende wollten doch bloß alle auf den Arm. Sie fand die ganze Situation saukomisch. Was auch immer zwischen Gaby und Chaos war, es interessierte sie nicht wirklich. Der Abend hatte vielversprechend begonnen, aber nach der Vorspeise freute sie sich auf den Hauptgang. „Ich muss dann mal noch Richtung Ku'damm", sagte sie versöhnlich zu Chaos, nickte Gaby zu und verschwand.

BARBARA

Ihr Ziel war der „Dschungel" in der Nürnberger Straße. Wie jedes Mal, blieb es bis zur letzten Sekunde unklar, ob ihr die zickige, kleine Türsteherin gnädig Einlass in den Disco-Tempel gewährte oder eben nicht. Dazwischen gab es nichts. Bitten, betteln oder meckern nützte hier nicht. Wer reinkam, entschied der Drachen mit den langen Haaren: Sie konnte die rote Kordel anheben oder einem fies eine Abfuhr erteilen. Aber Zoe hatte fast immer Glück. Ein kurzes Nicken und schon war sie an der Schlange von Touristen vorbei und drin. Die Jacke an der Garderobe abgeben und einen Blick in den Spiegel erhaschen, waren eins. Perfekt! Sie passte ins Bild. Zoes Klamottenstil war einfach, aber wirkungsvoll: schwarz und kurz. Da konnte man nichts falsch machen. Sie hatte lange, glatte, aschblonde Haare – etwas langweilig, aber das kompensierte sie mit ihrem Styling. Der Lidschatten über ihren blauen Augen leuchtete als großer Regenbogen aus mindestens fünf verschiedenen, knalligen Farben, dazu schwarzer Kajal und blauschwarzes Mascara. Lippenstift war ihr zu lästig, weil man den dauernd nachziehen musste, und dazu hatte sie weder Zeit noch Lust.

Sehr zufrieden mit ihrem Spiegelbild drehte sie sich langsam um. Auf in den Kampf. Hier kam es drauf an – cool sein war im „Dschungel" Pflicht. Betont gelangweilt dreinblickende Menschen nahmen jeden Neuankömmling beim Eintreten ins Visier.

Ebenso cool checkte Zoe die Lage und scannte die wilde Mischung aus Punk und Bohème ab, die auf den blauen, samtbezogenen Metallstühlen herumsaß, auf den gelb-schwarzen Fliesen stand, lässig an den Säulen lehnte oder auf den Stufen der weißen Wendeltreppe, die nach oben zur Galerie, mit blauen Samtsofas und

Cocktailbar, führte. Hier ging's ums Abchecken, war der Neuzugang genauso cool, wie man selbst oder womöglich Konkurrenz? Es war hell genug, um sich gegenseitig zu bewundern und die neuen Klamotten von Vivienne Westwood aus London vorzuführen. Hier war man auf einem anderen Stern, nicht jeder kam rein, egal ob Szenegänger oder Prominenter. Kreativität war gefragt – Hippies in Turnschuhen mussten draußen bleiben.

David Bowie, Iggy Pop und später auch Prince, der nach jedem Berlin-Konzert zum Abtanzen kam, hatten hier schon die Nächte durchgemacht – unbehelligt von peinlichen Autogrammjägern. So etwas wäre unter der Würde der „Dschungel"-Gäste gewesen. Und hartnäckig hielt sich das Gerücht, dass neulich „Rambo" Sylvester Stallone vom Türsteher abgewiesen worden war, weil er einfach nicht hierher gehörte.

Befriedigt steuerte Zoe die Cocktailbar auf der Galerie an. Dort stand heute Torsten hinterm Tresen. Als sie ihn das erste Mal sah, verschlug es ihr den Atem: ein großer, muskulöser Mann, ganz in schwarzes Leder gehüllt, schwarze Locken und die strahlend grünen Augen mit Kajal betont. Sie war hingerissen.

Wann immer er hinter der kleinen Bar auf der Empore stand, kratzte sie ihr letztes Geld zusammen, ließ sich von ihm einen fabelhaften „Gin Sour" mixen und hielt sich daran den ganzen Abend fest – Torsten dabei fest im Blick. Er lächelte sie freundlich an und war so ganz anders, als die anderen Tresenkräfte.

Was außerdem anders war, bemerkte sie erst nach einigen Wochen – er knutschte mit einem anderen Mann. „Sind denn alle netten Männer schwul?", fluchte sie leise vor sich hin. Zumindest für den gel" schien das zu gelten.

Zoe erklomm auch heute die steile Wendeltreppe und ließ den Blick über die Tische mit den feinen, weißen Stoffdecken schweifen. Bierdeckel waren im „Dschungel" verpönt und oben gab's sowieso nur Sekt, Wein, Champagner und Cocktails. Da saß die angesagte Strickliesel Claudia Skoda, die mit ihrer avantgardistischen Mode schon in den 70ern den Stil der 80er geprägt hatte und für ihre schrägen, bunten Strickklamotten sogar von David Bowie bewundert worden war. Am Tresen lehnte der Maler Salomé, der mit seinen großformatigen Männer-Akten die jungen Wilden zum Trend gemacht hatte. Dass er früher mal Wolfgang Ludwig hieß und aus Karlsruhe kam, wusste inzwischen niemand mehr. Überhaupt hatten die meisten Künstler und Lebenskünstler sich ein Pseudonym zugelegt. Keiner hieß einfach nur Peter, Andreas oder Herbert – Lubo, Jurij, Fuchs oder Gode musste es schon sein. Oder gleich Zazie de Paris – die französische Edel-Transe war dank Peter Zadek ein echter Star und konkurrierte höchstens mit Romy Haag um einen Tisch auf der Cocktail-Galerie.

Zoe war ganz zufrieden mit ihrem Namen. Sie bestellte sich ihren Drink. Zum Wechselgeld bekam sie auch heute Torstens wunderbares Lächeln dazu. Mit dem Glas in der einen und der unvermeidlichen Zigarette in der anderen Hand, blickte sie gelassen in die Runde. Unten verschwand gerade DJ Fetisch mit einem Espresso in seiner DJ-Kabine. Die treibenden Disco-Bässe wummerten angenehm und sie genoss den Augenblick in vollen Zügen. Plötzlich ertönte eine schrille Stimme von unten: „Huhu, Zoe! Hier bin isch! Kuckuck!"

Zoe versuchte möglichst lässig, die Stimme zu ignorieren. Sie hoffte kurz, dass sie sich verhört hatte, aber da erklang sie wieder, laut und vernehmlich:

„Ey, Zoe, nu' schau doch nit so griesgrämisch. Kommscht du nunner oder soll isch naufkomm'?" „Oh, nein, bloß das nicht. Was soll Torsten denken, wenn er mich mit dieser Tussi sieht?"

Zoe blickte kurz runter und signalisierte: bin schon unterwegs. Widerstrebend schritt sie die Treppe hinab. Auf der untersten Stufe stand er bereits: der Albtraum in lindgrün. Dunkle Haare, spießiger Pottschnitt und ein unübersehbarer Damenbart – ihre Kommilitonin Barbara aus dem Mittelhochdeutsch-Seminar.

„Da hat man einmal sein Buch vergessen und muss bei jemand anders mit reingucken, und schon hat man die schwäbische Planschkuh an der Backe", ging es Zoe durch den Kopf. „Wie kommt die bloß hier rein?" Diese nichtgestellte Frage beantwortete Barbara sofort: „Isch bin mit meine Leit hier. Mei Vetter aus Hamburg und e paar Freunde von ihm, die wo an der HdK studieret. Is ja doll hier. Hascht du des Aquarium und de' Brunnen schon g'sehn?"

„Ja", sagte Zoe genervt, „ich bin öfter hier."

Ehe sie sich versah, wurde sie von Barbara am Arm gepackt und mitgezerrt. Zoe versuchte erfolglos, sich aus dem Griff zu befreien, entschied dann jedoch, ihr zur Tanzfläche zu folgen.

Aus dem Augenwinkel sah sie „Dschungel"-Stammgast Jenny. Die mittelalte Punklady schmuste wie immer mit ihrer Ratte auf der Schulter und ließ das zahme Viech entspannt aus ihrem geöffneten Mund Bier schlürfen.

„Die Ratte hat immerhin schon aus dem Mund von Iggy Pop getrunken", fuhr es Zoe durch den Kopf, „und Jenny sieht mich auch gar nicht." Doch plötzlich erblickte die Punklady das lindgrüne, dickliche Wesen, das Zoe hinter sich her zog.

Jennys knallrot geschminkter Mund klappte ungläubig zu, und die Ratte stupste hartnäckig, aber erfolglos, gegen ihr Gesicht.

„Erde, tu' dich auf", flehte Zoe und versuchte, sich unsichtbar zu machen.

Auf der knallvollen Tanzfläche ließ Barbara sie endlich los: „Huhu! Mischael! Isch hab e Freundin aus der Uni getroffen. Des is des Zoe."

Ein pickliger Typ mit Brille drehte sich um. „BWL oder Informatik", schoss es Zoe durch den Kopf, „Na toll, der Abend ist gelaufen."

Michael drängte sich an zuckenden Körpern vorbei, die sich, mit geschlossenen Augen, rhythmisch zum wummernden Beat bewegten, in ihre Richtung. „Ich würd jetzt auch gern tanzen, die Augen schließen und mich ganz weit weg träumen …" Aber daraus wurde nichts. Michael tippte unterwegs drei anderen Jungs auf die Schulter und deutete auf Barbara und Zoe. An Flucht war nicht mehr zu denken. Sie waren in der Überzahl. Ganz Gentleman alter Schule, versuchte es Michael mit einer formvollendeten Vorstellung. Doch bei der lauten Musik verstand Zoe nur Bahnhof. Als sie die Schultern zuckte, kam er ganz nah und brüllte ihr ins Ohr: „Des sin de Christoph, de Martin und de Lange do is de Nico! Isch bin de Mischael, de Vetter von des Barbara. Mir studieret in Hamburg BWL und de Nico hier in Berlin an de Kunschthochschul." „Na, bitte! Mein Instinkt ist noch intakt – auch wenn ich ab jetzt wahrscheinlich für immer auf dem rechten Ohr taub bin", seufzte Zoe lautlos. In fünf Metern Umkreis hatten alle Michael verstanden und blickten die Gruppe, die so gar nicht ins „Dschungel"-Bild passte, an. Es war furchtbar. Jeder der vier wollte Zoe nun die Hand geben. Wie unangenehm. Ihr fiel nichts Besseres ein, als:

„Schön euch kennenzulernen. Schade, dass ich jetzt weg muss!" Sie lächelte in die Runde, drehte sich auf dem Absatz um und war in Rekordgeschwindigkeit an der Garderobe und draußen auf der Straße.

„Uff. Was war das denn?"

Zoe ging unschlüssig auf der dunklen, ausgestorbenen Straße Richtung Tauentzien, wo ihr Nachtbus fuhr. Sie sah auf die Uhr: erst zwei! Der „Dschungel" hatte bis um vier Uhr auf und normalerweise war ihr auch das noch viel zu früh. Was nun?

Ihre Laune war im Keller. Blieb wohl nur der geordnete Rückzug nach Neukölln. Mit großen Schritten – soweit es der enge Minirock zuließ – marschierte Zoe los. Abrupt blieb sie stehen.

„Moment mal! Wieso bin eigentlich ich hier draußen und die Planschkuh in ihrer lindgrünen Spitzenbluse ist da drin? Das ist mein Club! Mein Gebiet! Dafür hab ich mich heute Abend zwei Stunden lang gestylt, dreimal umgezogen und meine Füße in diese extrem unbequemen, aber mega-scharfen, schwarzen Pumps gezwängt, bin insgesamt fast eine Stunde mit Bus und U-Bahn quer durch die Stadt gefahren und hab den Kampf mit der härtesten Türsteherin der Stadt gewonnen! Ich war ganz oben – bis dieses Wesen vom anderen Planeten mir den Abend versaut hat. Und nun steh ich hier draußen, und die hat gar nicht mitbekommen, was sie angerichtet hat. Das kann doch wohl nicht wahr sein! Ich geh wieder zurück und sorg dafür, dass dieses schwäbische Landei die Arena räumt."

Entschlossen stöckelte sie zurück, kämpfte sich durch die inzwischen noch größer gewordene Menschenmenge vor der roten Kordel und stand schließlich wieder vor der Tür. Sie wollte gerade weitergehen, als sie die leise, aber fiese Stimme der kleinen Hexe hörte:

„Sorry! Der Laden ist voll. Komm nächstes Mal doch etwas früher."

Punkt. Aus! Das war das Ende!

„Diese Schmach überleb ich nicht", dachte Zoe. Für den Bruchteil einer Sekunde wollte sie erwidern: „Aber ich bin's doch. Ich war schon drin. Ich komm hier immer rein." Aber dann wurde ihr klar, dass es keinen Sinn hatte. Im „Dschungel" herrschten eigene Regeln. Sie murmelte halbwegs lässig: „Na klar, kein Problem. Dann sehen wir uns nächste Woche", und drängelte sich durch die hämisch grinsende Menge zurück zur Straße, Richtung Nachtbus. Was für ein Albtraum!

Sie sandte ein Stoßgebet in den nächtlichen Berliner Himmel:

„Hoffentlich seh ich keinen von denen je wieder. Und Mittelhochdeutsch ist ab sofort gestrichen!"

KAPITEL 2

Zoe stöckelt weiter durch die Hitze und studiert die unterschiedlichen Typen, die ihr auf der Bergmannstraße entgegenkommen. Die Füße tun ihr weh, aber eigentlich ist sie ganz zufrieden. Sie hat sich inzwischen behaglich in ihrem Berliner Leben eingerichtet. Doch etwas Entscheidendes fehlt bis dato – Mr. Right.

„Irgendwo hier muss er doch stecken ...! Ich bin blond, nicht doof, nicht hässlich und schon gar nicht langweilig oder auf den Mund gefallen. Da muss sich doch jemand finden, der auf so eine klasse Frau abfährt! Aber immer, wenn ich denke, ‚DAS ist er!' entpuppt sich das Objekt meiner Begierde als desinteressiert, beziehungsunfähig, hübsch, aber langweilig, schon vergeben - oder schwul ... Warum passen bei mir Angebot und Nachfrage eigentlich nie zusammen? Ob der süße Nico endlich der Richtige ist? Allerdings gibt's auch bei ihm immer noch einen großen Unsicherheitsfaktor ... Och, das wird schon! Oder?"

Früher hatte Zoe ständig interessante Menschen kennengelernt, war fester Bestandteil der Bremer und Berliner Szene gewesen, und hinter jeder Ecke wartete eine neue Überraschung. Doch im Laufe der Jahre wurde es ruhiger. Einige Clubs machten dicht, Freunde zogen sich langsam aber sicher in Zweierbeziehungen zurück oder hatten plötzlich ganz andere Interessen. Zoe schnauft, verdreht genervt die Augen, und ihr fallen die vielen Pärchen auf, die miteinander lachen, Händchen halten und irgendwie von innen heraus strahlen. Familie und Eigenheim, Lebensversicherung und Rente, gesunder Lebenswandel und was die Nachbarn so denken, haben für sie noch nie eine Rolle gespielt.

Sie ist auch nicht der Typ, der sich enthusiastisch über einen fremden Kinderwagen beugt und „Gutschi,

Gutschi, ach, wie süß!" brüllt. Zoe findet Kinder nicht „süß". Eher im Gegenteil. Aber diese sommerliche Kreuzberger Harmonie gibt ihr dennoch einen Stich.

Zoes Magen knurrt vernehmlich.

„Ich hab Hunger!", schießt es ihr durch den Kopf. „Dabei hab ich doch gerade eine Stunde lang mit Nico zu mittaggegessen." Allerdings hatte sie beim Essen mehr darauf geachtet, möglichst amüsant und interessant zu plaudern. Ihre Portion Spaghetti mit Auberginen und Tomatensoße war darüber kalt geworden, und sie hatte nicht mal die Hälfte gegessen, als der Kellner alles wieder abräumte.

Schnell überquert sie die belebte Bergmannstraße und stürmt in den nächsten Laden. Ein paar Schoko-Kekse für die Nerven und zwei Bananen fürs gute Gewissen. Ungeduldig tritt Zoe von einem Fuß auf den anderen, während die Türkin mit geblümtem Kopftuch und bodenlangem, dunkelblauem Mantel vor ihr, in aller Ruhe den gesamten Einkauf für die ganze Woche, für ihre sehr große Großfamilie, zu machen scheint.

„Schon zehn nach drei. Stefan wird bestimmt wieder seinen berühmten, vielsagenden Blick auf die Uhr werfen. Mist!", denkt sie genervt. Endlich ist sie an der Reihe, zahlt und saust wieder stöckelnd los – immer bergan, die Schenkendorfstraße hoch.

„Wieso gibt es eigentlich mitten in Berlin Berge?", schnauft sie außer Atem in der heißen Mittagssonne. „Neukölln liegt ja schließlich auch nicht bei Köln, also wieso muss Kreuzberg tatsächlich bergig sein?" Sie ist völlig fertig, und schwitzt.

Endlich, der Chamissoplatz ist schon fast in Sicht. Nur noch zweimal übers Kopfsteinpflaster balancieren, dann hat sie es geschafft.

Plötzlich fängt sie den Blick eines attraktiven, jungen Mannes auf, der sie von oben bis unten abcheckt und ihr bewundernd zulächelt. „Na, bitte – läuft doch! Mit meinem neuen Kleid und den knallroten Pumps bin ich der Knaller von Kreuzberg!" Ihre Laune bessert sich schlagartig.

In Berlin hatte sich Zoe von der langweiligen Bremer Studentin zur lässigen Szenefrau gewandelt. Daran hatten die schwulen Freunde, die sie nach ein paar Jahren kennenlernte, einen großen Anteil.

DIE JUNGS

Zwei Jahre nach dem Barbara-Albtraum im „Dschungel" war Zoe noch immer an der Uni eingeschrieben, aber eigentlich nur noch wegen der verbilligten BVG-Tickets und der Studentenermäßigung in Museen und Theatern. War irgendwie doch nicht so das Richtige. Und ohne ihren Schein in Mittelhochdeutsch ging's da sowieso nicht so recht weiter. Inzwischen hatte sie eine hübsche, helle Einzimmerwohnung in Schöneberg gefunden. Natürlich 5. Stock, ohne Fahrstuhl. Die war zwar noch kleiner als die erste, aber wenigstens standen ihre eigenen Möbel drin, es war näher zu ihren nächtlichen Jagdrevieren, und außerdem gab's Zentralheizung, statt Kachelofen. Purer Luxus! Der lindgrünen Schwäbin war sie konsequent aus dem Weg gegangen.

Stattdessen hatte Zoe an der Uni Max kennengelernt. Ein eifriger Germanist aus Sindelfingen, aber zum Glück ohne schwäbischen Dialekt. Trotz seiner peinlichen blonden Strähnchen fand sie ihn auf Anhieb süß. Er war groß, schlank und seinen etwas leiernden Tonfall fand Zoe sehr lässig. Sie ließ sich für die gleiche Arbeitsgruppe eintragen, obwohl das Thema sie nicht sonderlich interessierte. Aber irgendwie musste sie ihm ja näher kommen. Die Zusammenarbeit klappte auch sehr gut, doch außerhalb der Uni schien sie Luft für ihn zu sein. Wenn sie ihn auf dem langen U-Bahnsteig von Weitem grüßte, reagierte er einfach nicht. War er arrogant? Dann stellte sich heraus, dass er nur extrem kurzsichtig war, aber zu eitel, eine Brille zu tragen. Zoe schöpfte wieder Hoffnung. Es hätte ihr allerdings zu denken geben müssen, dass sie zum gemeinsamen Kaffeetrinken immer in den „Rosa Salon", das Schwulen-Café an der Uni, gingen.

Tja, und irgendwann erzählte er ihr dann von seinem Freund Gregor. Schon wieder ein Fehlgriff ... Aber nicht ganz, denn als sie Gregor schließlich kennenlernte, verstanden sich die beiden auf Anhieb bombig. Gregor hatte einen trockenen Humor und kämpfte ständig dagegen an, pummelig zu werden. Er war selbstständiger Grafik-Designer und stammte auch aus Norddeutschland. Als sie dann noch feststellten, dass sie beide typische Skorpione waren, stand einer Freundschaft nichts mehr im Wege.

Durch Gregor und Max lernte sie ein weiteres schwules Pärchen kennen: Ziggy, der äußerst attraktive, angehende Pop-Star – oder „Flop-Star", wie er sich selbstironisch nannte –, der eigentlich Zahntechniker war, früher mal Christoph hieß und behauptete, die gleichen Haarprobleme wie Jennifer Rush zu haben. Und sein bodenständiger Freund Franz, ein witziger, belesener Buchhändler und begnadeter Hobby-Koch. Am Wochenende gingen sie zusammen auf die Piste. Meist ins „Querelle", eine Schwulen-Disco im Schöneberger Kiez. Sie stylten und schminkten sich vorher gegenseitig in Gregors großer Wohnung. Zoe und Ziggy tauschten neueste Erfahrungen mit den verschiedenen Extrastrong-Haarsprays aus und toupierten die Haare in die Höhe. Ziggy in pechschwarz und Zoe in weißblond. Ihre neue, wavige Frisur war noch immer etwas ungewohnt für sie.

Ziggy hatte sie vor kurzem zum Friseur geschleppt. Die langweiligen, langen Haare mussten endlich ab. Zoe war noch nie in einem Friseursalon gewesen. Früher hatte ihre Mutter ihr die Haare geschnitten, und seit ihrem Auszug schnippelte sie sich selber die Spitzen ab. Doch Ziggy bestand darauf, dass ihrer innerlichen Wandlung, zur coolen Berliner Szenefrau, jetzt auch die äußere folgen müsse. Dann würde es sicher auch endlich mit einem Hetero-Freund klappen.

Zoe gab sich schließlich geschlagen und ging mit ihm zu einem Szene-Friseur in Kreuzberg. Unsicher versuchte sie dort, zu erklären, dass die Haare zwar ab sollten, aber nicht zu viel. Doch Ziggy setzte sich durch und erklärte der jungen Friseuse seine Idee. Begeistert griff die zur Schere, und innerhalb weniger Minuten waren die rückenlangen, mittel-aschblonden, glatten, dünnen Haare schnipp-schnapp auf weniger als Schulterlänge ab. Zoe starrte entgeistert in den Spiegel. Die Friseuse kommentierte lapidar:

„Wem lange Haare nicht stehen, der sollte sie auch ruhig abschneiden."

Zoe blickte sie entrüstet an. „So schlimm fand ich mich in den letzten 20 Jahren nun auch wieder nicht!"

Aber nach dem Blondieren, aufwendigen Toupieren, einem Pfund Haarspray und coolem Styling musste sie zugeben:

„Sieht toll aus. Ich bin ein neuer Mensch." Stolz marschierte sie mit ihrem neuen Look, der perfekt zu ihren schwarzen Klamotten passte, an Ziggys Arm durch die Stadt und genoss die bewundernden Blicke. Nur manchmal erschreckte sie sich noch vor ihrem eigenen Spiegelbild im Schaufenster, weil sie die Person gegenüber nicht auf Anhieb erkannte.

Vier Wochen später war sie wieder beim Friseur. Diesmal bediente sie ein langer, dünner, junger Mann. Seine grasgrün-gefärbten Haare sahen aus wie Kunstrasen.

„Na, mal wieder was verändern?", fragte er lächelnd.

Zoe sah ihn groß an. „Äh, toll, deine Frisur, aber ich hab mich gerade erst an mein Weißblond gewöhnt.

Heute bitte nur noch ein bisschen kürzer schneiden und den Ansatz frisch ‚aufnorden'."

Er machte sich ans Werk, und Zoe fand sich anschließend noch attraktiver.

Mit ihren weißblondierten, kurzen Haaren passte sie endlich auch optisch perfekt in die Berliner Szene. So kam sie in jeden Laden problemlos rein – auch in den „Dschungel".

Meist hatte sie noch pinkfarbene oder blaue Strähnchen aus Kunsthaar in die punkige Frisur eingeklebt. Ihr Friseur hatte alle paar Wochen eine neue Idee, die sie ihn nur allzu gern umsetzen ließ. Auch wenn er, mangels Alternative, mit einer Heißklebepistole aus dem Baumarkt zu Werke ging. Egal! Hauptsache schrill und anders!

Durch ihr extravagantes Styling fühlte sich Zoe mit „ihren" vier Jungs im „Querelle" jetzt noch wohler. Sie genoss es, die Abende und Nächte dort in Gesellschaft attraktiver Männer zu verbringen. Rein platonisch, versteht sich.

Ungemütlich wurde es erst, als Max überlegte, sich von Gregor zu trennen. In einem saukalten Winter mit jeder Menge Schnee. Mit Max machte sie, bei minus 25 Grad, lange Spaziergänge auf dem zugefrorenen Wannsee, diskutierte seine Beziehung und das Für und Wider einer Trennung. Wenn sie schließlich völlig durchgefroren nach Hause kam, klingelte schon das Telefon. Gregor. Unter drei Stunden lief kein Telefonat mit ihm ab. Sie versuchte zu vermitteln, schlug sich die Nächte um die Ohren. Mit fremden Beziehungsproblemen. Sie selber konnte da eher Theorie beisteuern. Ihre letzte ernsthaftere Hetero-Bekanntschaft lag schon Monate zurück.

WILHELM

„So geht's nicht weiter!" Gregor sah Zoe streng an. „Es kann doch nicht sein, dass du keinen Kerl abkriegst. Das werden wir jetzt ändern."

„Gerne, aber wie?" Zoe sah ihn skeptisch an. „Die Schlaffis, die an der Uni rumhängen, interessieren mich nicht. Taxifahrende BWL'er – nee, die passen nicht in mein Beuteschema ... Und in Kneipen oder Discos lernt man auch keinen Mann fürs Leben kennen."

„Zumindest nicht, wenn man immer in schwulen Discos rumhängt ..."

„Soll ich etwa allein in irgendwelche Anmachschuppen gehen? Darauf hab ich überhaupt keinen Bock! Dann bleib ich lieber Single und amüsier mich mit euch im ‚Querelle'. So nötig hab ich's nun auch wieder nicht", antwortete sie bestimmt.

Gregor überlegte einen Moment und verkündete:

„Wir verkuppeln dich!"

„Was? Wie soll das denn gehen? Seit wann kennt ihr denn Heteromänner, die eine Beziehung wollen?"

„Zu unserem nächsten Essen laden wir unsere Nachbarin Andrea ein. Die ist hetero, total nett und kennt jede Menge Leute. Die hat bestimmt eine Idee ..."

Gesagt, getan. Am nächsten Samstag kochte Franz seine berühmte „Knabenblut-Suppe" – eine köstliche dunkelrosafarbene Suppe aus aromatischem Fenchel und süßen Roten Beten – und Andrea wurde nach passenden, männlichen Singles in ihrem Bekanntenkreis ausgefragt.

„Ich kenn da einen netten Anwalt. Bisschen spießig vielleicht, aber der sucht was Ernstes." „Ein Jurist! Wie schick!", rief Ziggy begeistert.

„Sieht er gut aus?", wollte Franz wissen.

„Hat er Kohle?", nuschelte Max.

„Kommt der mit Schwulen klar?", erkundigte sich Gregor.

„Kann ich vielleicht auch mal was fragen?", meldete sich Zoe zu Wort. Alle sahen sie erwartungsvoll an.

„Ja, sicher! Aber was musst du noch wissen? Er ist Anwalt und Single. Und er sucht die Frau fürs Leben. Das ist doch genau das, was du wolltest", antwortete Gregor grinsend. Zoe blickte Andrea an:

„Wie heißt er und weshalb ist er noch Single?"

„Wilhelm …"

„Oh Gott, wie alt ist der denn?", unterbrach Zoe.

„So Anfang 30, groß, blond, bisschen kräftig …", sprach Andrea weiter.

„Dick?"

„Nein, kräftig."

„Na gut. Und warum ist er Single?"

„Er hat grad eine zweijährige Beziehung hinter sich."

„Wer hat sich von wem getrennt?", wollte Zoe sofort wissen.

„Ist das hier ein Verhör?" Andrea war leicht genervt. „Ich glaube, seine Ex hat ihn verlassen, weil er zu wenig Zeit für sie hatte. Aber daraus hat er gelernt, sagt er."

„Hm."

„Na also, Zoe. Du willst doch keine Klette, die ständig an dir klebt", versuchte Gregor, sie zu überzeugen.

„Ist doch gut, wenn man sich nicht dauernd sieht."

„Genau …", murmelte Max und rührte in der Suppe. Gregor sah ihn irritiert an.

„Soll ich Wilhelm mal deine Nummer geben, Zoe? Dann könnt ihr euch verabreden", beendete Andrea das Thema.

Gleich am nächsten Montag rief Wilhelm an. Er lud Zoe zum Essen in ein bayrisches Restaurant in Wilmersdorf ein. Sie stylte sich für ihr erstes Blind-Date züchtig mit schwarzer Bluse, engem, knielangem Rock, mit neckischem Seitenschlitz und war pünktlich um 20 Uhr da.

Sie erkannte Wilhelm auf Anhieb: ein leicht untersetzter, blasser, junger Mann mit beginnender Stirnglatze. Er trug einen dunkel-grauen Anzug und ein blaues Hemd mit weißem Kragen.

„Immerhin keine Krawatte …", ging es Zoe durch den Kopf, als sie sich lächelnd vorstellte. Sofort sprang Wilhelm auf, deutete eine kleine Verbeugung an, reichte ihr die Hand und rückte ihren Stuhl zurecht.

„Alte Schule … Nicht uncharmant …" Zoe hatte sich fest vorgenommen, alles auf sich zukommen zu lassen. Das Gespräch kam langsam in Gang, Allgemeinplätze wurden ausgetauscht. Sie erzählte von ihrem Studium und erfuhr, dass er sich auf Erbrecht spezialisiert hatte. Nach dem zweiten Bier begann Wilhelm, Zoe Komplimente zu machen:

„Ich kann nicht begreifen, dass so eine attraktive Frau wie du noch Single ist." Zoe lächelte geschmeichelt.

„Der richtige Mann ist mir wohl bisher einfach noch nicht über den Weg gelaufen …"

„Das kann sich ja ändern …", schöpfte Wilhelm Hoffnung. „Und, damit du mich besser kennenlernst, kann ich dir ja mal meine Kanzlei zeigen, die ist gleich um die Ecke."

Zoe stutzte. „Was für eine schräge Idee … Aber immerhin will er mich nicht in seine Wohnung abschleppen …" Lächelnd nickte sie:

„Gerne, im Büro eines Juristen war ich noch nie."

Er zahlte und sie gingen zwei Straßenecken weiter. Wilhelm öffnete die schwere Eingangstür eines großen, dunklen Altbaus, schloss den Lift auf und ließ ihr den Vortritt. Als auch er eintrat, knarrte der winzige Aufzug bedenklich. Sie standen einander dicht gegenüber, als sich das altertümliche Gefährt langsam in Bewegung setzte.

„Ganz schön eng hier", sagte Zoe, um den peinlichen Moment zu überbrücken. Wilhelm drückte seinen kräftigen Körper ein Stückchen weiter an die Rückwand.

„Aber besser, als immer die vier Stockwerke zu laufen."

„Obwohl dir ein bisschen Bewegung gar nicht schaden würde …", dachte sie. Endlich bremste der Fahrstuhl und sie betraten die Kanzlei. Von dem langen Flur gingen zwei Büroräume ab.

„Hier sitzt meine Sekretärin und da hinten ich", erklärte Wilhelm selbstsicher und schaltete die Deckenlampen ein. In dem matten, gelblichen Licht wirkte alles etwas düster. Er ließ sich schwungvoll in seinen Schreibtischsessel fallen und breitete stolz die Arme aus. Der schwere Lederstuhl knarzte unter seinem Gewicht. Zoe sah sich um. Vor dem Eichenholzschreibtisch stand ein schmaler Besucherstuhl. Unsicher steuerte sie darauf zu, doch da sprang Wilhelm schon wieder auf:

„Mach's dir doch auf dem Sofa bequem. Ich hol uns was zu Trinken. In der Küche müsste noch eine Flasche stehen." Im Vorübergehen zog er an der kleinen Messingkette, und die Schreibtischlampe verbreitete ein gedämpftes, grünes Licht. Auf dem Weg nach draußen löschte er die Deckenlampe und war verschwunden. Zoe fühlte sich ein wenig unbehaglich, wischte aber ihre Bedenken beiseite. Sie steuerte auf das breite, braune Ledersofa zu, versank in den weichen, abgenutzten Polstern und betrachtete den schweren Gründerzeit-Schrank, der die ganze gegenüberliegende Wand einnahm. Durch die bleiverglasten Scheiben sah sie etwas Goldenes funkeln. Da erschien Wilhelm wieder. Freudestrahlend schwenkte er eine Flasche und zwei Cognacgläser.

„Na, bitte! Hab ich's doch gewusst – hier ist unser guter Weinbrand!" Er schenkte Zoe großzügig ein. Sie betrachtete die braune Flüssigkeit skeptisch. „Dann lass uns mal anstoßen – auf einen interessanten Abend, der noch lange nicht zu Ende ist …", lächelte er und setzte sich neben sie. Erwartungsvoll blickte er ihr in die Augen.

Zoe gefielen seine Lachfältchen. Sie prostete ihm zu und trank das Glas auf ex aus. Staunend sah Wilhelm zu.

„Na, du scheinst ja Durst zu haben. Ich schenk dir gleich nach."

Zoe spürte, wie die ölige Flüssigkeit durch ihren Hals rann und in ihrem Magen eine wohlige Wärme verbreitete. Der Alkohol entspannte sie. Sie lehnte sich zurück und registrierte, dass Wilhelms Arm in ihrem Nacken lag. Das fühlte sich gar nicht schlecht an. Sie kuschelte sich ein wenig an ihn.

Wilhelm reagierte sofort, nahm ihr behutsam das volle Glas ab, stellte es auf den Beistelltisch und zog sie an sich.

Zoe hatte lange nicht mehr die Wärme einer innigen Umarmung gespürt. Sie genoss das Gefühl und schloss die Augen. Der erste Kuss war sanft und tastend. Wilhelms Lippen waren weich und warm. Dann schob er seine Zunge fordernd in ihren Mund. Zoe erwiderte seinen Kuss und genoss es, sich begehrt zu fühlen. Sie spürte seine Hand, die langsam an ihrem Rücken herunter über ihr Bein strich und dann versuchte, sich einen Weg unter den Rock zu bahnen. Doch der war verdammt eng. Schließlich gab Wilhelm auf und ließ seine

Finger nach oben wandern. Geschickt öffnete er die Knöpfe ihrer Bluse, während er sie immer leidenschaftlicher küsste. Zoe gab sich den wohligen Gefühlen hin, war tatsächlich aber ganz woanders. Sie dachte an ihre letzte große Liebe, einen Sänger, den sie vor Jahren kennengelernt hatte und stellte sich vor, er sei es, der sie berührte.

„Peter … Mmmh …" Sie stöhnte leise auf.

Ihre Finger kraulten Wilhelms Rücken, während er ihre Bluse über die Schultern streifte und ihre Brüste zärtlich streichelte. Zoe wollte endlich auch seinen Körper spüren. Sie knöpfte das Hemd auf und ließ ihre Hand über seine Brust gleiten. Plötzlich stutzte sie. Was sie fühlte, hatte so gar nichts mit ihrer erotischen Fantasie zu tun. Statt auf der glatten, hageren Brust von Peter, wanderten ihre Finger über zwei behaarte, fleischige Männerbrüste …

Augenblicklich war Zoe wieder ganz im Hier und Jetzt.

„Was geht denn hier ab?", fragte sie sich entgeistert. „Wieso knutsche ich denn mit diesem Typen rum und lasse mich schon beim ersten Date begrapschen? Und noch dazu in seinem Büro!" Behutsam zog sie ihre Hände zurück, verlangsamte das Tempo ihrer Zunge und schob Wilhelm von sich weg. Verwirrt öffnete er die Augen.

„Was ist denn?"

Zoe suchte nach einer Notlüge.

„Tut mir leid, aber mein Arm ist eingeschlafen und ich müsste auch mal ganz dringend zur Toilette", lächelte sie entschuldigend, stemmte sich in ihrem engen Rock leicht schwankend vom Sofa hoch und zog die Bluse wieder über die Schultern. Wilhelm sah sie verwirrt an.

„Den Flur runter und die zweite Tür links." Zoe ließ sich Zeit im Bad, entfernte die verwischte Mascara unter den Augen, knöpfte ihre Bluse zu und fuhr sich durch die Haare. Zufrieden grinste sie sich im Spiegel an und stöckelte zurück zum Büro. An der Tür blieb sie wie angewurzelt stehen. Das Bild, das sich ihr bot, war einfach unglaublich:

Da lag ein nackter, pummeliger Wilhelm, wie hingegossen auf dem Sofa. Auf dem Kopf eine Pickelhaube mit goldglänzender Spitze. Einen Stock tiefer bedeckte eine zweite Pickelhaube mit besonders langer Gold-Spitze seine edelsten Teile. Er grinste und brüllte im Militärton:

„Rührt euch!" Als Zoe nicht reagierte und ihn mit offenem Mund anstarrte, fragte er irritiert: „Was ist denn? Wieso bist du wieder angezogen? Ich dachte, jetzt reiten wir in die Schlacht ..."

Zoe holte tief Luft und prustete los:

„Wie bitte?" Lachend stützte sie sich am Türrahmen ab. Wilhelm sah einfach zu komisch aus, wie er sich da mit einem Arm auf der Sofalehne abstützte und mit der anderen Hand krampfhaft die zweite Pickelhaube festhielt.

Verwirrt stammelte er: „Ja, aber, ich dachte, du bist eine Frau, die Lust auf besondere Spielchen hat. Eben war doch alles wunderbar. Ich dachte, du wolltest dich nur mal kurz untenrum frisch machen ..."

„Wie bitte? ‚Untenrum frisch machen'? Und dann mit Pickelhaube in die Schlacht reiten? Aus welchem Jahrhundert bist du denn? Ich fass es nicht ..." Zoe kam aus dem Kichern nicht mehr raus. Die Situation war völlig absurd, aber auch saukomisch. „Tut mir leid, Wilhelm. Ich wollte mich nicht über dich lustig machen, aber ich glaube, wir passen doch nicht so ganz zusammen. Wo hast du überhaupt diese ollen Pickelhauben plötzlich her?"

Schmollend setzte er sich auf, zog sein Hemd über und nahm die Pickelhaube vom Kopf – die andere lag noch immer beschützend an Ort und Stelle.

„Ich sammle Pickelhauben! Der Schrank da drüben ist voll davon. Durch meinen Job komm ich da leicht ran. Bei jeder Wohnungsauflösung such ich im Nachlass nach Pickelhauben – ich hab schon 53 Stück! Die sind wertvoll!" Er hatte sich in Rage geredet, aber Zoe nicht überzeugt …

Vorsichtig sagte sie: „Hm, hm, tolles Hobby … Aber ich muss mal los … Also mach's gut, danke für den netten Abend."

Als Wilhelm Anstalten machte, aufzustehen, winkte sie schnell ab. „Ich finde schon allein raus, danke. Man sieht sich …" Kichernd salutierte sie und sauste davon.

DIE JUNGS II

Nach dem gescheiterten Kuppelversuch akzeptierten ihre Freunde, dass es nicht ganz so einfach war, Zoe unter die Haube zu kriegen – und schon gar nicht unter die Pickelhaube! Sie behauptete, dass sie derzeit überhaupt nicht auf der Suche nach Mr. Right sei, sondern sehr zufrieden mit ihrem Leben. Punkt.

Aber irgendetwas lief da nicht richtig. Das war ihr natürlich klar. Zwar genoss sie das Zusammensein mit ihren schwulen Jungs, die gemeinsamen, opulenten Essen. Und auch das Vertrauen schmeichelte ihr.

Aber …

Sex war für sie nicht das Problem. AIDS war noch kein großes Thema für Heteros, und Präser waren bei ihr sowieso Pflicht, denn mit der Pille hatte sie, mangels fester Beziehung, irgendwann aufgehört. Jeden Tag die Chemie-Dröhnung für das bisschen Nutzen? Nö. Ab und zu ein One-Night-Stand, ohne gegenseitige Erwartungen oder Verpflichtungen. Und fürs Herz und intensive Gespräche hatte sie ja die Jungs. Alles bestens. Eigentlich.

„Was man wirklich will, das kriegt man auch", hatte sie in irgendeiner Zeitschrift gelesen.

„Der nächste Mann, den ich ernsthaft haben will, so mit Liebe, Kuscheln, Zukunft und dem Stress über aufgeklappte Klodeckel und offene Zahnpastatuben, eben allen Ingredienzien einer perfekten Beziehung, den bekomm ich auch." Zoe war sich sicher. Sie machte ab sofort wieder die Augen auf, sah sich auch außerhalb des „Querelle" nach Männern um und fühlte, dass ihre große Stunde nahte.

SILKE

Max hatte inzwischen sein Germanistikstudium an den Nagel gehängt und mit Architektur an der TU angefangen. Im Sommer stand die jährliche Open-Air-Architekten-Party vor dem Unigebäude am Ernst-Reuther-Platz an. Max lud Zoe ein, mitzukommen. „Wunderbar, ein smarter Architekt. Das wär's", dachte sie sofort und sagte zu.

Doch nun stellte sich ein neues Problem: „Was zieht man bloß zu einer Architekten-Party an? Okay, das sind auch bloß Studis, also nix mit Kostümchen und so", überlegte sie. „Hab ich eh nicht im Schrank. Aber im ‚Dschungel'-Outfit geh ich da auch nicht hin. Auffallen ja, aber nicht zu extrem. Man will ja seinen potenziellen Bräutigam nicht gleich verschrecken …"

Nach diversen Fehlversuchen entschied sie sich schließlich für ein enges, schwarzes Stretch-Kleid, fast bis zum Knie. Aber auf ihre scharfen, schwarzen Lack-Pumps konnte sie nicht verzichten. Dezentes Make-up – oder was Zoe darunter verstand – und eine halbe Flasche Haarspray „extra strong" auf die weißblonde, hochtoupierte Frisur. Perfekt!

Sie traf sich mit Max an der U-Bahnhaltestelle und gemeinsam stürzten sie sich ins Getümmel. Die Location war toll: eine Art riesiges, in die Erde eingelassenes Becken, gleich neben dem Uni-Eingang. Als sie die Stufen hinunter gingen, blickten sie auf Hunderte schwarze Rollis, schwarze Polos und schwarze T-Shirts – natürlich kombiniert mit schwarzen Jeans. „Vielleicht ein bisschen eintönig, aber lässig." Zoe fühlte sich jedenfalls auf Anhieb wohl in ihrem schwarzen Kleid.

Als sie sich umsah, entdeckte sie überall kleine Aufkleber, mit dem Motto des Abends – schwarze Schrift auf weißem Grund: „Do it with an architect". Das musste man Zoe nicht zweimal sagen. Konzentriert, aber hocherhobenen Hauptes, trippelte sie an Max' Arm über das Kopfsteinpflaster. Zum Glück war die Tanzfläche mit einer riesigen, schwarzen Gummimatte ausgelegt.

„Das ist heute Abend meine Bühne", entschied sie.

Plötzlich rief Max begeistert aus: „Da drüben ist Silke, meine neue Kommilitonin." Ohne auf eine Erwiderung zu warten, ließ er ihren Arm los und startete durch. Sie versuchte, stöckelnd mit ihm Schritt zu halten.

Max zog Silke an sich und küsste sie auf beide Wangen. „Guck mal, Zoe, das ist meine liebe Freundin Silke. Silke, das ist Zoe", stellte er sie einander vor.

Ein Eifersuchtsblitz durchfuhr Zoe und sie dachte: „So, so, sie ist also die ‚liebe Freundin', und ich bin nur ‚Zoe'. Die Frau ist mir ja auf Anhieb sympathisch …" Sie rang sich mühsam ein Lächeln ab und reichte Silke die Hand.

Die Neue an Max' Seite hatte einen schlanken, knabenhaften Körper, trug ein schwarzes T-Shirt zu schwarzen Jeans und schwarzen, klobigen Doc-Martins-Schuhen. „Sie ist ungeschminkt, und ihr Pagenkopf könnte tatsächlich naturblond sein. Die schneidet ihre Haare bestimmt selbst", denkt Zoe verächtlich.

Sie war genervt, riss sich aber zusammen.

„Ihr studiert also beide Architektur? Ich kenn Max ja schon ewig. Wir haben uns in Germanistik kennengelernt", hörte sie sich sagen.

„Zoe, entspann dich! Du bist nicht hier, um eifersüchtig auf die neue Kommilitonin deines schwulen Freundes zu sein, sondern um den Mann deines Lebens kennenzulernen", ermahnte sie sich und lächelte Max und Silke an.

„Na, da will ich mal nicht weiter stören. Ich schau mich ein bisschen um. Mal sehen, was das Büffet so zu bieten hat. Und dann will ich vor allem Tanzen."

„Schon wieder zickig", merkte Zoe. „Ich kann meine Gefühle einfach nicht kontrollieren. Konnte ich noch nie. Daran muss ich dringend arbeiten. Aber nicht jetzt."

Ohne eine Antwort der Turteltäubchen – Zoe! – abzuwarten, schob sie sich durch die schwarze Masse. Bei dem Gedränge kam man wenigstens nicht ins Stolpern. „Und wenn, dann wird man hier sicher charmant aufgefangen", überlegte sie und nahm direkten Kurs auf die Tanzfläche.

FRANK

Tanzen war schon immer ihre große Leidenschaft. Standard und Latein hatte sie gemeinsam mit ihren Schulfreundinnen Steffi und Babsi gelernt. Als Zehnjährige trainierte sie in einem altehrwürdigen Bremer Tanzclub in der Kindertanzgruppe. Für Zoe war Tanzen einfach Sport. Sie hatte Spaß an den Auftritten in der Stadthalle, als Vorgruppe bei großen Tanz-Turnieren. Später ging es dann nahtlos weiter mit dem Profi-Training. Natürlich hatte sie sich prompt in ihren Tanzpartner Frank verliebt. Er war ein Jahr älter als sie. Sie hatten trainiert und trainiert - und irgendwann geknutscht. Mit dreizehn gab er ihr ihren ersten Zungenkuss. Ganz romantisch, auf ihrer Geburtstagsparty. Unter dem sanften Schein einer Straßenlaterne, draußen vor dem Gartentor, sah er ihr tief in die Augen und fragte zögernd: „Du willst es doch auch?" Sie hauchte dramatisch „ja" und schloss die Augen. Ganz großes Kino! Er streichelte über ihre damals noch hüftlangen, naturblonden Haare, nahm sie in den Arm, drückte seine Lippen auf ihre und öffnete entschlossen den Mund.

Was in diesem Fall zu tun war, hatte Zoe schon Wochen vorher theoretisch durchgehechelt. Gemeinsam mit ihrer Freundin Babsi hatte sie sich immer wieder in der Großen Pause, in einer stillen Ecke des Schulhofs, mit Thomas, einem Klassenkameraden, der sitzen geblieben und daher ein Jahr älter und erfahrener war, getroffen und ihn mit ihren Fragen, rund um den Zungenkuss, gelöchert. Wahrscheinlich hatte er genauso wenig Ahnung, wie seine wissbegierigen „Studentinnen", aber Thomas gab sich alle Mühe, sie detailliert in die Geheimnisse des Zungenkusses einzuweihen:

„Man macht den Mund auf, steckt die Zunge in den Rachen des anderen und fängt an zu drehen. Dann vor und zurück, als wenn man sich gegenseitig jagt." Klang toll. So gerüstet, sah Zoe ihrem ersten „echten" Kuss gelassen entgegen.

Und nun war es endlich so weit. Frank öffnete seinen Mund, und Zoe tat es ihm sogleich nach. Vorsichtig machte sich ihre Zungenspitze auf die Suche. Doch ehe sie etwas finden konnte, hatte sie schon das Gefühl, einen sehr nassen Wischlappen im Mund zu haben. Seine Zunge drehte sich wie wild, der Speichel floss in Strömen. Zoe schnaufte. Sie glaubte zu ersticken. Aber natürlich wollte sie sich vor dem erfahrenen Frank, der schließlich schon 14 war, keine Blöße geben. Also holte sie einmal tief Luft durch die Nase, verlangsamte konzentriert das Tempo und drehte ihre Zunge zärtlich um seine herum. Langsam entspannte auch er sich und ließ sich auf das Spiel ein. „Ja", dachte Zoe, „so könnte das was werden." Wild knutschend standen sie eine gefühlte halbe Stunde unter der Laterne. Irgendwann tat Zoe der angespannte Kiefer weh.

„Und wann und wie hört man wieder auf?", ging es ihr durch den Kopf.

Da hörte sie aus dem Garten die rettende Stimme ihrer Freundin Babsi: „Zoe, wo steckst Du? Ich hatte gerade meinen ersten Zungenkuss mit Christian! Igitt!"

Frank und Zoe blieben noch eine Weile ein Paar, küssten sich leidenschaftlich und tanzten Turniere – bis er lieber wieder Fußball spielen wollte.

DAMIAN

In dem Tanzclub gab es auch eine Tanzschule, mit den üblichen Kursen, Abschlussball und allem, was dazugehörte. Zoe fühlte sich als echte Turniertänzerin und fand es unter ihrer Würde, mit Tanzschülern zu trainieren, die sich nur einmal wöchentlich stampfend zur Musik bewegten. Doch immer mal wieder musste sie einspringen, wenn nicht genügend Mädchen da waren. Widerwillig ließ sie sich dann von ungelenken, pickligen Jünglingen übers Parkett schieben und auf die Füße treten. Bis sie Damian begegnete. Ein äußerst gut aussehender Spanier, mit dunklen Augen, schwarzen Locken, einem ausgeprägten, breiten bremischen Akzent und einem wunderbaren Lachen. Und mit Rhythmusgefühl! Sie verstanden sich auf Anhieb, legten es darauf an, sich vor den verordneten Tanzpartnerwechseln zu drücken, und hatten jede Menge Spaß. Irgendwann waren seine Kurse vorbei, aber sie trafen sich weiter. Sie saß an den Tresen der verschiedenen Cafés, in denen er nach der Schule jobbte. Er versorgte sie mit Freidrinks, und sie unterhielt ihn mit ihren Geschichten. Sie lachten über dieselben Dinge, liebten es, über die Kneipengäste zu lästern, und verstanden sich immer besser.

Sie waren ein Traumpaar – der dunkle Latino und die blonde Norddeutsche. Und wenn es nach Zoe gegangen wäre, wäre längst mehr passiert. Sie wollte ihre Zungenkuss-Künste nur zu gerne an dem ein Jahr älteren Damian ausprobieren, aber irgendwie kam es nie dazu.

Dann lud er sie ein, zu seinem 16. Geburtstag. Endlich, das erste Mal bei ihm zu Hause! Ihre Strategie stand fest: warten, bis alle anderen gegangen waren und dann knutschen. Der Rest würde sich schon ergeben.

Sie machte sich Gedanken über ein passendes Geschenk. Beide waren große Fans von David Bowie. Sie liebten seine Musik und seinen androgynen Stil. Zoe wusste, dass Damian seine Locken auch gerne mal so lässig zurückkämmen würde, wie auf dem Cover von Bowies „Low"-Album. Aber in den 70ern gab es weder Haargel noch -wachs im Drogeriemarkt zu kaufen. Also besorgte sie Pomade aus der Tube, füllte sie in ein hübsches Döschen um und kaufte auch noch einen schwarzen Kajalstift. „Das müsste toll aussehen, zu seinen dunklen Augen", überlegte sie. Zoe zog ihre Plateauschuhe aus schwarzem Lackleder an, quetschte sich, auf dem Teppich liegend, in ihre knallenge Wrangler, zog ein weites, weißes Hemd von ihrem Vater drüber und fand sich umwerfend. „Heute passiert es!", erklärte sie ihrem Spiegelbild und fuhr zu Damian. Drei Schulfreunde waren schon da, und damit war sein winziges Zimmer voll.

Zoe waren ihre Geschenke plötzlich total peinlich. Was würden die anderen Jungs dazu sagen? Aber Damian bestand darauf, sie sofort auszupacken. Er war begeistert und nahm gar nicht wahr, dass seine Freunde sich irritiert anguckten. Sie hörten Musik, aßen leckere spanische Tapas, aus dem Spezialitätenladen seiner Eltern, und Zoe wartete nur darauf, dass die anderen endlich gehen würden. Hartnäckig hielt sie sich an ihrem Glas Cola fest und sagte sich immer wieder: „Ich kann warten. Ich weiß, was heute noch passiert. Ich bin bereit."

Endlich! Die langweiligen Schulfreunde räumten das Feld. Während Damian sie noch zur Tür brachte, machte Zoe es sich auf seinem schmalen Klappbettsofa bequem. Was heißt schon bequem? Sie drapierte sich möglichst verführerisch auf der orange-grün-braungemusterten Wolldecke. Nach drei, vier Versuchen war sie mit ihrer Position zufrieden und bereit, Damian zu empfangen.

Er stürmte wieder ins Zimmer und verkündete fröhlich:

„Jetzt können wir endlich die neue Bowie-Scheibe hören, die ich von meiner Schwester bekommen hab. Die andern stehen nämlich nicht auf Bowie." Statt sich neben ihr auf dem Lotterbett niederzulassen, hockte er sich im Schneidersitz auf den Boden, vor seine Dual-Anlage, und legte die neue Platte vorsichtig auf. „Heroes" erklang. Wunderschön! Zoe schmolz dahin. „Wahnsinn, oder?", fragte er aufgeregt.

„Ja, fantastisch", sagte sie mit möglichst viel Erotik in ihrer Teenie-Stimme. Dabei dachte sie verzweifelt: „Bowie ist natürlich der Größte. Er ist der Meister. Da geht eigentlich nichts drüber – aber jetzt will ich knutschen!" Ihre verführerische Haltung wurde langsam unbequem.

Endlich setzte er sich doch noch auf das schmale Klappbett. Sie rückte etwas zur Seite, sodass er sich neben sie legen konnte.

„Ja, jetzt!", seufzte sie lautlos. Damian lehnte sich zurück, suchte eine bequeme Lage und legte schließlich seinen rechten Arm unter Zoes Kopf. Sie schloss die Augen, hörte David Bowie singen und entspannte sich. Langsam drehte sie ihren Kopf zu Damian und wartete. Und wartete. Und wartete. Dann hörte sie seinen regelmäßigen Atem. Sie schlug die Augen wieder auf und betrachtete entgeistert einen friedlich schlummernden Jungen. Wo war der feurige Spanier hin, von dem sie nächtelang geträumt hatte? Abrupt stützte sie sich auf ihre Ellenbogen. Wie beabsichtigt, wachte er davon wieder auf. Verwirrt schaute er sie an.

„Ach, sorry, bin wohl eingeschlafen. Ist ja auch schon spät. Wir sehen uns die Tage, oder?"

Kaum hatte sich Zoe von dem Frust der verpassten Chance erholt, folgte bald der nächste. Dramatischere. Damian hatte natürlich irgendwann gemerkt, dass Zoe in ihm mehr sah, als nur einen guten Freund. Zurückhaltung und Diplomatie waren noch nie ihre Stärken. Eines Abends, nach ein Paar Gläsern spanischem Rotwein, blickte er sie an und sagte ernst:

„Du, Zoe, ich mag dich wirklich wahnsinnig gern. Jeder, der dich als Freundin hat, ist echt zu beneiden." Sie sah ihn verwirrt an. Was kam denn jetzt? Die große Beichte? Der Heiratsantrag? Die Trennung? So ähnlich. Damian sprach endlich aus, was sie schon geahnt hatte: „Ich kann's selber noch nicht richtig begreifen oder erklären, aber ich hab mich in Ralf verliebt."

„Nein! Nicht dieser Langweiler!", entfuhr es Zoe. „Der hat doch beim Geburtstag den ganzen Abend die Zähne nicht auseinandergekriegt. Und er ist nicht mal hübsch!" Er sah sie verblüfft an. Und Zoe merkte, dass sie gar nicht von der Nachricht, dass ihr Freund einen Mann liebte, geschockt war, sondern vielmehr über das Ziel seiner Leidenschaft. Beide mussten grinsen.

„Wen soll ich denn sonst nehmen?", fragte er amüsiert. Zoe lächelte ihn an: „Wenn ich dich schon nicht haben kann, dann suchen wir dir wenigstens einen tollen Kerl!" Von da an machten sie in Kneipen und Discos gemeinsam Jagd und spielten das Spiel: „Wer von uns kriegt den hübschen Typen da drüben?"

Der erste schwule Mann in Zoes Leben prägte ihre Einstellung nachhaltig. Sie hatte sich gefragt: „Liebe ich diesen Mann, oder liebe ich diesen Menschen?" Sie hatte sich für den Menschen entschieden. Damian und sie sind bis zum heutigen Tag die engsten Freunde.

Danach tanzte Zoe noch ein paar Monate halbherzig mit einem anderen Thomas – in den 70ern hieß jeder zweite Junge Thomas – weiter Turniere. Im Gegensatz zu ihm, wusste sie zu der Zeit schon, dass er schwul war. Zoes feines Näschen witterte seit damals einen schwulen Mann zehn Kilometer gegen den Wind.

Jedenfalls meistens …

KAPITEL 3

„Hi Zoe, lange nicht gesehen!" Sie dreht sich um. Hinter ihr schnaufen Uwe und Harry im Laufschritt die Arndtstraße rauf.

„Ganz schön sportlich, Jungs", ruft sie amüsiert. Der lange, schlaksige Uwe mit der hohen Stirn und der kurze, knubbelige Harry mit den schulterlangen, dunklen Locken sind nicht nur seit Ewigkeiten ein Paar, sondern arbeiten auch zusammen in ihrer coolen Bar in Schöneberg.

„Da muss man erst nach Kreuzberg kommen, um dich mal wieder zu sehen. Du warst ja schon ewig nicht mehr im ‚Rock'. Was ist los, kein Appetit mehr auf Cocktails?", fragt Harry außer Atem.

Die „Rock Bar" war – neben dem „Pinguin" – früher Zoes beliebtester Startpunkt in eine lange Nacht. Mit ihrem Freund Gregor hatte sie in der Bar so manchen köstlichen Erdbeer-Daiquiri oder eine Piña Colada genossen. Dann hatte Gregor sich irgendwann mit Uwe und Harry über eine Nichtigkeit heftig zerstritten, und Zoe saß seitdem zwischen den Stühlen – Solidarität mit Gregor oder köstliche Cocktails …

„Blöder Zickenalarm", denkt sie heute. „Tja, seit ich im spießigen Wilmersdorf wohne und oft auch am Samstag arbeiten muss, schaff ich es einfach nicht mehr zu euch. Wie läuft der Laden denn so?"

„Eigentlich ganz gut, aber wir haben nur noch freitags und samstags auf. In der Woche beschäftigen wir uns lieber mit unserer neuen Leidenschaft: Eis!", erklärt Uwe stolz.

„Wie, Eis? Esst oder verkauft ihr das?"

„Sowohl als auch", grinst Harry. „Wir haben jetzt neben der Bar noch einen ‚Deli' aufgemacht, und da verkaufen wir unsere eigenen Eiskreationen."

„Das ist ja eine tolle Idee. Auf ein leckeres Eis hätte ich jetzt auch Appetit. Bei der Hitze wär das genau das Richtige."

„Und was machen die im Winter mit dem Laden?", überlegt Zoe skeptisch, aber sie hat's eilig:

„Meine Mittagspause ist schon seit einer Viertelstunde vorbei. Ich muss mich echt beeilen, wenn ich nicht rausfliegen will!"

„Dann kommst du zu uns als Eisverkäuferin", lacht Uwe. „Wir müssen auch los. Wir wollen nämlich noch ein paar Zutaten für zwei neue Eis-Ideen besorgen. Hoffe, dass wir dich bald mal wieder sehen – abends zum Cocktail oder tagsüber zum Eis."

„Sehr gerne! Macht's gut, ihr zwei!" Sie winkt Uwe und Harry kurz zu und stöckelt die letzten Meter Richtung Galerie. Ihre Füße in den hohen Pumps brennen und schmerzen immer mehr.

„Fast so, als wenn ich die ganze Nacht durchgetanzt hätte – wie damals auf der Architekten-Party …"

ROLAND

Als sie in der lauen Berliner Sommernacht schließlich die Tanzfläche der Architekten-Party enterte, hatte Zoe genügend Wut im Bauch, um richtig aufzudrehen. Wenn Max sich lieber um „seine Neue", als um sie kümmerte, würde sie sich ihren Ärger eben wegtanzen.

Bereits nach wenigen Minuten hatte sich ein kleiner Kreis um sie gebildet. Sie bewegte sich zwar im Rhythmus, aber nicht im Gleichklang mit den anderen Tänzern. Mit geschlossenen Augen spürte sie die Musik. Dann spielte der DJ „Kiss", eins ihrer Lieblingslieder von Prince. Die schnellen Rhythmenwechsel und der erotische Gesang machten sie an. Sie überließ sich dem Song und wartete auf den Refrain.

Beim ersten „Kiss" verharrte ihr Körper einen winzigen Moment, bevor die Hüften im Takt nach vorne schnellten. Sie öffnete kurz ihre Lider – und blickte in die blauen Augen eines hochgewachsenen Mannes, der vor ihr tanzte. Er hatte kurzes, blondes Haar, eine beginnende Stirnglatze und einen schlanken, durchtrainierten Körper.

„Tänzerhaltung", schoss es Zoe durch den Kopf. Sie sah ihn weiter an, ihre Bewegungen synchronisierten sich und beim nächsten „Kiss", schoben beide gleichzeitig die Hüften nach vorne. „Wow! Was ist das denn?", dachte sie fasziniert. „Ein toller Tänzer. Ein Mann, der den Groove fühlt, kann auch in anderen Dingen nicht völlig unbegabt sein …"

Sie tanzten noch zu drei weiteren Songs, bevor er lächelnd die Tanzfläche verließ.

„Wie jetzt? Der will doch nicht schon gehen?" Zoe war entgeistert. Sie scannte die Menge nach ihm ab, doch dann blieb ihr Blick an einem attraktiven Zwei-Meter-Mann hängen.

„Irgendwo hab ich den doch schon mal gesehen, aber wo? Vielleicht im ‚Querelle'? Oder im ‚Dschungel'? Ach, ja, der gehörte doch zu dieser schrecklichen, lindgrünen Barbara-Truppe ... Wie hieß der noch? Norbert? Nee, Quatsch, Nico!" Bevor sie sich weiter mit ihm befassen konnte, entdeckte sie ihren Tanzpartner, wie er sich langsam, in tadellos gerader Haltung, durch die Menge bewegte. „Der hat ja ein rotes Hemd und Jeans an. Da find ich ihn wenigstens zwischen all den schwarzen Typen schnell wieder."

Sie tanzte noch ein paar Minuten weiter, bevor sie sich auf seine Spur setzte. Vermeintlich desinteressiert ließ sie den Blick schweifen. „Verdammt, wo ist er denn nun geblieben?" In diesem Moment wechselte die Musik. Statt der Disco-Songs erklang plötzlich „An der schönen, blauen Donau" in die warme Berliner Nacht.

„Ein Wiener Walzer!", entfuhr es Zoe. Sie hatte schon ewig nicht mehr Walzer getanzt. Die Jungs ihres Jahrgangs fanden so was altmodisch und spießig. „Schade eigentlich, dabei macht das so viel Spaß", dachte sie, da sah sie aus dem Augenwinkel etwas Rotes auf sich zukommen. Er sah sie an, nahm galant ihren Arm und führte sie ohne ein weiteres Wort auf die nun fast leere Tanzfläche. Halbherzig schunkelten drei Paare im Walzertakt. Ehe sie sich versah, wurde Zoe fest gepackt und los ging's: links rum, rechts rum, Promenade und wieder schnelle Drehungen. Sie schwebte über die Tanzfläche und strahlte ihn an. „Oh, wie herrlich!"

„Ja, ich liebe Walzer, aber leider trifft man so selten eine Frau, die ihn auch tanzen kann", entgegnete er lächelnd. Seine Stimme war tief und kräftig und ging Zoe durch Mark und Bein.

„Das ist ER!", jubilierte sie innerlich. „Das wird unser Hochzeitswalzer!" Sie glitten in himmlischer Harmonie bis zur letzten Note übers Gummi-Parkett und genossen jede Sekunde. Als die Musik endete, blieben beide einen Moment lang atemlos stehen. Er fasste sich als Erster: „Ich heiß übrigens Roland."

„Das ist ja toll, ich komm aus Bremen", antwortete Zoe etwas zu schnell. Als er sie verwirrt anblickte, fuhr sie fort: „Na, in Bremen steht doch der große Roland auf dem Marktplatz, der Schutzpatron der Bürger. Ich heiß übrigens Zoe."

Er lachte. „Ach so, hätte ich eigentlich kapieren müssen, schließlich haben mich meine Eltern nach eben diesem Roland benannt. Ich stamme zwar aus dem Oberharz, aber meine Großeltern leben in Bremen."

„Wir haben etwas gemeinsam!", dachte Zoe und strahlte ihn stumm an.

Das Gespräch kam ins Stocken. „Magst du was trinken?", fragte er schließlich.

„Klar gerne, ein Bier."

„Willst du hier warten, oder kommst du mit zum Getränkestand?"

„Ich begleite dich", antwortete sie schleunigst.

„Noch mal lass ich den nicht aus den Augen, sonst schnappt ihn mir womöglich noch eine andere weg", dachte sie und stöckelte hinter ihm her. Plötzlich blieb er stehen, drehte sich zu ihr um und sagte: „Da drüben steht meine Freundin, die mich mit hierher genommen hat. Vielleicht möchte sie auch was trinken. Komm, wir gehen mal fragen."

„Na, toll. Das war's. Seine Freundin. Logisch, dass so ein attraktiver Mann und Spitzentänzer nicht mehr auf dem Markt ist", dachte Zoe frustriert. Lächelnd sagte sie allerdings: „Aber klar! Die möchte ich total gerne kennenlernen …"

Nicht mehr ganz so locker, den Blick starr vor sich auf den Boden gerichtet, stapfte sie hinter ihm her. Als er stehen blieb, sammelte sich Zoe innerlich, und während sie immer noch konzentriert das granitene Kopfsteinpflaster betrachtete, knipste sie zur Begrüßung ihr strahlendstes Lächeln an.

„Hi, ich bin Zoe!", stieß sie betont fröhlich hervor und blickte zu ihrer Konkurrentin auf. Vor ihr stand die schwarz gewandete Silke. Verwirrt blickte Zoe Roland an.

Er lächelte und sagte:

„Genau, das ist Zoe, die Walzerkönigin von Berlin, und das ist meine alte Freundin Silke aus Braunlage, die studiert hier seit Kurzem Architektur. Und das ist ihr Kommilitone Max."

Max schaute verwirrt von Roland zu Zoe, zu Silke und wieder zu Zoe. Die fing an, die Situation zu genießen.

„Ich hol uns mal was zu trinken", erklärte Roland schließlich. Max sprang ihm sofort bei: „Ich komm mit." Und weg waren sie.

Silke und Zoe standen stumm nebeneinander. Schließlich ergriff Silke das Wort: „Roland tanzt in der ‚Etage'."

„Wo?", fragte Zoe verwirrt.

„In der ‚Etage' in Kreuzberg. Das ist eine Tanzakademie. Er will professioneller Tänzer werden." „Ja, er tanzt toll", entgegnete sie betont desinteressiert.

Silke fuhr unbeirrt fort:

„Wir stammen beide aus Braunlage, kennen uns schon seit der Schule."

„So, so", antwortete Zoe und betrachtete demonstrativ das Partygeschehen. „Blöde Kuh. ‚Wir kennen uns schon seit der Schule!' Aber mit mir hat er Wiener Walzer getanzt! So!", dachte sie grimmig. Das Gespräch verebbte wieder. Schweigend standen sie nebeneinander, als die Jungs endlich mit drei Bieren und einem Wasser zurückkamen.

„Ich mag keinen Alkohol", verkündete Roland. „Mochte ich noch nie."

„Ich trink auch ganz selten!", platzte Zoe etwas zu hastig heraus. Der Blick von Max, mit hochgezogener Augenbraue, sagte: „Ach ja?", aber zum Glück hielt er den Mund.

Zoe blickte Roland in die Augen: „Hab gehört, du tanzt?"

„Ja, in der ‚Etage'."

„Ach, die Tanzakademie in Kreuzberg."

„Du kennst die?"

„Hab schon mal davon gehört."

Langsam wurde es peinlich. Fieberhaft überlegte Zoe, wie sie sich samt Roland aus dieser Situation herausbugsieren konnte. Warum musste dieses Vorgeplänkel immer so anstrengend sein? „Ich will ihn, er mag mich – worauf warten wir?", grübelte sie unwirsch.

Noch während sie nach einer passenden Taktik suchte, ergriff Max das Wort. „Mädels, war sehr nett mit Euch, aber ich treff mich noch mit Gregor im ‚Tom's'. Da haben Damen leider keinen Zutritt", fügte er, überflüssigerweise, grinsend hinzu.

„Dann geh mal schön allein in deine Bar", zischte Zoe ihn an. Sie fand es bescheuert, dass Frauen in manchen Läden grundsätzlich keinen Zutritt hatten. „Schwule Machos", dachte sie genervt. Laut sagte sie: „Dann können wir ja vielleicht noch was anderes machen, oder Roland?"

Erwartungsfroh strahlte sie ihn an.

Roland lächelte entspannt in die Runde und sagte: „Ach, ‚Tom's‘ ist eigentlich 'ne nette Idee. Was dagegen, wenn ich mitkomme, Max?“

Zoe klappte ihren Mund auf – und wieder zu. Es dauerte ein paar Sekunden, bis sie das Gehörte in den richtigen Zusammenhang gebracht hatte.
Dann platzte sie heraus:
„Nein, nicht schon wieder! Ich hab die Nase gestrichen voll! Das könnt ihr mit mir nicht machen! Ihr verfolgt mich! Ihr wollt mich fertigmachen! Aber jetzt ist Schluss! Ich verliebe mich jetzt in eine Frau! Mit Männern, egal ob homo oder vielleicht zufällig auch mal hetero, will ich ab sofort nichts mehr zu tun haben! Mir reicht's!“

Ohne ein weiteres Wort drehte sie sich auf ihren hohen, wackligen Absätzen um und verließ hocherhobenen Hauptes den Ort ihres Fehlgriffs. Dabei knickte sie fast um, fing sich im letzten Moment und hörte Rolands tiefe Stimme:
„Was ist denn mit der los? Hat die ein Problem mit Schwulen?“

DAMIAN II

Zoe hatte sich nach ihrem Wutausbruch auf der Architekten-Party schnell wieder beruhigt. Schließlich lebte
sie in Berlin – DER Schwulenhochburg der Republik.
Da war es eben sehr wahrscheinlich, dass man, beziehungsweise frau, ab und zu mal daneben lag. Ihr Opti-
mismus gewann schnell wieder die Oberhand, zumal ihr
Freund Damian umgehend auf ihren Hilferuf reagiert
hatte. Nur ein Wochenende später kam er nach Berlin,
um wie in alten Zeiten, mal wieder kräftig um die Häuser zu ziehen. Sie stylten sich: Zoe trug natürlich szeni-
ges Berliner Schwarz. Damian dagegen schmiss sich in
sein schillerndes blaues Hemd mit leuchtend-gelben
Sonnenblumen. So starteten sie von Neukölln aus in die
Kneipen und Bars.

Zum Aufwärmen fuhren sie nach Kreuzberg und sahen sich in der Oranienstraße in der „O-Bar" um. Aber
weder für Zoe, noch für Damian war in der schwulen
Bar was Passendes dabei. Also weiter ins „Exil", direkt
am Kanal, wo die verrücktesten Künstler der Stadt ver-
kehrten und Ende der 70er auch Iggy Pop und David
Bowie oft waren. Damian und Zoe waren beeindruckt,
tranken ein Bierchen, bekamen Hunger und zogen weiter in die „Henne", direkt an der Mauer. Hier genossen
sie ein knuspriges Hähnchen mit Kraut- und Kartoffel-
salat „Das ist das leckerste Hähnchen von ganz Berlin!",
schwärmte Zoe und leckte sich genüsslich die Finger ab.

„Stimmt, schmeckt köstlich", nuschelte Damian mit
vollem Mund.

Gestärkt marschierten sie zum Nachtbus und fuhren
Richtung Schöneberg. In der Yorckstraße stiegen sie aus
und zwängten sich ins knallvolle „Risiko".

„Da steht Blixa hinterm Tresen", erklärte Zoe.

„Wer?"

„Na, Blixa Bargeld!"

„Kenn ich nicht." Damian zuckte gleichgültig mit den Schultern.

Zoe konnte es nicht fassen. „Das ist der Frontmann der ‚Einstürzenden Neubauten'! Musst du doch kennen!"

„Nö. Ich kenn Bowie, das reicht. Und der Meister ist ja wohl um Längen attraktiver, als dieser verstrubbelte Typ da", antwortete Damian grinsend.

„Ja, okay. Ich find die Musik auch ein bisschen schräg, ist aber verdammt cool und angesagt. Wollen wir weiter ins ‚Andere Ufer'?"

„Aber sofort! Da hat doch David früher Kuchen gegessen und drüber gewohnt."

„Schräg drüber", murmelte Zoe.

„Hä?"

„Na, nicht direkt, sondern zwei Häuser weiter, Nummer 155. Und es war nicht nur Kuchen ..."

Bevor Zoe zu weiteren Details ausholen konnte, schob Damian sie lachend Richtung Tür. Die nächtliche Straße wurde nur spärlich von Gaslaternen beleuchtet. Um diese Zeit fuhr kaum ein Auto.

„Wir müssen unter den Yorckbrücken durch und dann links in die Hauptstraße", erklärte Zoe.

„Ganz schön unheimlich hier", meinte Damian.

Plötzlich rannte eine junge Frau aus dem S-Bahnhof, blickte sich hektisch um und stürzte davon. Zoe sah ihr beunruhigt nach. Sie spürte, dass da irgendwas nicht stimmte. In dem Moment stolperte ein Mann aus der S-Bahn und sah sich suchend um.

„Ey, du Schlampe! Bleib steh'n! Ich bin noch nich' fertig mit dir!", brüllte er mit alkoholschwerer Zunge in die Dunkelheit. „Ich krieg dich und dann setzt's was!"

„Lass mich in Ruhe, du Schwein!", schrie die Frau und rannte weiter. Der Typ nahm die Verfolgung auf.

Zoe blickte paralysiert auf die Szene. Sie suchte Damians Blick, doch der reagierte nicht.

Ohne zu zögern, brüllte sie los:

„Lass die Frau in Ruhe, du Arschloch!" Sie erschrak vor dem harten Klang ihrer eigenen Stimme. Doch der Schrei schien zu wirken. Verwirrt blieb der Mann stehen und sah sich um. Zoe legte nach:

„Ich ruf die Bullen, wenn du der Frau was tust!"

Damian blickte seine Freundin entgeistert an.

„Und wenn der jetzt zurückkommt …?", flüsterte er.

Ohne den Blick von dem Kerl abzuwenden zischte Zoe leise:

„Dann sind wir sofort wieder im ‚Risiko' verschwunden."

Doch ihr beherzter Auftritt schien gewirkt zu haben. Schulterzuckend wandte sich der Mann um und verschwand.

„Uff, das war aber mutig!", seufzte Damian erleichtert. Zoe sah ihn ernst an.

„Das hatte mit Mut gar nichts zu tun. Ich konnte doch nicht zusehen, wie der Typ die Frau verprügelt."

„Na ja, hätte auch schief gehen können …"

„Quatsch! Du warst doch bei mir und die Kneipe nur ein paar Meter entfernt. Bei so was muss man doch was tun!"

„Du bist meine Heldin!" Damian drückte Zoe. Lachend befreite sie sich aus seiner Umarmung.

„Ach, Quatsch! Wahrscheinlich wartet sie an der nächsten Straßenecke auf ihn und dann saufen die beiden fröhlich weiter. Da mach ich mir keine Illusionen."

„Aber du hast verhindert, dass der Typ die Frau verprügelt – bravo!"

Zoe strahlte ihn an. „Meine gute Tat für heute. Und, was lernen wir daraus?"

„Dass Hetero-Beziehungen nicht unbedingt erstrebenswert sind?", lachte Damian. Zoe knuffte ihn in die Seite:

„Vergiss es, so schnell geb ich nicht auf. Ich werd schon noch den Mann finden, der weder säuft, prügelt noch spießig ist. Nicht alle netten Männer sind schwul!"

Damian kicherte. „Tja, dann sind wir im ,Anderen Ufer' wohl falsch, was?"

„Genau! Und deshalb fahren wir jetzt in den „Dschungel" – da gibt's jede Menge paarungswillige Heteros!" Zoe lachte, während Damian die Augen verdrehte und dramatisch seufzte:

„Wenn's sein muss … Wie könnte ich meiner Rächerin der Enterbten, der Beschützerin von Witwen und Waisen etwas abschlagen?"

„So sei es! Ich will Spaß! Los geht's!"

GREGOR

Ein Jahr später.

Außer ein paar heißen Flirts hatte Zoe auf ihrer Suche nach Mr. Right keine Erfolge zu verzeichnen. Darüber tröstete sie sich durch die enge Freundschaft zu ihren schwulen Jungs hinweg. Doch auch dort bahnten sich Probleme an. Das Verhältnis zwischen Max und Gregor hatte sich mittlerweile stark abgekühlt. Max hatte schließlich den Schlussstrich gezogen. Jetzt war Zoe die engste Beziehung, die Gregor hatte. Sie telefonierten täglich drei bis vier Stunden, trafen sich bei ihm, tranken jede Menge spanischen Rotwein und redeten die Nächte hindurch. Ab einem gewissen Alkoholpegel fing er immer wieder damit an, was er falsch gemacht hätte, wie er sich ändern wolle und wie er Max doch noch zurückgewinnen könne. Geduldig setzte ihm Zoe jedes Mal aufs Neue auseinander, dass sein Ex inzwischen mit seinem neuen Freund zusammengezogen sei und sie wirklich keine Chance für ein Comeback der alten Liebe sähe.

Theoretisch war das auch Gregor klar. Aber wenn man selber noch liebt, ist es nicht einfach, diese bittere Erkenntnis vom Kopf in den Bauch und tiefer vordringen zu lassen. Ein letztes Fünkchen Hoffnung bleibt. Und wenn man in intensiven Gesprächen nur lange genug die Glut anpustet, glaubt man am Ende, gegen alle Erfahrung, wieder daran, dass die Liebe vielleicht doch erneut auflodern könnte. Liebe hat mit Logik nichts zu tun.

Zoe liebte Gregor von Herzen, und es tat ihr weh, ihn so leiden zu sehen. Er ließ sich und seine schöne große Wohnung immer mehr verwahrlosen. Sein Durchhänger zog sich nun schon über Monate hin. Irgendwann reichte es ihr, und sie brachte zum nächsten

Besuch zehn große, blaue Mülltüten, Gummihandschuhe und Putzmittel mit.

„Gregor, heute räumen wir mit deiner Vergangenheit auf!", verkündete sie voller Elan, als er die Tür öffnete und sie verdutzt ansah. Sie stürmte an ihm vorbei, drückte ihm im Vorübergehen ein Paar knallgelbe Gummihandschuhe in die Hand und legte los. „Du hast jetzt eine Viertelstunde Zeit, deine wichtigsten Dinge im Schlafzimmer in Sicherheit zu bringen. Alles andere, was auf dem Boden und den Stühlen rumliegt, landet im Müllsack! Ich fang schon mal an, die Küche zu putzen", verkündete Zoe bestimmt.

Gregor sah sie verwirrt an und schien sich nur mühsam von dem Schock zu erholen.

„Was soll das? Das ist meine Wohnung. Ich brauch alle meine Sachen. Ich fühl mich wohl so, und ich finde auch alles wieder", maulte er halbherzig und schloss endlich die Wohnungstür.

„Aber den Staub und Dreck dazwischen, den brauchst du nicht!", konterte Zoe gnadenlos.

Gregor gab sich geschlagen und begann langsam, sich einen Weg durch sein Chaos aus Papieren, Klamotten, leeren Flaschen, Zeitungsstapeln, Gläsern mit angetrockneten Rotweinresten, schimmelbedeckten Tellern, vertrockneten Yuccapalmen und blattlosen Birkenfeigen zu bahnen.

Um fünf Uhr morgens war es geschafft. Völlig erledigt, aber zufrieden, ließen sie sich vorsichtig auf dem nun wieder wunderschönen Art-deco-Sofa nieder – bloß nichts schmutzig machen. Gregor öffnete eine gute Flasche Rioja. Dank der ungestörten Lagerung in einer dunklen Ecke, ganz hinten im langen Flur, unter einem

Berg alter Zeitungsbeilagen, war der Reifegrad des Weines perfekt. Der Duft des edlen Tropfens vermischte sich mit dem Geruch nach Sauberkeit. Leise Musik lief im Hintergrund und Zoe seufzte zufrieden.

„Das ist der Neuanfang. Jetzt steht Gregor einer aufgeräumten Zukunft nichts mehr im Wege", dachte sie entspannt.

Er sah sie glücklich an. „Toll, dass wir das geschafft haben. Ich danke dir, Zoe. Allein hätte ich das nie hingekriegt. Jetzt weiß ich, dass alles gut wird."

„Schön, dass du das auch so siehst. Die alten Zeiten sind vorbei, jetzt kannst du von vorn anfangen."

Gregor strahlte. „Genau! Gleich morgen ruf ich Max an und lad ihn ein. Wenn er das sieht, kommt er bestimmt zu mir zurück!"

Zoe verdrehte die Augen und ließ sich resigniert in die Polster zurücksinken.

Sie hätte es eigentlich wissen müssen. Bei all ihren klugen Ratschlägen und taktischen Überlegungen, die Liebesbeziehungen und Trennungen anderer Leute betreffend, hatte sie doch selbst so einen schwarzen Punkt in ihrer Vergangenheit. Zoe wusste selber nur zu gut, was es bedeutete, nach einer gescheiterten Liebe, die Hoffnung nicht aufgeben zu können und sich noch an den dünnsten Strohhalm zu klammern.

PETER

Sie war fast 18 als sie Peter kennenlernte. In der Regionalsendung „buten un binnen" war der Frontmann einer ihr unbekannten Band zu Gast, die am selben Abend ein Konzert in Bremen geben sollte. Im Einspieler sah man die sechs Bandmitglieder, wie sie zu ihrer Musik, auf einem Fußballplatz, performten und kickten. Neue Deutsche Welle. Na ja. Eigentlich stand Zoe eher auf David Bowie, Iggy Pop und Lou Reed – das kongeniale Dreigestirn. Aber der Keyboarder, mit den dunklen Haaren und dunklen Augen, gefiel ihr. „Ganz schön schnuckelig", fand sie. Und da das Konzert in ihrer Stammdisco im Viertel stattfand, schwang sie sich auf ihr quietschgrünes Mofa und brauste in die Stadt. Als sie die Treppe zur „Lila Eule" hinunter stieg, war es noch leer. Höchstens zehn Menschen lungerten mit einem Drink in der Hand herum.

Zoe schlängelte sich zielstrebig an ein paar Männern, die im engen Durchgang an der Bar saßen, vorbei und platzierte sich auf dem nächsten freien Barhocker. Während sie ihr Beck's bestellte, blickte sie zurück. Sieh an – sie hatte sich gerade an der Band vorbeigedrängelt. Alle sechs grinsten und prosteten ihr zu.

„Ihr seid die Band, oder?", platzte sie heraus – und dachte im selben Moment: „Echt pfiffig, Zoe. Die müssen dich ja jetzt für völlig beschränkt halten."

Doch der Sänger antwortete lächelnd:

„Ja, genau, wir kommen aus Herne." Auf seiner spitzen Nase thronte eine runde John-Lennon-Brille. Fasziniert starrte Zoe in sein hageres Gesicht mit den tief liegenden Augen. Bevor sie etwas erwidern konnte, sagte der hübsche Keyboarder zu den anderen: „Wir müssen jetzt mal langsam gucken, ob auf der Bühne alles klar ist."

„Na, dann sehen wir uns ja hoffentlich gleich wieder. Ich bin der mit der Gitarre am Mikro", grinste die runde Brille Zoe an. „Sehr witzig ...", dachte sie und verdrehte die Augen. „Der könnte auch als Komiker auftreten."

Inzwischen füllte sich der Laden immer mehr, und eine halbe Stunde später ging die Post ab. Die Musik war großartig und die Texte dazu wirklich witzig. Man merkte, dass die Band richtig Spaß hatte, und auch die Zuschauer gingen mit. Zoe hatte sich einen strategisch perfekten Platz gesucht - dezent im Hintergrund, aber erhöht auf einer Stufe, sodass sie den Keyboarder immer fest im Blick hatte. Nach einer knappen Stunde war leider schon Schluss.

„Sorry, wir haben noch nicht mehr Songs. Aber die sind alle auf unserer ersten Platte, die man hoffentlich auch in Bremen kaufen kann", verkündete der zwei Meter lange Sänger gut gelaunt. Das Publikum brüllte begeistert:

„Zugabe!"

„Okay, okay, wir machen jetzt mal 'ne kleine Pause und überlegen beim Bier, wie's weiter geht", grinste der Sänger ins Mikro.

Das war ihre Chance: Zoe steuerte sofort ihren Barhocker an und wartete. Und tatsächlich ließ sich kurz darauf auch die Band neben ihr nieder.

„Und? Wie waren wir?", fragte der Sänger lachend.

„Ich fand's toll", strahlte sie in Richtung Keyboard. „Werd mir gleich morgen eure Platte besorgen." Der dunkle Typ lächelte schüchtern zurück.

„Na, dann steht unserer großen Karriere ja nichts mehr im Weg", grinste wieder der lange Sänger.

„Muss der eigentlich immer für alle sprechen?", dachte Zoe genervt.

Nach dem Bier gab's die versprochene Zugabe: Das ganze Programm noch mal von vorn! Die Zuschauer waren aus dem Häuschen und genossen eine weitere Stunde tolle Musik. Dann war endgültig Schluss.

Und nun? Zoe bestellte sich noch ein Bier und trödelte so lange an der Bar herum, bis die Musiker ihr Equipment eingepackt hatten und gehen wollten. Dann stellte der Sänger seinen Gitarrenkoffer ab und kam zu ihr rüber: „Wenn's dir gefallen hat – wir spielen nächste Woche noch mal im ‚Ubu', auch irgendwo hier in Bremen. Würd mich freuen, wenn du kommst!"

Zoe lächelte ihn an. So viel Hartnäckigkeit musste belohnt werden: „Aber gerne. Den Laden kenn ich zwar nicht, werd ihn aber sicher finden."

„Dann mach's mal gut, Kleine, wir müssen noch zurück nach Herne."

Der Rest der Band nickte Zoe zu. Sie sah dem Keyboarder noch einmal tief in die Augen, und schon war er verschwunden.

Klar, dass Zoe am nächsten Tag die Plattenläden im Viertel durchstöberte und im dritten Geschäft endlich fündig wurde. Zu Hause hörte sie die Scheibe rauf und runter. Zum nächsten Konzert nahm sie ihre beste Freundin Steffi mit. Schließlich hatte die jetzt seit einer Woche Zoes Schwärmereien ertragen und bestimmt zwanzig Mal die Platte anhören müssen. Jetzt wollte sie endlich auch den süßen Keyboarder sehen und die coole Band live erleben.

Das „Ubu" war schon knallvoll. Sie fanden trotzdem noch zwei freie Plätze in der Nähe der Bühne. Zoe sah sich um. Keine Spur von „ihrer" Band. Der Laden war größer, und hier gab es wohl einen Backstage-Bereich, wo die Musiker auf ihren Auftritt warteten.

Endlich ging's los. Das Konzert war wieder super, das Publikum johlte und das Wichtigste: Die Jungs auf der Bühne hatten sie sofort entdeckt und ihr nach dem ersten Song kurz zu gewunken. Zoe war selig.

Nach einem halben Dutzend Zugaben war Schluss, und die Mädels warteten in dem sich langsam leerenden Club. Was würde passieren? Wieder nur ein netter Spruch und dann auf Nie-Wiedersehen? Andererseits war Zoe auch kein Groupie, das von einer wilden Nacht mit einem Musiker träumte – es sei denn, David Bowie höchstpersönlich würde anfragen. Darüber ließe sich reden …

„Na, Kleine, wieder gut amüsiert?", schreckte sie die Stimme des Sängers aus ihren Gedanken. Sie sah zu ihm auf. Bei fast zwei Metern Mann blieb ihr gar nichts anderes übrig.

„Wir gehen jetzt noch gegenüber 'ne Pizza essen, bevor wir zurückfahren. Kommste mit?", fragte er sie.

„Aber klar, gerne", antwortete Zoe etwas zu hastig. Ein bisschen cooler fügte sie hinzu: „Meine Freundin kann doch mit?"

„Sicher, dann sehen wir uns da gleich. Haltet schon mal Plätze frei." Und schon war er wieder verschwunden.

„Was war das denn?", fragte Steffi ziemlich angezickt. „Was für eine bescheuerte Frage! Natürlich kann ich mit. Oder hättest du mich hier sitzen lassen, wenn der Herr Musiker nein gesagt hätte?"

„Natürlich nicht", verteidigte Zoe sich schnell. „Lass uns rüber gehen."

Der größte, freie Tisch hatte sechs Plätze. Sie besetzten die Stühle mit ihren Mofa-Helmen, Handschuhen und dicken Daunenjacken. Nach einer guten halben

Stunde kam die Band endlich. Stühle für die Bühnentechniker wurden noch dazugestellt, und schließlich hockten elf Leute an dem kleinen Tisch. Natürlich saß der süße Keyboarder weit weg von Zoe, in der anderen Ecke. Na, toll! Stattdessen hatte sich der Sänger zwischen sie und Steffi gequetscht. Seine langen Beine passten kaum unter den Tisch. Der, von dem großen Andrang zu später Stunde, völlig überforderte, italienische Kellner, versuchte verzweifelt, die vielen lautstark vorgetragenen Wünsche auf die Reihe zu kriegen.

„Sinde also drei Pizze Funghi, una Margherita, due Lasagne, una Zuppa di cozze, due Spaghetti Frutti di Mare unde zwei mite Bolognese, ne? Unde elf Bier?", zählte er schließlich unsicher in die Runde auf und marschierte Richtung Küche.

„Ob das klappt?", überlegte Zoe.

Natürlich nicht. Am Ende teilten sich alle das, was auf den Tisch kam. Immerhin kriegte jeder sein Bier. In dem Trubel gab es keine Chance für nette Gespräche, und außer dem Sänger nahm sowieso niemand groß Notiz von Zoe und Steffi. Viel zu schnell kam der Aufbruch. Alle quetschten sich in drei Autos, einige winkten noch kurz und rollten dann auf der dunklen Straße in Richtung Autobahn.

Zoe und Steffi standen noch unschlüssig neben ihren Mofas, als der aubergine-rote, klapprige R4, mit dem Sänger am Steuer, plötzlich drehte und vor ihnen anhielt. Der Zwei-Meter-Mann schälte sich mühsam hinterm Lenkrad hervor und kam auf Zoe zu.

„Es war schön, dich kennenzulernen. Wer weiß, vielleicht sehen wir uns ja irgendwann mal wieder, meine Kleine." Damit drückte er ihr zwei zärtliche Abschiedsküsschen auf die Wangen, sah ihr in die Augen, stieg wieder ins Auto und brauste los.

Zoe stand wie vom Donner gerührt da. Vorsichtig betastete sie ihre Wangen, wo sie immer noch seine Lippen spürte. Sie wusste nicht wie ihr geschah.

„Aber ich wollte doch den Keyboarder", murmelte sie leise.

„Hey, was war das denn?", fragte Steffi laut. „Den hat's aber erwischt." Sie grinste Zoe an. Die blickte nur aus leicht glasigen Augen zurück.

„Oh, und Frau Obercool würde jetzt wohl am liebsten per Mofa nach Herne fahren, was?" Steffi amüsierte sich köstlich.

„Ach, Quatsch!", blaffte Zoe heftig. „War ganz nett, aber die sehen wir nie wieder. Lass uns endlich fahren."

Ein paar Wochen später war Zoe mit ihren Eltern im Skiurlaub in Tirol. In ihrem Walkman dudelte nur die Musik der Band. Zoe war nicht ansprechbar. Versunken betrachtete sie die schneebedeckten Berge und dachte wieder und wieder an den Abschiedskuss von Peter. Obwohl sie sich bei ihren zwei Begegnungen nie vorgestellt hatten, kannte sie seinen Namen vom Plattencover: Peter van Helder. Das Cover hatte sie – selbstverständlich ohne die kostbare Platte - sogar mit in den Urlaub geschleppt, denn darauf waren Fotos der sechs Bandmitglieder und auf dem Cover ER. Bevor sie in die Dorfdisco ging, warf sie immer noch schnell einen sehnsüchtigen Blick darauf.

In der Disco lernte sie eines Abends ein Mädchen aus Herne kennen. Langweilig zwar, aber aus Herne! Die hatte natürlich noch nie von der Band gehört und stand mehr auf U2 und Genesis. Zoe rollten sich die Fußnägel hoch. Aber da musste sie jetzt durch. Kurz vor ihrer Abreise drückte sie dem Mädchen einen Zettel mit ihrer

Adresse und sämtlichen Namen der Bandmitglieder in die Hand.

„Würd mich freuen, wenn wir uns mal schreiben könnten", heuchelte Zoe. „Und wenn du vielleicht für mich im Herner Telefonbuch die Adressen zu den Namen auf dem Zettel nachschlagen könntest …?"

Sie fuhr zurück nach Bremen und wartete. Jeden Tag ging sie zum Briefkasten. Nichts.

„Ob die mich genauso doof fand, wie ich sie? Ich hätte vielleicht doch mal zu U2 tanzen sollen …", grübelte Zoe.

Doch nach knapp zwei Wochen lag endlich Post für Zoe auf dem Tisch im Flur.

„Das nette Mädchen aus Herne hat dir geschrieben", flötete ihre Mutter aus der Küche.

„Seh ich", grummelte Zoe, schnappte sich den Brief und verzog sich ohne ein weiteres Wort in ihr Zimmer. Sie knallte die Tür zu und riss den Umschlag auf.

„Liebe Zoe, nachdem Du weg warst, bin ich noch zweimal die schwarze Piste gefahren. Das war sehr schön. In der Disco hat der DJ fast jeden Abend meine Lieblingslieder von U2 und Genesis gespielt. Ich glaube, der mag mich. Ich freue mich schon aufs nächste Jahr. Kommst Du dann auch wieder? Ich würde mich darüber sehr freuen. Meine Eltern haben gesagt, ich bekomme nächstes Jahr neue Skier von …. "

Zoe sah genervt vom Brief auf. „Mädel, der Scheiß interessiert mich nicht! Was ist mit den Adressen?" Sie riss sich zusammen und überflog den Rest – vier Seiten Mädchen-Müll! Blablabla …

Dann endlich, als P.S., las Zoe:

„Die Namen, die Du mir gegeben hast, standen so nicht in unserem Telefonbuch … "

„Oh, nein!", brüllte Zoe laut.

„Ist was, Schatz?", echote von unten ihre Mutter.

„Alles okay!", brüllte Zoe zurück und las weiter:

„ …standen so nicht in unserem Telefonbuch, aber zu einem Namen habe ich die Adresse dann doch gefunden. Hier ist sie: Peter van Helder, Franziskanerstraße 57. Ich hoffe, Du kannst etwas damit anfangen. Lass bald von Dir hören!"

„Jaaaaa!", jubelte Zoe laut.

„Irgendetwas ist doch mit dir, Kind", ließ sich ihre Mutter wieder vernehmen.

„Mit geht's blendend, Mutti", zwitscherte Zoe zurück.

Sie holte die Platte der Band aus dem Regal und legte sie vorsichtig auf. Mit dem Cover vor sich auf dem Schreibtisch, kramte sie in ihrem Chaos nach einem brauchbaren Blatt Papier, überlegte kurz und fing an zu schreiben:

„Lieber Peter,

hier schreibt Dir Dein ‚Groupie' aus Bremen. Ich hoffe, Du erinnerst Dich noch daran, dass wir uns vor einiger Zeit bei zwei Konzerten begegnet sind. Falls Du Dich fragst, warum ich Dir schreibe: Ich habe leider nur Deine Adresse gefunden und daher bitte ich Dich, dem netten Keyboarder aus der Band viele Grüße von mir zu bestellen. Ich mag Eure Musik und Euch und dachte mir, dass es mal Zeit wird, dass Ihr auch Fanpost bekommt.

Als ich bei einem Eurer Songs auf dem Cover die Widmung ‚Für Iggy' gelesen habe, war ich begeistert. Ich bin nämlich auch Iggy-Pop-Fan, aber noch toller finde ich David Bowie.

Ich würde mich sehr freuen, wenn ich etwas von Dir und/oder dem Keyboarder hören würde.

Viele liebe Grüße von Eurem ‚Groupie' Zoe "

Sie fand einen Briefumschlag, schrieb seine Adresse drauf und verzierte das Kuvert noch mit bunter Graffiti: „FÜR DEN STAR", „FANPOST", „VOM GROUPIE AUS BREMEN"!

Zoe fand sich mächtig clever. Nun wartete sie wieder täglich auf die Post. Eine Woche verging, dann die zweite und die dritte. Ob ihre Taktik wirklich so clever war? Am Samstag der vierten Woche begegnete sie mal wieder dem Postboten vor dem Haus. „Irgendwas für uns dabei?", fragte sie möglichst beiläufig.

„Hier, junge Dame, der ist wohl für dich", grinste er und gab Zoe einen Brief.

In wunderschöner Handschrift standen darauf ihr Name und ihre Adresse. Hinten drauf prangten ein roter Donald-Duck-Stempel und der Absender:
P. van Helder, Herne
Stichwort: Dein Idol antwortet (hihihi)

Sie stürmte ins Haus und direkt in ihr Zimmer. Den Plattenspieler mit SEINER Musik anmachen und den Briefumschlag vorsichtig öffnen, war eine fließende Bewegung. Sie kuschelte sich auf ihre vielen Kissen auf dem moosgrünen Velours-Teppichboden und begann zu lesen:
„Liebe Zoe,
dank für den Brief, inzwischen ist viel passiert: Demnächst gehe ich auf Tournee. Tja, und der Keyboarder hat mit mir in der vorigen Woche zusammen an einer Single für eine Filmmusik gearbeitet. Also, Groupie, es hat lange gedauert mit meiner Antwort, aber ich hatte inzwischen zu viel Brassel am Ohr. Ich find Dich nett & hoffe auf Treffen – auch wenn Du nur auf den Keyboarder scharf zu sein scheinst. Pass ja auf!
Küsse/Küsse/Küsse Peter"

Wieder und wieder las Zoe den Brief. Es hatte tatsächlich funktioniert! Er hatte geantwortet. Und er wollte sie treffen! Sie konnte ihr Glück kaum fassen. Jetzt ging das Leben richtig los!

PETER II

Aus dem erhofften Date wurde dann leider nichts. Und aus vielen anderen auch nicht. Peter und Zoe schrieben sich weiter Briefe, flirteten darin von Mal zu Mal heftiger miteinander und machten immer neue Pläne für Treffen, irgendwo zwischen Bremen und Herne. Aber es klappte nie. Entweder kam bei ihm ein anderer Termin dazwischen, oder ihr Vater verbot ihr, sich in einer anderen Stadt, mit einem dahergelaufenen Musiker, der noch dazu einige Jahre älter war als sie, zu treffen.

Aber wenn Zoe sich etwas in den Kopf gesetzt hatte, gab sie nicht so schnell auf. Zwar tröstete sie sich in den nächsten Jahren in Bremen mit dem einen oder anderen Jungen, ging sogar kurze Beziehungen ein, schwärmte in der „Lila Eule" jahrelang erfolglos einen Jüngling namens „Rosa" an, aber ihr Herz war in Herne. Meist war sie diejenige, die dann wieder einen neuen Brief schrieb oder auch mal anrief. Allerdings hatte sie grundsätzlich nur seinen witzigen Anrufbeantworter, dessen originelle Ansagen er wöchentlich änderte, dran. Aber es reichte ihr schon, bloß seine Stimme zu hören.

Inzwischen verdiente Peter sein Geld hauptsächlich mit Filmmusik – meist fürs Fernsehen. Die Band hatte sich längst aufgelöst, und auch Zoes Hoffnung, dass sie ihren Traummann, den sie insgesamt nur genau zehn Stunden lang „live" gesehen hatte, – das hatte sie trotz Matheschwäche ausgerechnet – irgendwann wieder sehen würde, löste sich langsam in der Realität auf.

PETER III

Endlich, im Oktober 1983, zog Zoe nach Berlin – in ihre erste eigene Wohnung: winzig klein, hässlich teilmöbliert und mit dunkelgrünem Kachelofen. Aber Zoe war frei. Konnte kommen und gehen wann sie wollte, und musste keine nervigen Fragen mehr beantworten. „Vielleicht geht ja jetzt das richtige Leben los!" In Berlin wollte sie einen echten Neuanfang wagen. Zoe beschloss, Peter endlich zu vergessen.

„Ich lebe jetzt in der aufregendsten Stadt der Republik. Da dürfte es doch gar kein Problem sein, einen adäquaten Nachfolger zu finden. Ich hab ein gutes Gefühl!"

Gemeinsam mit ihrer Schulfreundin Imke studierte sie Germanistik und Komparatistik. Mit ihrer ehemals besten Freundin Steffi, die inzwischen in Berlin Medizin studierte, hatte sich Zoe schon kurz nach ihrem Umzug heillos zerstritten. Nun war Imke ihr engster sozialer Kontakt in der neuen Stadt. Sie wohnte im selben Neuköllner Kiez, auch in einer Einzimmerwohnung, nur zwei Straßen weiter. Um Geld zu sparen, saßen die beiden abends oft zusammen in Zoes Wohnung und heizten den Kachelofen mit gemeinsam gekaufter Kohle an.

Zoe hockte auf ihren beiden übereinandergestapelten, schmalen Schaumgummi-Matratzen, die nachts als Bett und sonst – mit dunkelblauer Decke und einem Haufen Kissen drauf – als Sofa dienten. Imke machte es sich mit ihrem umfangreichen Strickzeug immer auf einem senfgelben Drehsessel bequem. Zoe für das Stricken zu begeistern, hatte sie längst aufgegeben. Nach ein paar schrumpeligen Schals und Pulswärmern war das Thema durch. Stricken war einfach nicht Zoes Ding.

Mitten im Zimmer, zwischen dem Sessel und dem improvisierten Sofa, stand ein großer, mega-hässlicher, brauner Couchtisch, mit polierter Platte zum Rauf- und Runterdrehen. Eigentlich nahm er nur Platz weg. Zoe aß entweder am Küchentisch oder balancierte ihren Teller auf einem Tablett. Aber da der Tisch im Mietvertrag als „teilmöbliert" stand, konnte sie ihn nicht einfach entsorgen.

Während Imke sich mit Feuereifer in ihr Studium stürzte, entwickelte Zoe nur eine mäßige Begeisterung für die Uni. Es erschien ihr alles zu belanglos, ziellos und abgehoben. Wichtig war eigentlich nur, dass die Seminare und Vorlesungen nicht zu früh am Morgen anfingen, denn Zoe hatte sich sehr bald zum Nachtmenschen entwickelt. Manchmal putzte sie nachts um vier ihre Fenster – und ärgerte sich am nächsten Tag über die Streifen.

Eines Abends im November saßen Imke und Zoe wieder zusammen vor dem wärmenden Kachelofen und diskutierten zum wiederholten Male über den Sinn, sich mit der Literatur des spanischen Expressionismus zu beschäftigen, als das Telefon klingelte. Zoe sah auf ihren Wecker: kurz nach 21 Uhr. Ihre Mutter konnte es ja hoffentlich nicht mehr sein.

Sie meldete sich mit einem gelangweilten: „Ja, hallo?"

Kurzes Stutzen am anderen Ende und dann: „Zoe? Bist du das?"

Sie plumpste zurück auf ihr Sofa. Imke sah sie gespannt an.

„ER ist es!", wurde es Zoe schlagartig klar. Diese Stimme würde sie unter Tausenden heraushören.

„Äh, ja, ich bin's. Hallo, Peter ...", brachte sie schließlich stockend hervor.

„Du, ich bin gerade in der Stadt, und da dachte ich, wir könnten uns vielleicht sehen", sagte er munter. Ehe sie darauf antworten konnte, fuhr er fort: „Ich hab da die Musik zu einem kleinen Film gemacht, der heute Premiere im ‚Odeon' hat. Kommst Du?"

Zu viele Informationen …

„Äh, gerne, aber wie jetzt, Filmpremiere? Heute noch? Wann denn?"

„Na, gleich. Um zehn geht's los. Schaffst du das?"

„Ich bin in Neukölln, und das ‚Odeon' ist in Schöneberg … Müsste ich schaffen! Dann bis gleich vor dem Kino."

„Ich freu mich auf dich!" Und schon hatte er aufgelegt.

Zoe hatte immer noch den Telefonhörer am Ohr und starrte vor sich hin.

„Was ist denn?", fragte Imke neugierig. „Irgendwas nicht in Ordnung?"

Zoe erwachte langsam aus ihrer Starre. „Äh, doch, also nee – ich weiß nicht." Sie setzte sich plötzlich kerzengerade auf, sah Imke entschlossen an und platzte heraus: „Der Tisch muss weg!"

„Wie bitte?"

„Das war Peter. Er hat mich zu einer Filmpremiere eingeladen, und ich muss in spätestens 20 Minuten los. Das heißt, ich muss noch duschen, mich aufstylen und den verfluchten Tisch loswerden."

„Bist du irre? Du hörst seit Monaten nichts von dem Typen, dann ruft er an, und du gebärdest dich wie ein aufgescheuchtes Huhn. Soll er doch mal auf dich warten. Und was soll das mit dem Tisch?", fragte Imke genervt.

„Ich bin mir sicher, dass es heute passiert", sagte Zoe ernst.

„Was?"

„Nach dem Kino kommt er garantiert mit, und dann werden wir, nach über drei Jahren platonischem Vorspiel, das erste Mal miteinander schlafen. Hier. Und zwar ohne den Tisch!"

Entschlossen stand Zoe auf und öffnete die Balkontür. „Pack mal mit an", wies sie Imke ein. „Das scheußliche Ding kommt jetzt hochkant auf den Balkon. Dann ist er weg."

„Du hast 'nen Knall, aber bitte, wenn du meinst."

Gemeinsam wuchteten sie das schwere Teil durch die enge Tür auf den winzigen Balkon.

Imke hatte genug von ihrer aufgedrehten Freundin. „Du kommst allein klar? Ich geh dann mal. Viel Spaß mit deinem Phantomfreund. Hoffentlich ist er diesmal auch tatsächlich da. Tschüss!"

Zoe kriegte schon gar nicht mehr mit, wie die Tür ins Schloss fiel. Sie wirbelte durch ihre winzige Wohnung, zog hier, räumte da, legte noch zwei Briketts nach und entfernte im Vorübergehen die Staubschicht vom Fernseher. Dann in Rekordzeit unter die Dusche, etwas Kajal und Mascara ins Gesicht gemalt und los.

Nach 25 Minuten stand sie schnaufend auf der Straße. Für Bus und U-Bahn war es jetzt zu spät. Sie kramte ihre eiserne Kohlegeld-Reserve aus dem separaten Portemonnaie-Fach und hielt ein vorbeifahrendes Taxi an.

„Zum ‚Odeon', Haupt- Ecke Dominicusstraße. Bitte zügig!" Zoe ließ sich auf die Rückbank plumpsen und versuchte, sich zu entspannen.

Um 21.57 Uhr hielt der Wagen vor dem Kino.

Da stand er. Peter! Unverändert: zwei Meter lang, klapperdürr, weiße Jeans mit Hochwasser, Nickelbrille und ein breites Grinsen.

„Ich wusste, dass du es noch rechtzeitig schaffst", begrüßte er Zoe, nahm sie in die Arme und drückte ihr zur Begrüßung je ein Küsschen auf ihre Wangen.

Déjà-vu …

„Es ist lange her …", brachte Zoe schließlich heraus.

„Ja, aber hast du je daran gezweifelt, dass wir uns wieder sehen?"

„Na ja, wenn ich geahnt hätte, dass ich dafür extra nach Berlin ziehen muss …"

„Lass uns reingehen, der Film fängt gleich an. Is nix Dolles, aber der Regisseur freut sich, wenn ich da bin", lächelte Peter, legte den Arm um sie und zog sie ins Foyer.

Vom Film bekam Zoe fast nichts mit, was nur zum Teil daran lag, dass er fürchterlich intellektuell und langatmig war. Sie grübelte die ganze Zeit, wie sie Peter möglichst schnell von der Premierenfeier, die bestimmt noch anstand, und den anderen Leuten wegbekam. Sie wollte mit ihm alleine sein. Endlich entspannt mit ihm reden, Face to Face, alles sagen, was sich in den letzten drei Jahren bei ihr aufgestaut hatte. Und sie wollte mit ihm nach Hause – ins Bett!

Die anderthalb Stunden Film kamen ihr vor wie drei. Endlich lief der Abspann, und Peter beugte sich zu Zoe rüber. „Lass uns hier abhauen. Ich hab keine Lust, dem Regisseur erzählen zu müssen, wie toll ich seinen grauenhaften Film fand."

Schnell verließen sie das Kino.

„Willst du noch was Trinken gehen? Ich hätte Zeit. Ich übernachte nämlich bei einem Freund in Charlottenburg, aber der ist sicher noch ein paar Stunden da drin bei der Premierenparty", sagte Peter beiläufig.

„Jetzt kommt's drauf an", schoss es Zoe durch den Kopf. „Wenn wir in eine Kneipe in der City gehen, verabschiedet er sich irgendwann, und wer weiß, wann wir uns dann wiedersehen."

Kurzentschlossen antwortete sie: „Ich hab zu Hause noch Beck's im Kühlschrank. Wenn Du Lust hast …"

„Wohnst du in der Nähe?", fragte er zurück.

„Ungefähr", sagte Zoe vage. „Am besten nehmen wir den Nachtbus. Da hinten kommt er gerade."

Ehe er nachfragen konnte, saßen sie schon gemeinsam im Bus nach Neukölln. Langsam fiel die Anspannung von Zoe ab und machte Vorfreude Platz. Die beiden plauderten von der ersten bis zur letzten Minute, wie enge Freunde. Und irgendwie waren sie das ja auch. Nach einer halben Stunde sagte er ernst:

„Berlin ist verdammt groß, was?"

Sie musste grinsen. „Stimmt. Und Neukölln liegt nicht wirklich direkt neben Schöneberg …"

Sie lachten und gingen die letzten Meter bis zu Zoes Wohnung zu Fuß.

„Geh schon mal rein, und sieh dich um", sagte sie und schob ihn in ihr Wohn-Schlaf-Zimmer durch. „Ich hol das Bier."

Hektisch hantierte sie mit dem Flaschenöffner, sauste noch mal schnell ins Bad, schaute in den Spiegel, putzte sich die Zähne und erschien dann betont lässig, mit den beiden Flaschen in einer Hand, im Zimmer.

Kein Peter.

Sie schaute sich verwirrt um. Wohin sollte er in einer Einzimmerwohnung verschwunden sein? In Küche und Bad war er jedenfalls nicht. „Er ist gegangen!" Doch dann bemerkte sie die offene Balkontür. Von draußen hörte sie seine Stimme:

„Was ist das denn für ein Monstrum hier?"

„Der Tisch! Oh, nein!", dachte sie hektisch.

„Och, das ist nichts. Der stand da schon, als ich eingezogen bin", behauptete sie. „Komm rein, hier ist das Bier."

Sie ließen sich auf dem Sofa/Bett nieder und tranken schweigend. Es war zu still.

„Willst du Musik hören?", fragte sie schließlich unsicher.

„Gern, was hast du denn da?"

„Kannst ja mal gucken, ob was für deine Musikerohren dabei ist. Da drüben stehen meine Platten", versuchte sie, möglichst selbstsicher zu klingen.

Es dauerte nicht lange, da rief er begeistert aus:

„Nicht nur Bowie und Iggy Pop – die Frau hört auch Lou Reed! Ich wusste doch, dass du Klasse hast. Ich leg mal ‚Coney Island Baby' auf. Oder nee, lieber ‚Transformer', da ist mein Lieblingssong vom alten Papa Lou drauf – ‚Satellite Of Love'."

„Den liebe ich auch", seufzte Zoe.

„Und dich noch viel mehr", dachte sie.

Die wunderbaren Songs entführten sie aus dem kalten Neukölln, in sonnigere Gefilde. Und als „Satellite Of Love" erklang, sah Peter Zoe tief in die Augen, zog sie an sich und küsste sie. Zoe schmolz dahin. So hatte sie vorher noch niemand geküsst. Es war himmlisch. Seine Zunge spielte zärtlich mit ihrer, er knabberte an ihrer Unterlippe und wurde dann immer drängender. Sie kam ihm entgegen und presste ihren Körper an seinen. Seine Hände strichen langsam an ihrem Rücken hinab und schoben sich unter ihr T-Shirt.

„Mmmh, schön, kein lästiger BH", murmelte er lächelnd in ihr Haar.

„Hab ich nicht nötig", gab Zoe leise zurück.

Auch ihre Hände gingen nun immer mutiger auf Wanderschaft. Diese Mischung aus Zärtlichkeit, Verlangen und Spaß am Spiel gefiel ihr immer besser.

Und es fing gerade erst an.

„Na, bitte! Es war also doch richtig, drei Jahre lang an dem Kerl dranzubleiben", ging es ihr durch den Kopf. „Es hat sich gelohnt!" Dann dachte sie nichts mehr, hatte das Gefühl zu schweben und ließ sich einfach mitreißen.

Nach ihrer ersten gemeinsamen Nacht wachte Zoe früh auf. Sie sah den schlafenden Peter neben sich liegen. Ohne Brille fielen ihr seine tief liegenden Augen noch deutlicher auf.

„Er sieht toll aus. Er sieht besonders aus. Er ist so ganz anders, als alle anderen Männer, die ich vorher hatte – in jeder Beziehung!"

Es war noch recht früh, aber da sie vergessen hatte, den Vorhang zu schließen, ließ die Helligkeit sie blinzeln. Einen Moment lang blickte sie sich verwirrt um.

„Wieso lieg ich hier mitten im Zimmer?", fragte sie sich. Dann fiel ihr ein, dass sie gestern Abend noch schnell die beiden schmalen Sofa-Matratzen nebeneinander mitten ins Zimmer gelegt hatten, um eine größere Spielwiese zu haben.

„Es war also doch nicht umsonst, dass ich den blöden Tisch noch entsorgt hab", murmelte Zoe zufrieden und kuschelte sich wieder in Peters Arm.

PETER IV

Nach diesem ersten Mal begann das altbekannte Spielchen von Neuem. Peter und Zoe telefonierten, schrieben sich sehnsüchtige Briefe, suchten zwischenzeitlich sogar mal nach einer gemeinsamen Wohnung in Berlin, planten romantische Urlaube auf griechischen Inseln und ein Date nach dem anderen. Aber die gemeinsame Zukunftsplanung kam immer wieder ins Straucheln. Es klappte nur alle paar Monate mal, dass sie sich in Herne oder Berlin sahen. Und wenn er dann endlich kam, war der Anlass meist ein Arbeitstermin, der kein Ende nahm. Oft saß Zoe fertig aufgebrezelt stundenlang zu Hause und wartete auf Peter. Meist meldete er sich irgendwann per Telefon, nur um ihr zu sagen, dass die Besprechung mit dem Regisseur, wegen der neuen Filmmusik, sich leider noch ein paar Stunden hinziehen könne. Im Laufe der Jahre lernte Zoe den Namen „Heiko" hassen – so hieß der Regisseur.

Wenn sie sich dann endlich sahen, war es wieder wunderschön. Sie verstanden sich perfekt, hatten oft dieselben Gedanken, mochten die gleichen Dinge, und im Bett war es sowieso ein Traum. Doch dann kam die nächste Durststrecke, und Peter hatte andere Dinge im Kopf, als sich bei ihr zu melden. Drei weitere Jahre lang war es ein ständiges Auf und Ab. Ein ständiges Hoffen, Genießen, Warten, Drängen, Lieben, Geliebt- und Enttäuschtwerden.

Zoes Briefe wurden langsam bissiger, frustrierter und fordernder. Sie wollte endlich einen klaren Plan, etwas, woran sie sich festhalten konnte.

Was war das zwischen ihnen? Waren sie nun ein klassisches Paar oder nur zwei seelenverwandte Satelliten, deren Umlaufbahnen sich ab und zu kreuzten? Zoe wollte endlich Nägel mit Köpfen machen.

Obwohl sie ahnte, dass das schief gehen würde, setzte sie ihn per Brief unter Druck: Er sollte sich endlich entscheiden – entweder ganz oder gar nicht!

Verzweifelt wartete sie auf Antwort. Dann kam sie. Nur ein paar Zeilen, die es allerdings in sich hatten:

„Liebe Zoe!
Ich bin nicht mehr in der Lage, für Frauen mehr als respektvolle Mitmenschenliebe zu entwickeln, das weiß ich mittlerweile.
Vielleicht ist es eine Phase? Dank und liebe Grüße.
Peter"

Sie saß wie betäubt, mit seinem Brief in der Hand, auf ihrem Sofa und versuchte, zu begreifen, was er ihr damit sagen wollte.

„Er ist jetzt schwul?" Zoe schnaufte wütend. „Was soll das heißen: ‚Mitmenschenliebe' ...? Keine Beziehung, kein Sex! Er weiß genau, dass das das Einzige ist, wogegen ich nichts unternehmen kann. Keine klassische Trennung, keine andere Tussi – nichts, womit sich eine verlassene Frau normalerweise auseinandersetzen kann. Er wird mich auch in Zukunft besuchen wollen, einen netten Abend mit langen Gesprächen, guter Musik, aber ohne Sex mit mir verbringen – und ich kann keine Bedingungen, als seine Frau, mehr stellen. Der macht sich's ja bequem. Und ich kann zusehen, wie ich damit klar komme. Ich hasse ihn!"

Aufgebracht zerknüllte sie seine Zeilen und warf sie in die hinterste Ecke, holte sich ein Beck's aus dem Kühlschrank, legte die Nadel auf die Scheibe, die sowieso gerade auf dem Plattenspieler lag und setzte sich in den senfgelben Drehsessel. Sie war völlig gefangen in ihrer Wut – bis sie plötzlich die ersten Töne von „Satellite Of Love" hörte. Ihr gemeinsames Lied.

Jetzt brach es aus Zoe heraus. Sie heulte wie ein verletztes Tier, schluchzte laut. Ihr war alles egal.

„Sollen mich doch die Nachbarn hören. Mein lustvolles Gestöhne müssen sie jedenfalls zukünftig nicht mehr ertragen!"

Sie musste bei dem Gedanken kurz grinsen – aber dann kamen die Tränen wieder. Leiser jetzt und völlig verzweifelt. So hatte sie sich ihr Leben in Berlin nicht vorgestellt.

„Da komm ich nie drüber hinweg", dachte sie, bevor sie sich, mit einem Kissen im Arm, in den Schlaf weinte.

PETER V

Ein halbes Jahr später.

Das Telefon klingelte um vier Uhr nachmittags.

„Hallo Zoe, lange nichts von dir gehört. Bin gerade in der Stadt. Wollen wir uns zum Essen treffen?"

Zoe schnappte kurz nach Luft. Wie konnte er es wagen? Als wäre nichts geschehen, überfiel er sie, wie immer ohne Vorwarnung, mit seinem Anruf. Der konnte sich auf was gefasst machen! Sie atmete tief ein und sagte:

„Ach, hallo Peter. Klar, gerne. Wann und wo?"

„Hab ich das eben gesagt?", schoss es Zoe durch den Kopf. „Bin ich denn völlig bescheuert? Der Typ hat mich vor sechs Monaten und dreizehn Tagen verlassen, ich hab mir seinetwegen wochenlang die Augen aus dem Kopf geheult. Er hat sich seitdem nicht mehr gemeldet, und jetzt sag ich einfach zu? Das gibt's doch gar nicht!"

Völlig perplex saß sie mit dem Telefonhörer in der Hand da. Er hatte inzwischen geantwortet.

„Wie bitte? Ich hab dich nicht verstanden", beeilte sie sich, zu sagen.

„In einer Stunde im ‚Churasco' am Hermannplatz?"

„Ja, okay, dann bis später."

Sie trafen sich. Dieses Mal und viele weitere Male in den nächsten Jahren. Sie redeten – über alles, nur nicht über ihr Beziehungsende, verstanden sich immer noch blendend, schwärmten für dieselbe Musik und hatten gemeinsam jede Menge zu Lachen.

Zoe liebte Peter immer noch. Der Mann hatte sie geprägt. Aber sie hatte mittlerweile auch verstanden, dass sich dieser musikalische Freigeist nicht an die Kette legen ließ.

Die Konsequenz war ähnlich, wie damals bei Damian: Liebe ich diesen Mann oder diesen Menschen?

Zoe entschied sich wieder für den Menschen – der Beginn einer innigen Freundschaft. Peter würde immer Teil ihres Lebens sein. Sie waren Seelenverwandte. „Schön, dass es dich gibt." Er gab ihr ein gutes Gefühl. Und sie wusste, dass auch sie ihm guttat.

„Satellite Of Love" …

KAPITEL 4

Die Galerie ist schon in Sicht, als Zoes Handy klingelt. Hektisch wühlt sie in der großen Tasche. Nach dem fünften Klingeln hat sie es endlich gefunden und strahlt beim Blick aufs Display.

„Hola, cariño! Cómo estás?", ruft sie ins Telefon.

„Moin, Moin Zoe, wo erwisch ich dich denn? Du bist ja völlig außer Atem", begrüßt Damian sie in breitestem Bremisch.

„Ich bin spät dran nach der Mittagspause, aber für dich hab ich immer Zeit. Was gibt's? Es ist so laut im Hintergrund. Wo steckst du?" Damian lebt inzwischen mit seinem Freund Renier auf Mallorca, arbeitet als Flugbegleiter und ist ständig auf Achse.

„Ich sitze gerade in Madrid in einem Schaukelstuhl auf dem Rollfeld, direkt vorm Flieger!"

„Wie bitte? Was machst du denn da?" Zoe ist einiges gewohnt von Damian, aber er schafft es immer wieder, sie zu verblüffen. Kichernd antwortet er:

„Ich war ein paar Tage mit Renier auf Kuba. Er bleibt noch länger. Dort hab ich zwei wunderschöne, alte Schaukelstühle entdeckt. Die musste ich einfach haben. Zum Glück kannte ich den Kapitän, mit dem ich zurückgeflogen bin. Der hat meine zwei Schätzchen im Frachtraum mitgenommen."

„Und was machst du jetzt in Madrid?"

„Hoffen, dass der nächste Pilot mich und meine Stühle mit nach Palma nimmt." Damian kichert wieder.

„Und du meinst, das klappt?", fragt Zoe skeptisch.

„Klar! Kennst mich doch, ich krieg das hin."

„Und so lange sitzt du auf einem kubanischen Schaukelstuhl neben einem Flieger auf dem Madrider Flughafen und lässt dich von der Sonne bescheinen? Du bist echt verrückt", lacht Zoe. „Und was machst du?"

„Ich bin gerade dabei, mich zu verlieben …"

„Was? Echt? Geil! In wen? Kann ich zur Hochzeit kommen?"

„Langsam, mein Schatz! Er heißt Nico, und es ist alles noch ganz frisch. Keine Ahnung, was daraus wird. Wenn, dann bist du natürlich mein Trauzeuge! Aber jetzt muss ich mich beeilen, wenn ich keinen Ärger mit meinen Chefs kriegen will. Lass uns doch die Tage mal wieder ausgiebig schnacken."

„Alles klar. Ich drück dir die Daumen für Nico! Oh, da kommt der Pilot … Jetzt muss ich meinen Charme spielen lassen …"

„Dann dürfte es ja kein Problem sein! Mach's gut."

„Du auch! Beso!"

„Beso!"

„Hi, da bin ich wieder", zwitschert Zoe, als sie, völlig außer Atem, endlich die Galerie am Chamissoplatz betritt. Sie ignoriert Stefans demonstrativen Blick auf die Uhr und saust ins Büro. Erst mal raus aus den engen, hohen Pumps – eine Wohltat.

Ein Büro ist es eigentlich nicht, in dem Zoe arbeitet, vielmehr eine Abstellkammer mit PC. In den Regalen lagern alle Utensilien, mit denen man kleine und großformatige Bilder an den Wänden befestigen kann, Podeste und Säulen, auf denen Skulpturen präsentiert werden und riesige Rollen Luftnoppenfolie für den Transport der Kunstwerke.

Zoe ist im Laufe der Jahre Spezialistin im Verpacken sperriger Objekte geworden. Doch längst nicht alles, was sie in der Galerie an den Mann bringen soll, trifft ihren Geschmack. Und noch weniger hält sie auch tatsächlich für Kunst.

Sie selbst kann weder malen noch singen und musste sich einen anderen Weg suchen, ihre Kreativität auszuleben.

„Ich bin mein eigenes Kunstwerk", beschloss sie irgendwann. Nach der Trennung von Peter hatte sie konsequent an ihrem Styling gearbeitet, um ihrem Leben eine neue Richtung zu geben.

„Doch anstatt einen neuen Mann kennenzulernen, bin ich nur meiner alten Schulfreundin wieder begegnet."

STEFFI

Um über das Drama mit Peter hinwegzukommen, brauchte Zoe keinen Abstand – Herne war weit genug weg – sondern Beistand. Sie kümmerte sich wieder mehr um die Freunde, die greifbarer waren. Imke las ihr zwar mehrmals die Leviten und verbot ihr, noch einmal nach Entschuldigungen für Peters Verhalten zu suchen, tröstete sie aber auch, wenn der Frust übermächtig wurde. Zoe war ihr dafür sehr dankbar.

Im August feierte Imke ihre Geburtstagsparty. Sie hatte jede Menge Kommilitonen eingeladen, die Zoe nicht kannte, weil sie zu selten an der Uni war.

„Lauter Ökos", stöhnte sie, als sie zu später Stunde in Imkes kleiner Wohnung auftauchte. Bärtige Studenten in Norwegerpullis und Tussis in Latzhosen. Und aus den Boxen erklang gerade Cat Stevens.

„Oh, nee, das ertrag ich nicht. Was soll ich hier?" Missmutig hockte sie sich auf den Boden.

Sie war wie immer ganz in Schwarz gestylt: Minirock und spitze Stiefel mit Metallbeschlägen. Noch während sie grübelte, wie sie so schnell wie möglich wieder hier weg käme, setzte sich jemand neben sie. Aus dem Augenwinkel sah Zoe nur die schwarzen Klamotten – für sie ein Lichtblick. Lächelnd drehte sie sich zu der Person um – und sah entgeistert in das verblüffte Gesicht ihrer ehemals besten Freundin Steffi, mit der sie sich vor drei Jahren bis aufs Äußerste verkracht hatte und der sie seitdem konsequent aus dem Weg gegangen war.

„Du hier?", platzen beide gleichzeitig heraus. „Wie früher!", prusteten sie synchron los. Nach der ersten Überraschung sahen sie sich verunsichert an.

„Komische Leute hier", sagte Zoe schließlich.

„Ja, und die Musik…", meinte Steffi mit einer wegwerfenden Handbewegung und verdrehte die Augen.

„Stehst du denn auch noch immer auf den Meister und Iggy Pop?", fragte Zoe vorsichtig.

„Klar, da hat sich nichts geändert."

Dann schwiegen sie wieder eine Weile. Schließlich kramte Steffi in der Einkaufstüte, die neben ihr lag.

„Da, ich hab das gute Beck's gebunkert. Hier gibt's ja nur Aldi-Plörre", grinste sie.

Das war schon immer Steffis Stärke – die Getränke-Beschaffung. Mit dem Feuerzeug öffneten sie zwei Flaschen und prosteten sich zu.

„Worauf trinken wir?", fragte Zoe.

„Auf die Zukunft?"

„Und auf die Vergangenheit!"

Sie redeten nicht viel. Mit jedem weiteren Bier wich langsam die Unsicherheit, wie sie mit der Vergangenheit umgehen sollten. Der fürchterliche Streit, der ihre enge Freundschaft damals von Heute auf Morgen zerstört hatte, schwebte unsichtbar, aber deutlich spürbar, zwischen ihnen.

Als gegen Mitternacht der Biervorrat erschöpft war, sagte Zoe:

„Wenn du magst … Ich wohn hier gleich um die Ecke."

Gerade griff einer der norwegischen Bartträger zur Gitarre und fing an, sie zu stimmen. Das war das Aufbruch-Signal für Zoe und Steffi. Schnell verdrückten sie sich. Hier gehörten sie nicht hin.

Zwei Straßen weiter machten sie es sich zusammen auf der neuen Schlafcouch, die Zoe inzwischen hatte, gemütlich.

„Das alte Drama zwischen uns jetzt auszudiskutieren hab ich absolut keinen Bock. Bringt doch nichts. Das ist so lange her. Man sollte sich lieber mit lustigen, harmloseren Dingen beschäftigen und mal sehen, ob es eine Basis für eine, wie auch immer geartete, entspannte Zukunft gibt", überlegte Zoe.

Bei einem weiteren schweigsamen Bier suchte sie fieberhaft nach einem harmlosen Thema – aus der Zeit vor dem großen Krach.

„Ich hab mich übrigens vor Kurzem von Peter getrennt", war das Erste, was ihr einfiel.

„Ach, das Phantom ... Ihr wart also tatsächlich zusammen?", fragte Steffi entgeistert.

„Äh, ja, sozusagen ... Kurz nachdem ich nach Berlin gezogen war, tauchte er wieder auf. Das ging dann ein paar Jahre so hin und her ...", antwortete Zoe ausweichend und suchte fieberhaft nach einem weniger dramatischen Thema als Icebreaker.

„Erinnerst du dich noch an Rosa?", fragte sie schließlich grinsend. „Den schönen Herbert, der seinen Spitznamen sofort weghatte, als wir ihn in diesem komischen rosafarbenen Tanga-Badehöschen am Bremer Uni-See gesehen haben?"

Steffi musste kichern: „Klar, in den waren wir beide schließlich jahrelang verknallt."

ROSA

Mit 15 waren Zoe und Steffi das erste Mal in der „Lila Eule" – die zweitcoolste Disco in Bremen. In die coolste, den „Römer", kamen sie noch nicht rein – die Türsteher wollten keine Teenies, und außerdem waren sie nicht passend gestylt. Zoe trug damals ihre langen, Straßenköter-blonden Haare mit Mittelscheitel und meist offen. Sie fand sich schick in blauen Latzhosen oder in den alten, weiten Anzügen ihres Opas – Dreiteiler mit Weste. Ihre Mutter weigerte sich, so mit ihr in die Stadt zu gehen. Ein Grund mehr für Zoe, sich genauso zu stylen. Protest war das Wichtigste. Egal was sie trug, entscheidend war, dass genügend Platz für sämtliche angesagten Buttons war: knallgelbe „Atomkraft – Nein Danke"-Sticker in fünf verschiedenen Sprachen, die weiße Friedenstaube auf blauem Grund, vier bis fünf Bowie-Konterfeis und „Stoppt Tierversuche!".

Für die 45-minütige Mofa-Fahrt, – sofern sie nicht mal wieder ein Blei-Faden an der Zündkerze zum Strampeln zwang – vom Stadtteil Osterholz bis ins Viertel, trug sie meist ihre dicke, dunkelblaue Daunenjacke, Motorrad-Handschuhe und einen zwei Meter langen, knallroten Schal – dreimal um den Hals gewickelt, damit er nicht in die Räder geriet.

Steffi war nicht so öko-mäßig angehaucht, hatte dafür aber ein Haarproblem. Ihre drahtige, dunkelblonde Mähne sah nach jedem Friseurbesuch meist nicht wie eine schicke Frisur aus, sondern wie ein Helm. Ihr Klamottenstil war eher unentschlossen – mal Karotte, mal Röhre mit selbst aufgenähten Streifen. Bei Zoe musste alles eine Aussage haben. Sie rauchte Pfeife, nicht weil sie das besonders gern mochte, sondern weil damit eine Männerbastion gestürmt wurde. Sie band sich ein schwarz-weißes Palästinensertuch um, weil sie Solidarität mit den Unterdrückten dieser Welt zeigen wollte. Sie engagierte sich im Schulparlament und war bei jeder Demo dabei. Schluss mit Lustig war allerdings, als die KBW'ler sie, bei einer Demo gegen die Erhöhung der Straßenbahnpreise, überreden wollten, das sauschwere Transparent zu schleppen, oder als man in Brokdorf mit Wasserwerfern rechnen musste. Protest hin oder her – der Spaßfaktor durfte nicht zu kurz kommen.

Mit ihren beiden klapprigen, aber schnellen, Meister-Mofas mit Puch-Motor fuhren Zoe und Steffi jedes Wochenende ins Viertel. Nach einer Weile brauchten sie in der „Eule" keinen Eintritt mehr zu bezahlen. Eigentlich war das völlig egal, denn für den Eintritt von fünf Mark erhielt man sowieso Getränkebons in gleicher Höhe. Aber hier ging's ums Prinzip. Damals lernten sie, was cool war und was nicht – und dass Coolness einen vor so mancher peinlichen Situation bewahren konnte.

Da sie anfangs um elf Uhr abends wieder zu Hause sein mussten, standen sie pünktlich um neun am Tresen. Steffi bestellte sich immer einen Scotch, Zoe einen Gin – beide pur, auf Eis. Sie waren die einzigen Mädchen in der „Eule", die so was tranken. Schmeckte zwar scheußlich, hatte dadurch aber den Vorteil, dass man für nur 3,50 Mark stundenlang daran nippen konnte.

Nach einer Weile hatten sie einen attraktiven, jungen Mann ins Visier genommen, den sie jeden Freitag und Samstag mit Blicken verfolgten. Jede seiner Regungen, mit wem er sich unterhielt, was er trank, welche Zigaretten er rauchte und wie er guckte, wurde von den beiden genauestens beobachtet. Sie hockten an der Bar und hechelten jede Sequenz detailliert durch. Um bei diesen

Unterhaltungen nicht belauscht zu werden, hatte Zoe ihm einen Tarnnamen verpasst: „Rosa". Wegen des rosafarbenen Tanga-Höschens, in dem sie ihn am Baggersee gesehen hatten – und wegen des hohen Kicher-Faktors.

Eigentlich hieß er Herbert. Herbert Herrlein. „Bescheuerter Name", fanden beide, aber der Typ war einfach so schön... Bisschen klein vielleicht und bisschen alt – sicher schon 18 –, aber mit blonder Popper-Mähne, schlankem Körper und süßem Knackarsch. Je länger sie ihn anschwärmten, desto mehr Ähnlichkeiten entdeckten die beiden eingefleischten Bowie-Verehrerinnen zwischen Rosa und David Bowie, den sie ehrfurchtsvoll „den Meister" nannten.

Zoe verstand sich absolut nicht als stinknormalen Fan. Nicht, wie ihre kindlichen Mitschüler, die ihre Zimmer mit BRAVO-Postern von „Sweet" oder „Bay City Rollers" zupflasterten, oder noch schlimmer: Pferdeposter – einfach nur peinlich. Zoe und Steffi verehrten viel mehr die Kunst und alles was David Bowie an Avantgarde für sie verkörperte – und außerdem war er sooo schön!

Zoe besaß sämtliche seiner Platten, und sie war besonders stolz auf ein paar wertvolle Bootlegs auf Kassette. Ihr Zimmer war mit (künstlerisch wertvollen!) Bowie-Postern dekoriert und sie stellte sich am liebsten mit einem stolzen „Zoe – wie Bowie!" vor.

Nachmittags hockten die beiden Mädels oft in dieser Weihestätte des Meisters zusammen. Sie lasen jeden Artikel, den sie über ihn finden konnten und übersetzten seine Songtexte. Da nur die wenigsten davon auf den Plattenhüllen abgedruckt waren, nahmen sie die

Lieder mit Zoes kleinem Philips-Kassettenrekorder auf, drückten stundenlang immer wieder abwechselnd die Start- und Pausetaste, und schrieben das auf, was sie verstanden. Dann wurde alles akribisch übersetzt und anschließend versucht, hinter den Sinn der meist kryptischen Texte des Meisters zu kommen. Eine bessere Motivation, Englisch zu lernen, kann man sich kaum vorstellen. Und beim Mitsingen übte sich auch noch der britische Akzent. Im Englisch-Leistungskurs machte sich das immerhin später bezahlt.

Da David Bowie für sie leider nicht körperlich greifbar war, konzentrierten sich Zoe und Steffi am Wochenende hartnäckig auf den schönen Herbert. Sie beobachteten und analysierten jede seiner Regungen, ohne dass das Objekt ihrer Begierde etwas davon mitbekam. Zumal keine von ihnen Rosa jemals angesprochen hätte. In erster Linie war es für sie ein Spiel, das die Disco-Abende interessanter machte.

ROSA II

Jahre später fuhren Zoe und Steffi immer noch regelmäßig in die „Lila Eule". Obwohl Zoe ihr Herz eigentlich bei Peter in Herne hinterlegt hatte, machte sie mit ihrer heimlichen Schwärmerei für Rosa weiter. Der Angehimmelte tauchte allerdings nur noch selten in der Disco auf, weil er nach Berlin gezogen war.

Eines Abends belauschten sie ein Gespräch zwischen Herbert und einem Freund, in dem es um ein Iggy-Pop-Konzert in Berlin ging. Iggy war ein Freund von Bowie, also logischerweise auch ein bewunderter Star für Zoe und Steffi. Ein Jahr zuvor hatten sie ihn schon einmal im Bremer „Aladin" live erlebt. Die Gerüchte, dass Iggy Pop bei seinen Konzerten immer mal wieder ausrastete und auf sein Publikum einprügelte, hatten den Abend nur noch aufregender gemacht. Aber Iggy hatte sich diesmal damit begnügt, seinen eigenen, nackten, muskulösen Oberkörper mit scharfen Glasscherben zu malträtieren. Zoe war noch immer schwer beeindruckt von seiner Punk-Performance.

Nun sollte Iggy Pop also in Berlin auftreten. Sie wussten natürlich, dass er dort früher mal mit Bowie zusammengelebt und Party gemacht hatte – auch wenn Zoe und Steffi zu der Zeit noch Kinder waren. Jetzt wollten sie die Chance nutzen, endlich in die sagenumwobene Mauerstadt fahren und Iggy Pop dort live erleben.

Um an Karten zu kommen, blieb ihnen nichts anderes übrig, als sich ein Herz zu fassen und endlich Herbert „Rosa" Herrlein zum ersten Mal direkt anzusprechen.

„Du fragst ihn!"
„Nein, Du!"

Sie einigten sich schließlich darauf, am nächsten Abend seinen Freund „Gockel" anzuquatschen. Gockel, der seinen Spitznamen seinem vorstehenden Oberkiefer verdankte, trauten sie sich, anzusprechen. Der wiederum freute sich, dass er mal von den zwei netten Mädels, die hier seit Jahren jedes Wochenende rumhingen, angesprochen wurde. Nach ein bisschen taktischem Small Talk kam Zoe schnell auf das eigentliche Thema zu sprechen:

„Du, wir haben gehört, dass Iggy Pop in Berlin spielt. Weißt du vielleicht, wie man da an Karten kommt?"

Gockel fühlte sich geschmeichelt.

„Klar, da fahr ich auch hin! Ein Freund von mir wohnt in Berlin und kauft für uns Karten. Da kann er ja gleich noch zwei mehr kaufen. Die kosten aber 20 Mark. Die müsst ihr ihm vorher schicken."

„Kein Problem", antwortete Zoe. „Kannst du mir seine Adresse geben?"

„Die weiß ich nicht auswendig. Am besten rufst du an und fragst ihn. Ich schreib dir mal seine Nummer auf."

Zoe schnappte sich den Zettel und ließ den verdutzten Gockel einfach stehen. „Das hat ja super geklappt", jubelte Steffi, als sie zum Tresen zurückgingen.

„War gar nicht so schwierig", stellte Zoe überrascht fest. „Aber wer ruft IHN jetzt an …?"

Nach langem Hin und Her hatte Zoe sich von Steffi schließlich überreden lassen, dass sie am Telefon ja nur kurz nach seiner Adresse fragen müsse und dann gleich wieder auflegen könne.

Am Sonntagnachmittag trafen sie sich bei Zoe. Ihre Eltern waren nicht da und so hockten sie sich im Wohnzimmer auf den Boden, starrten das Telefon an, und Zoe übte ihre alles entscheidenden Sätze: „Hallo, hier ist Zoe. Wir kennen uns aus der Eule …" Sie stockte. „Aber wir kennen uns doch eigentlich gar nicht …"

„Das ist doch völlig wurscht! Coolness, Zoe! Nun, los! Bring's hinter dich!", drängelte Steffi.

Zoe schaute konzentriert auf den Zettel mit der Nummer. Langsam steckte sie ihren Finger in die 0 auf der Wählscheibe.

„Ich kann nicht …"

„Doch, du kannst! Du musst ihn ja nicht dabei angucken. Stell dir einfach vor, es ist Gockel, den hast du doch auch angequatscht."

„Okay, ich tu's …", resignierte Zoe und atmete tief durch. Sie wählte, doch als am anderen Ende endlich jemand abnahm, kriegte sie keinen Ton raus.

„Hallo? Wer ist denn da?", klang es genervt an ihr Ohr, und endlich riss sie sich zusammen:

„Äh, hallo. Ja, äh, hier ist Zoe."

„Wer?"

„Na, Zoe! Die aus der ‚Eule'."

„Kenn ich nicht. Was willst du?"

„Iggy-Karten. Gockel hat uns deine Nummer gegeben."

„Ach, ihr seid das … Hast du was zu schreiben?" Er diktierte ihr seine Adresse. „Und die Karten kosten 20 Mark das Stück."

Bevor sie sich verabschieden konnte, war die Leitung tot. Langsam legte Zoe den Hörer auf. Steffi sah sie erwartungsvoll an.

„Und, was hat er so gesagt?"

„Na ja, nicht viel."

„Egal!" Steffi war in Hochstimmung! Sie hatten tatsächlich mit Herbert GESPROCHEN! Aufgeregt versuchte sie, Zoes Gekritzel zu entziffern.

„Was heißt das da am Ende?"

„Na ja, ich soll noch ‚bei Bert' draufschreiben, hab ich verstanden. Vielleicht wohnt er zur Untermiete?"

Möglichst leserlich schrieb Zoe am Montagmorgen auf einen Briefumschlag „Herbert Herrlein, bei Bert, Schierker Straße 23, 1000 Berlin-Neukölln", legte zwei 20-Mark-Scheine hinein und steckte ihn, auf dem Weg zur Schule, in den nächsten Briefkasten.

„So, das wär erledigt", dachte sie befriedigt, als sie auf ihrem Mofa weiterfuhr. Sie ließ sich das aufregende Telefonat mit Rosa noch einmal in allen Einzelheiten durch den Kopf gehen. „Seine Stimme klingt komisch. Passt so gar nicht zu diesem hübschen Typen. Aber vielleicht lag's auch an der schlechten Verbindung durch die DDR. Immerhin hat er mir seine Adresse gegeben", lächelte sie. „Herbert Herrlein, bei Bert ..." Zoe stutzte.

„Herbert ... bei Bert ..." Sie zuckte zusammen und bremste scharf. „Oh, nein! Er hat nur gesagt ‚Herbert', und ich hab es falsch verstanden! Scheiße! Das darf doch nicht wahr sein! Wie peinlich ist das denn? Das überleb ich nicht! Der muss mich ja jetzt für eine komplette Idiotin halten. Dem kann ich nie wieder unter die Augen treten." Zoe war fertig mit den Nerven. Steffi gegenüber erwähnte sie den Vorfall mit keinem Wort. Es war einfach alles viel zu peinlich.

Aber es nützte ja nichts. Zoe musste am nächsten Freitag wieder in die „Eule". Ängstlich erwartete sie die Begegnung mit Herbert. Wie würde er reagieren? Machte er ihr vor allen eine Szene wegen ihres peinlichen Fauxpas oder ignorierte er sie einfach? Zoe bemühte sich, Steffi gegenüber so locker wie möglich zu bleiben. Doch die kannte ihre Freundin zu gut.

„Was ist denn heute mit dir los? Du wirkst, als wenn du dich gar nicht auf die Konzertkarten freust", versuchte Steffi ihrer merkwürdigen Laune auf die Spur zu kommen.

„Doch, doch. Ich ärgre mich nur wegen der versemmelten Matheklausur", stotterte Zoe. „Guck mal, da drüben ist Herbert. Hoffentlich hat er die Karten dabei. Los, wir fragen ihn", rief Steffi plötzlich äußerst munter und schob Zoe in seine Richtung.

Sie konnte ihn nicht ansehen, kriegte keinen Ton raus, sondern betrachtete nur höchst konzentriert ihr Glas Gin. Rosa drückte ihnen ohne weiteren Kommentar die beiden Konzerttickets in die Hand.

Sie verzogen sich mit ihrer kostbaren Beute schnell in eine ruhige Ecke und nahmen sie genau unter die Lupe: Ort, Zeit und den aufgedruckten Preis – 18,50 Mark!

„Ey", maulte Steffi los, „der hat uns beide um einsfünfzig beschissen. Zusammen kriegen wir da ja fast einen Drink für. Die Kohle will ich zurückhaben."

Zoe sah sie entgeistert an. „Wie stellst du dir das vor?"

„Na, wir gehen hin und sagen einfach, dass wir noch drei Mark von ihm kriegen. Sonst denkt der doch, mit den zwei blöden Mädels kann man's ja machen."

Bei dieser Aussicht mangelte es auch Zoe plötzlich nicht mehr an Selbstbewusstsein. Die Wut über ihre eigene Dämlichkeit wandelte sich augenblicklich in Wut auf Rosa. „Du hast recht. Ich stell ihn jetzt sofort zur Rede!" Mit dem Mut der Verzweiflung steuerte sie den, mit Gockel ins Gespräch vertieften, Herbert an.

„Du, tschuldige, aber wir haben uns grad die Karten angeguckt. Die haben ja nur 18,50 Mark gekostet. Da kriegen wir noch drei Mark wieder", brachte Zoe halbwegs sicher über die Lippen.

Herbert schaute sie abschätzig von oben bis unten an und sagte dann kühl:

„Schon mal was von Vorverkaufsgebühr gehört? Ich hab 20,50 Mark für die Karten bezahlt. Also krieg ich eigentlich noch 'ne Mark von euch. Aber Schwamm drüber. Viel Spaß beim Konzert – wenn ihr es denn bis Berlin schafft."

Zoe erstarrte.

Ohne eine Antwort abzuwarten, wandte sich Herbert wieder Gockel zu. „Erde, tu dich auf", jammerte sie leise, während sie sich schnell umdrehte und dann mit hängendem Kopf zu Steffi zurücktrottete. „Diese Peinlichkeit überleb ich nie im Leben. Ich kann nie wieder in die ‚Eule' gehen. Mein Leben ist vorbei."

Steffi starrte sie an. „Was ist denn mit dir passiert? Was hat er gesagt? Hast du die Kohle zurückgekriegt?"

„Das erzähl ich dir vielleicht irgendwann mal, wenn wir alt und grau sind – sofern ich das noch erlebe. Lass uns einfach nicht mehr davon reden, okay? Es ist alles in Ordnung, so wie es ist. Frag einfach nicht weiter. Ich brauch jetzt erst mal einen Gin!" Damit war das Thema erledigt.

Allerdings bestand Zoe darauf, am nächsten Wochenende mal zu Hause zu bleiben und, statt immer in der „Lila Eule" rumzuhängen, lieber ihren bevorstehenden Berlin-Trip zu planen ...

SIEGFRIED

Es passte perfekt – Zoes Eltern waren im Urlaub. Ansonsten hätten sie ihrer minderjährigen Tochter nie erlaubt, alleine mit ihrer Freundin nach Berlin zu fahren. Zumal ihr Taschengeld nicht mal für ein Zugticket, geschweige denn für ein Hotelzimmer reichte … Steffis Eltern wurde kurzerhand erzählt, dass sie Zoes „Onkel" Matti – das klang irgendwie seriös und nach Familienbesuch – in Berlin besuchen würden, der ihnen die Zugfahrt spendierte und sie bei sich übernachten ließ. Immerhin hatte Zoe ihren Cousin Matti tatsächlich angerufen, allerdings nur seinen Anrufbeantworter erreicht. Sie hatte halbwegs locker hinterlassen, dass sie mit einer Freundin nach Berlin käme und man sich ja vielleicht mal sehen könne. Dass er sie bei sich übernachten lassen würde, blieb ihre stille Hoffnung.

Nachdem die Unterkunft also so gut wie geklärt war, machten sich die Mädels an die Detailplanung.

„Wie kommen wir denn nun wirklich nach Berlin?", fragte Zoe.

„Es wird uns wohl nichts anderes übrig bleiben, als zu trampen", erklärte Steffi selbstsicher.

„Aber wir sind doch noch nicht mal von Osterholz ins Viertel getrampt – und dann gleich 400 Kilometer und durch die halbe DDR. Geht das überhaupt? Lassen die Tramper da durch?"

„Ach, stell dich nicht so an. Das klappt schon. Wir nehmen eine Tüte Pfeffer mit, und wenn uns einer blöd anmacht, kriegt er die Ladung ins Gesicht."

Ausgerüstet mit 50 Mark im Brustbeutel, Reisepass, Klamotten für drei Tage, zusammengerollten Schlafsäcken und einem Pappschild, auf dem „BERLIN" stand, fuhren sie per Straßenbahn und Bus zur nächsten Autobahnauffahrt.

Es war ein warmer Freitagnachmittag im Sommer, und jede Menge Autos fuhren in den verfrühten Feierabend an ihnen vorbei – allerdings schien heute niemand nach Berlin fahren zu wollen.

Nach endlosen zwei Stunden hielt der erste Wagen, mit zwei netten, jungen Männern, an. Als die Scheibe runtergedreht wurde, schauten Zoe und Steffi die Insassen gespannt an.

„Wir fahren in eure Richtung", sagte der Beifahrer schließlich freundlich.

„Oh, klasse. Bis nach Berlin?", fragte Zoe strahlend.

„Äh, nicht ganz", erwiderte der Fahrer. „Wir müssen nur nach Celle. Aber an der Raststätte Allertal können wir euch absetzen. Da findet ihr bestimmt schnell eine Anschluss-Tour."

Zoe und Steffi sahen ihn entgeistert an, aber nach zwei Stunden erfolglosen Rumstehens war ihnen alles recht. „Okay, wir kommen mit."

Auf dem Rücksitz umklammerte Zoe den Plastikbeutel mit dem fein gemahlenen Pfeffer. Nach knapp 50 Minuten waren sie an der Raststätte. Die erste Tramperfahrt ihres Lebens hatten sie ohne Zwischenfälle überstanden. „Jetzt haben wir ja nur noch gut 300 Kilometer vor uns …", versuchte Zoe, sich selbst zu motivieren.

Sie klapperten systematisch sämtliche Pkw ab – in einen Lkw wollten sie dann doch lieber nicht einsteigen –, aber keiner wollte oder konnte sie mitnehmen. Nach drei Stunden waren sie mit ihren Nerven am Ende.

„Es reicht!", sagte Zoe entschlossen. „Wir suchen uns jetzt was nach Hannover, zum Bahnhof. Dann fahren wir per Zug nach Helmstedt, das kann nicht so teuer sein, und stellen uns dort direkt am Grenzübergang hin. Alle, die da lang kommen, wollen auch nach Berlin!" Ein Spitzenplan!

Und tatsächlich: Schon der dritte Autofahrer, den sie ansprachen, war bereit, sie in Hannover abzusetzen.

„Endlich, jetzt nimmt die Reise Fahrt auf. Ich hab ein gutes Gefühl …"

Die Regionalbahn nach Helmstedt kostete mit Schülerticket nur ein paar Mark und fuhr schon eine gute halbe Stunde später. Inzwischen war es allerdings bereits nach zehn und stockdunkel. Zoe und Steffi stiegen müde und genervt in den Zug. Ihnen gegenüber saß ein pickliger, moppeliger Junge, der sie schüchtern im Spiegelbild der Scheibe beobachtete.

„Wie hässlich ist der denn? Der ist doch höchstens 15", lästerte Steffi leise in Zoes Ohr. „Den ärgern wir jetzt mal ein bisschen, sonst schlaf ich noch ein."

„Na, Kleiner, wo willst du denn so spät noch hin?", fragte sie ihn laut, mit neckischem Unterton. Der Junge wurde sofort knallrot und stammelte: „Nach Helmstedt."

„Wir auch, aber dann wollen wir weiter nach Berlin trampen", fügte Zoe großspurig hinzu.

Er sah sie ungläubig an. „Aber wie wollt ihr um die Zeit denn noch bis zum Grenzübergang an der Autobahn kommen? Der Bus fährt jetzt nicht mehr."

Zoe antwortete verwirrt: „Wieso, wie weit ist das denn vom Bahnhof?"

„Bestimmt 20 Minuten mit dem Auto", antwortete er vorsichtig.

„Was???!!", platzten Zoe und Steffi gleichzeitig heraus. „Scheiße! Und nun?", fragte Zoe genervt. Steffi sah sie ratlos an.

Zaghaft setzte der Junge wieder an: „Meine Mutter holt mich mit dem Wagen ab. Soll ich sie fragen, ob sie euch da hinfährt?"

Von einer Sekunde auf die andere, war der picklige, moppelige Helmstedter Zoes bester Freund.

„Meinst du, du kriegst das hin? Das wär ja unsere Rettung. Dafür wären wir dir ewig dankbar!"

„Ich versuch's", antwortete er unsicher. Kurz darauf fuhr der Zug am Bahnhof Helmstedt ein.

Zoe und Steffi schnappten sich ihre Taschen und blieben ihrem neuen, besten Freund dicht auf den Fersen.

Auf dem Bahnsteig erwartete ihn eine Frau mit Dauerwelle und Kittelschürze. Sie nahm ihren sich sträubenden Sohn liebevoll in die kräftigen Arme.

„Siegfried, Schatz, schön, dass du wieder da bist. Wie war's denn bei Oma? Hast du auch gut gegessen? Für alle Fälle hab ich dir noch was warm gestellt – Gulasch! Das magst du doch so gerne."

„Du, Mama …", versuchte er zaghaft, ihren Redeschwall zu unterbrechen, aber sie war noch nicht fertig.

Mit Blick auf Zoe und Steffi, die halb verdeckt hinter ihm standen, fragte sie: „Na, Siggi, hast du zwei nette Mädels kennengelernt? Wer seid ihr denn? Wohnt ihr auch in Helmstedt?"

Jetzt reichte es Siegfried. Entschlossen erhob er die Stimme: „Mama! Die beiden müssen heute noch nach Berlin. Es ist ein Notfall. Du musst sie jetzt sofort zur Autobahn fahren!"

Seine Mutter sah ihren plötzlich sehr erwachsenen Sohn überrascht an: „Aber wie kommen sie denn von da nach Berlin?"

„Mama, die trampen. Das macht heute jeder!"

„Na, wenn du meinst …"

Siegfried drehte sich selbstbewusst zu Zoe und Steffi um und deutete mit einem Kopfnicken zum Ausgang. „Der Wagen steht draußen."

Verblüfft über so viel Männlichkeit, trabten seine Mutter und die Mädels hinter Siggi her.

Nach gut 15 Minuten, in denen Siegfrieds Mutter immer wieder vor sich hin murmelte „Das schöne Gulasch wird jetzt ganz trocken", bedankten sich Zoe und Steffi und verabschiedeten sich von ihrem Helmstedter Helden.

Nachts um halb zwölf stellten sie sich mit ihrem „BERLIN"-Pappschild an den nächtlichen Grenzübergang.

JENS

Knapp 20 Minuten später hielt ein alter, klappriger, orangefarbener VW-Bus direkt vor ihnen – mit Bremer Kennzeichen. Der Hippie am Steuer lehnte sich über den leeren Beifahrersitz, schob seine braune, schulterlange Mähne aus dem Gesicht und kurbelte die Scheibe runter und fragte: „Wollt ihr mit nach Berlin?"

„Ja, klar!", antworteten Zoe und Steffi im Chor.

„Dann springt hinten rein. Sind schon ein paar andere drin."

Die Schiebetür ging mit einem rasselnden, quietschenden Geräusch auf – und drei Männer starrten ihnen aus dem dunklen Bully entgegen.

Die Mädels zögerten.

„Sollen wir da wirklich einsteigen?", fragte Zoe unsicher.

„Auf dem Transit kann doch nichts passieren. Die bringen uns in die Zone rein und müssen uns am anderen Ende, in Berlin, wieder rauslassen. Das wird in den DDR-Papieren alles genauestens festgehalten, hab ich gehört. Also los jetzt!", machte sich Steffi selber Mut.

Entschlossen stiegen sie in den Bus ein. Die drei jungen Männer rückten auf der hinteren Bank zusammen und überließen den beiden Mädchen die vordere. Während der langwierigen Grenzkontrollen herrschte angespannte Stille. Als Zoe und Steffi die Pässe zum Fahrer durchreichten, waren ihnen auf zweien arabische Schriftzeichen aufgefallen. Sie kramten nach ihren Pfeffertüten. So gerüstet, sahen sie der nächtlichen Fahrt über den Transit halbwegs gelassen entgegen.

Als vor ihnen endlich die dunkle Autobahn lag und der klapprige Bus auf 90 km/h Höchstgeschwindigkeit beschleunigte, durchbrach der lockige Fahrer das unangenehme Schweigen:

„Ich heiß Jens. Und ihr?"

„Zoe."

„Stefanie."

„Und, woher kommt ihr?"

„Bremen."

„Ach, das ist ja lustig. Da hätten wir ja gleich zusammen fahren können. Ich bin heute Abend um acht losgefahren – mehr gibt die alte Kiste nicht her. Und ihr?"

Die Mädels sahen sich ertappt an. Dann antwortete Zoe zögernd: „Äh, heute Nachmittag. Aber wir mussten auch noch einen Freund in Helmstedt besuchen. Der hat uns dann mit seinem Wagen zum Transit gefahren."

„Ach so. Na, jetzt sind es ja nur noch knapp vier Stunden, dann sind wir in Berlin. Ich besuch da einen Freund, der an der Kunsthochschule studiert. Ich fang demnächst an der FU an mit Medizin. Und was habt ihr so vor?", fragte Jens interessiert.

„Wir wollen zum Iggy-Pop-Konzert, übermorgen im ‚Metropol'. Und dann besuchen wir noch meinen Cousin – dem gehört der ‚Dschungel'!", verkündete Zoe stolz.

Da mischte sich einer der Männer hinter ihr ein.

„Wat? Den ‚Dschungel' jibs doch ja nich mehr. Dit is jetzt dit ‚Slumberland'", verkündete er.

Zoe war geschockt. Das konnte nicht wahr sein. Ihren fast zehn Jahre älteren Cousin Matti hatte sie zwar nur einmal als Kleinkind gesehen, als sie auf seinem Schoß saß und begeistert sein wunderschönes, schulterlanges Haar gekämmt hatte, und viele Jahre später noch mal bei einer Familienfeier. Aber sie wusste, dass er in Berlin mit ein paar Leuten die angesagte Disco „Dschungel" betrieb.

Und das war für dieses Wochenende ihr erster und einziger Anlaufpunkt in Berlin. Eine Alternative hatte Zoe nicht eingeplant und dachte genervt:

„Oh, Mann, was soll das heißen? Den ‚Dschungel' gibt's nicht mehr? Das kann ja heiter werden. Warum hab ich Oma eigentlich nur seine Telefonnummer und nicht auch gleich seine Adresse aus den Rippen geleiert?"

Möglichst cool sagte sie dennoch laut: „Dann gehen wir eben ins ‚Slumberland'!" Steffi sah sie skeptisch an.

Steffi war irgendwann eingeschlafen, und auch Zoes Kopf sackte immer wieder zur Seite. Bei dem eintönigen VW-Brummen wurde sie immer schläfriger. Kurz bevor sie wegnickte dachte sie noch:

„Das klingt genau wie früher. Als Kind bin ich in unserm Käfer auch immer sofort eingeschlafen."

Jens trat weiter das Gaspedal mit 90 km/h Vollgas durch.

Nach knapp dreieinhalb Stunden wurden alle wieder wach, als sie die Grenzanlagen kurz vor Berlin erreichten. Grelle Scheinwerfer tauchten die lange Autoschlange vor den Abfertigungsschaltern aus Wellblech in taghelles Licht. Wieder mussten die Pässe vorgezeigt werden, und dann waren sie endlich in Berlin! Zum ersten Mal! Zoe und Steffi starrten aus dem Fenster, während Jens den Bully über die dunkle Avus Richtung City lenkte.

Als Zoe das erste Hinweisschild Richtung „Kurfürstendamm" las, war sie unendlich erleichtert.

„Wenigstens den gibt's tatsächlich", dachte sie müde.

„Na, dann setzen wir erst mal die Mädels am Winterfeldplatz ab", verkündete Jens aufgekratzt.

„Wieso da?", fragte Steffi schlaftrunken.

„Na, weil da das ‚Slumberland' ist. Da wollt ihr doch hin?"

„Äh, ja, klar. Danke", brachte Zoe etwas unsicher heraus.

Sie verabschiedeten sich von ihren Mitreisenden und standen um vier Uhr nachts, mitten in Berlin, alleine auf der menschenleeren Straße. Ein bisschen wehmütig sahen sie dem davonknatternden, orangefarbenen VW-Bus hinterher, griffen sich ihre Taschen und Schlafsäcke und betraten zögernd das „Slumberland".

MATTI

In der Szene-Bar war es brechendvoll. Lauter schräge Typen standen mit ihren Drinks zwischen vertrockneten Stech- und Bergpalmen, die bis zur Decke reichten. Unsicher bahnten sich Zoe und Steffi auf dem weißen Sandstrand, der den Boden bedeckte, ihren Weg zur Bar.

„Und wer ist jetzt Matti?", fragte Steffi mit Blick auf die drei Männer und eine Frau, die hinterm Tresen schwer beschäftigt waren.

„Keine Ahnung", murmelte Zoe und versuchte, aus dem Augenwinkel die drei Männer möglichst unauffällig ins Visier zu nehmen. „Ich hab ihn doch nur zweimal gesehen, und das letzte Mal ist auch schon wieder ein paar Jahre her. Menschen verändern sich …"

„Na, super", antwortete Steffi. „Dann musst du eben fragen."

„Wie peinlich ist das denn? Das kann ich nicht", empörte sich Zoe.

„Dann frag ich eben", sagte Steffi genervt und wandte sich der einzigen Frau hinterm Tresen zu. „Hi, kennst du Matti?"

Die Lady mit der schwarzen Punkmähne blickte abschätzig und fragte kryptisch zurück: „Ist der Schweizer?"

„Was? Nee! Der ist Bremer. Das ist ihr Cousin", antwortete Steffi mit einem Kopfnicken Richtung Zoe. „Der soll im ‚Dschungel' arbeiten, aber den gibt's angeblich nicht mehr."

Die Punklady verdrehte die Augen und antwortete mitleidig: „Der Laden hier hieß früher mal ‚Dschungel', aber seit ein paar Jahren ist der Club in der Nürnberger. Wahrscheinlich findet ihr euren Matti da. Aber die haben nur bis um vier auf. Da müsst ihr's wohl morgen Abend versuchen."

Doch so schnell war Steffi nicht abzuwimmeln.

„Wir können es ja einfach noch probieren. Wo ist denn die Nürnberger Straße?"

Verblüfft über so viel Hartnäckigkeit, erklärte die Barfrau ihr schließlich den Weg.

Steffi versorgte ihre Freundin, der die ganze Situation furchtbar peinlich war, sofort mit den vielen neuen Infos:

„Also, der ‚Dschungel' existiert, ist aber jetzt woanders und doch 'ne Disco. Zu Fuß sind es nur knapp 20 Minuten. Hier raus, bis zur Hochbahn und dann links. Dann immer geradeaus auf der ‚Tau-zieh-Straße' oder so ähnlich. Und dann geht irgendwann links die Nürnberger ab. Los jetzt, die haben nämlich eigentlich schon zu."

Sie schnappten ihre Sachen und marschierten los. Der Weg war leicht zu finden, zog sich aber mit Gepäck endlos hin. Zoe und Steffi waren nach ihrem dreizehn Stunden langen Trip todmüde und wollten nur noch ins Bett. Hoffentlich war Matti noch da und nahm sie mit nach Hause …

Um kurz nach halb fünf standen sie endlich vor einer indirekt beleuchteten Glastür, mit einem kleinen roten Teppich davor.

„Hier muss es sein", verkündete Steffi erleichtert.

Der Blick nach innen war durch einen Windfang mit Milchglasscheibe versperrt, aber sie sahen, dass noch Licht brannte, und hörten leise Musik von drinnen.

„Wir haben Glück, da sind noch welche", sagte Steffi aufgeregt und drückte beherzt auf die goldene Klingel an der Tür.

Ein Lichtsignal leuchtete innen auf. Keine Reaktion. Jetzt drückte Zoe die Klingel – länger und öfter. Das SOS-Signal schien zu wirken, denn hinter der Glasscheibe tauchte jetzt eine genervt dreinblickende Frau auf. Zoe und Steffi starrten das Wesen, mit den raspelkurzen, tiefschwarzen Haaren, im schwarzen Lack-Minikleid und mit grellem Make-up, fasziniert an. Die Lady starrte ungläubig die beiden Teenies an – eine mit glatten, langen Haaren und Mittelscheitel, die andere mit einer Art drahtigem Helm auf dem Kopf. Sie öffnete die Tür einen Spalt breit und verkündete betont gelangweilt:

„Wir haben geschlossen!"

Bevor die Tür sich wieder schließen konnte, machte Zoe einen halben Schritt auf sie zu und sagte laut, mit dem Mut der Verzweiflung:

„Ich muss zu Matti! Ist der da?"

„Äh, wie jetzt? Moment. Äh, ja. Na gut, dann kommt mal kurz rein", stammelte die coole Dame, sichtlich verblüfft.

Mit Reisetaschen und zusammengerollten Schlafsäcken unterm Arm, betraten Zoe und Steffi zum ersten Mal den legendären „Dschungel".

Als sich ihre Augen an das helle Licht, das von den glänzenden kleinen, gelb-schwarzen Fliesen zurückgespiegelt wurde, gewöhnt hatten, erblickten sie, in dem ansonsten menschenleeren Raum, fünf sehr szenige und coole Personen vor und hinter der Theke. Unsicher traten sie näher.

Bevor Zoe ihre peinliche Frage, wer von ihnen denn wohl ihr Cousin sei, loswerden konnte, hörte sie die freundliche Stimme des Mannes hinterm Tresen:

„Ach, hallo Zoe. Da seid ihr ja."

„Äh, hallo Matti." Sie starrte ihn ungläubig an. „Du hast dich ja ganz schön verändert", entfuhr es ihr, und sie starrte den gut aussehenden, schlanken Mann mit den kurzen, schwarzen Haaren und engen, schwarzen Lederklamotten fasziniert an. Wow!

„Du hast dich dafür gar nicht verändert", gab Matti grinsend zurück.

Plötzlich wurde sich Zoe bewusst, welchen Eindruck sie und Steffi machen mussten: zwei übermüdete Mädchen, in Wrangler-Jeans, bunten T-Shirts und dunkelblauen Blouson-Jacken, neben sich zwei große Reisetaschen und zwei Schlafsäcke – Landeier!

„Erde, tu' dich auf", stöhnte sie.

Doch bevor es noch peinlicher werden konnte, ergriff Matti wieder das Wort:

„Wir rechnen gerade ab, aber gleich hab ich hier Feierabend. Dann können wir uns ja noch auf einen Absacker im ‚Central' treffen. Das ist am Nolli, einfach den Tauentzien runter und dann gleich rechts, neben dem ‚Metropol'. Wir sehen uns dann da in einer halben Stunde, okay?"

„Klar, gerne. Das finden wir schon. Dann bis gleich", brachte Zoe halbwegs selbstsicher heraus. „Bloß weg hier." Sie schnappte ihr Gepäck, nickte Steffi energisch zu und schon standen sie wieder auf der dunklen Straße.

„Jetzt müssen wir ja den ganzen Weg wieder zurücklaufen", maulte Steffi.

„Na und?", fauchte Zoe zurück. Ihr war jetzt alles egal. Sie wollte nur noch sitzen, in Ruhe ein Bier trinken und sich von den vielen Peinlichkeiten der letzten Stunden erholen. Entschlossen marschierte sie los, und Steffi trotte schimpfend hinter ihr her.

Das „Café Central" war nicht die gemütliche Kneipe, die sie sich vorgestellt hatten. Grelles Neonlicht bestrahlte den weißen Fliesenboden. Und Beck's gab es hier auch nicht. Steffi und Zoe suchten sich einen Tisch in der Ecke und prosteten sich zu. Nach dem Horrortrip schmeckte selbst das schale Berliner Bier himmlisch.

Langsam entspannten sie sich und sahen sich um. Um diese Zeit waren hier nur noch ein paar der härtesten Szenegänger, vornehmlich Punks. Natürlich dominierte die Farbe schwarz bei den Klamotten, kombiniert mit silbernen Nieten, Stachel-Hals- und -Armbändern und Frisuren, wie Zoe und Steffi sie in Bremen, in dieser Vielfalt, noch nie gesehen hatten: in grellen Farben, von Knallrot über leuchtend Grün und Orange bis zu tiefdunklem Blau; mit tonnenweise Haarspray zu abenteuerlichen Skulpturen aufgetürmt. Zoe war fasziniert.

Lautstark begannen zwei Punks sich zu beschimpfen. Der Mann und die Frau mussten ein Paar zu sein, so persönlich waren die Gemeinheiten, die sie sich ins verzerrte Gesicht brüllten. Sie fingen an, sich zu schubsen und zu prügeln. Nach und nach wurde die Rangelei immer brutaler.

Die anderen Kneipengäste schienen nicht sonderlich beeindruckt von dem Spektakel zu sein. Teilnahmslos beobachteten sie das Geschehen. Schließlich griff sich der Typ ein volles Glas Bier vom Tresen und schüttete es der Frau mitten ins Gesicht.

Wie eine Furie griff sie jetzt nach dem nächsten verfügbaren Halbliterhumpen, schlug ihn mit Schwung an der Theke kaputt und ging mit dem zersplitterten Glas auf ihren Freund los. Sie holte aus, er versuchte, sie abzuwehren. Dabei erwischte sie ihn am Unterarm. Er schrie auf und starrte auf den roten Strom, der sich von seinem linken Arm ergoss.

Nun wurde es auch den anderen Gästen und dem Personal zu heftig. Starke Hände hielten die Frau und den Mann fest. Man redete beruhigend auf beide ein und brachte sie tatsächlich dazu, sich friedlich nebeneinanderzusetzen. Die Luft schien aus dem Beziehungsdrama erst mal raus zu sein.

Zoe und Steffi saßen wie betäubt an ihrem Tisch, nur wenige Meter von der Kampfarena entfernt. Zoe starrte auf den großen Blutfleck, der sich auf den weißen Fliesen langsam ausbreitete. Benommen sagte sie:

„Ich glaub, ich bin im falschen Film. Ist das gerade tatsächlich passiert oder halluziniere ich inzwischen?"

Steffi sah sie groß an und bemerkte dann geschockt:

„Is ja toll hier in Berlin …"

In diesem Moment erschien ein gut gelaunter Matti in der Tür, grüßte fröhlich in die Runde und steuerte auf Zoe und Steffi zu. Als er sich setzte, sah er, wie der Barkeeper mit einem schmutziggrauen Feudel ungerührt die Blutlache vom Boden aufwischte.

„Was war denn hier los?", fragte er Zoe.

„Der Typ und die Frau da am Tresen haben sich geprügelt, und dann wollte sie ihn mit einem kaputten Bierglas umbringen. Hat ihn aber nur am Arm erwischt", fasste sie, immer noch schockiert, aber möglichst lässig, die Ereignisse zusammen.

„Ach so, Jenny ist mal wieder ausgetickt. Tja, wenn sie betrunken ist, ist nicht mit ihr zu spaßen", grinste er. Als er Zoes ungläubigen Blick sah, erklärte er weiter:

„Die Punkerin ist ‚Jenny mit der Ratte'. Das Tierchen hat sie immer dabei, wenn sie in den ‚Dschungel' kommt. Dort ist sie Stammgast und eigentlich ganz friedlich. Bei uns würde sie so eine Sauerei jedenfalls nie veranstalten. So, jetzt hol ich mir mal 'nen Drink, und dann erzählt ihr mir, was euch nach Berlin treibt." Damit war die Schlägerei für Matti abgehakt.

Zoe und Steffi sahen sich an, zuckten mit den Schultern, und taten es ihm gleich. So war das hier wohl.

Als er sich wieder setzte, erklärte Zoe:

„Das Iggy-Konzert ist übermorgen, und Montagfrüh müssen wir wieder zurück. Wir gehen ja noch zur Schule."

Mit den beiden wichtigen Infos – „Wir bleiben drei Nächte und sind noch minderjährig" – hoffte sie, dem Schlafplatz in Mattis Wohnung einen entscheidenden Schritt näher gekommen zu sein.

„Ach, nicht mal drei Tage", antwortete der entspannt. „Gleich geht ja schon die Sonne auf. Da lohnt es gar nicht mehr zu schlafen. Am besten werft ihr ein paar Wachmacher ein, springt tagsüber zum Waschen in den Wannsee und stürzt euch dann wieder ins Nachtleben. Da kann ich euch ein paar Tipps für die zurzeit angesagten Läden geben." Punkt.

Kein „das ist doch viel zu gefährlich" oder „dafür seid ihr doch noch viel zu jung" – und vor allem: kein Dach über dem Kopf!

Bevor Steffi den Mund zu einem ihrer peinlichen Kommentare öffnen konnte, sagte Zoe leichthin:

„Klar. Genauso haben wir uns das auch vorgestellt. Und wenn wir doch müde werden, legen wir uns mit unsern Schlafsäcken einfach in den Grunewald – ist ja Sommer!" Sie atmete tief durch und versuchte ein Lächeln.

Matti war schon bei der Detailplanung: „Also morgen Abend kommt ihr erst mal zu mir ..." Zoe zuckte hoffnungsfroh zusammen. „ ...in den ‚Dschungel'. Da versorg ich euch mit Freidrinks an der Cocktailbar. Gefällt euch bestimmt. Und vorher könnt ihr noch ins ‚Korrekt‘ in Moabit gehen. Auch ein cooler Laden, ich schreib euch hier mal die Adresse auf. So, jetzt muss ich aber dringend ins Bett, ist ja schon nach sechs. Viel Spaß in Berlin. Wir sehen uns morgen, also heute Abend." Matti drückte Zoe ein Abschiedsküsschen auf die Wange, nickte ihrer Freundin zu, und weg war er.

Jetzt platzte Steffi der Kragen. Etwas zu laut brüllte sie Zoe an: „Was war das denn? Der Typ spinnt wohl?" Misstrauisch sahen sich die anderen Kneipengäste nach ihnen um. Etwas leiser fuhr Steffi fort: „Ich bin jetzt seit über 15 Stunden unterwegs, von Bremen nach Berlin getrampt, mit dem Zug von Hannover nach Helmstedt gefahren, mit dem Auto weiter zur Grenze, durch die halbe DDR gereist, mit meinem schweren Gepäck durch die nächtlichen Straßen von Berlin hin- und wieder zurückgelaufen, hab eine blutige Kneipenschlägerei überlebt …"

„…und mir hat man gerade meinen Brustbeutel geklaut", ergänzte Zoe mit ungläubigem Blick auf ihre leere Jackentasche, die über der Stuhllehne hing.

„Was? Wie das denn?" Steffi wurde wieder laut.

„Ich hab ihn nach dem Bezahlen wohl nicht wieder umgehängt, sondern in die Jacke gesteckt. Aber es waren sowieso nur noch fünf Mark in Kleingeld drin. Die Scheine hab ich in meiner Jeans", erklärte Zoe kleinlaut.

„So, mir reicht’s!", schnaubte Steffi und stand auf. „Wir nehmen jetzt die nächste U-Bahn, die zu diesem Grunewald fährt, suchen uns ein ruhiges Plätzchen und pennen endlich ’ne Runde. Sonst lauf ich hier noch Amok!" Wütend schnappte sie sich ihre Sachen und marschierte los. Zoe blieb nichts anderes übrig, als nach Tasche und Schlafsack zu greifen und eilig ihrer Freundin zu folgen.

IROKESE

Die U2 fuhr bis „Krumme Lanke". Am Kiosk an der Endhaltestelle versorgten sich Zoe und Steffi mit Cola, Wasser, Schokoriegeln und Keksen – die erste Mahlzeit nach dem labbrigen Brötchen, das sie in Hannover gegessen hatten.

„Wo geht's denn hier zum Grunewald?", fragten sie den Kioskbesitzer, der sie, mit ihren Schlafsäcken unterm Arm, beäugte. Nach einer bedeutungsschwangeren Denkpause holte er tief Luft.

„Der is jroß ... Da jeht ihr immer jradeaus, und wo de Bäume sind, dit is denn ooch der Jrunewald", erklärte er.

„Also wieder laufen ...", stöhnte Steffi.

Nach knapp 15 Minuten waren sie im Wald. Die Stille wurde nur von Vogelgezwitscher unterbrochen. Die Morgensonne schimmerte durch die Zweige, und eine kleine Lichtung vor ihnen sah verlockend aus.

„Hier bleiben wir", entschied Zoe. Sie suchten sich ein bequemes Plätzchen auf dem weichen, moosigen Waldboden, rollten ihre Schlafsäcke aus, benutzten ihre Reisetaschen als Kopfkissen und waren innerhalb von Minuten eingeschlafen.

Gegen ein Uhr mittags schreckten schrille Schreie sie auf. „Was war das denn?", fragte Steffi schlaftrunken. Da war es wieder: fröhliches Kindergeschrei und das Platschen von Wasser.

„Oh, nein, da hinten muss irgendwo ein Badesee sein", stöhnte Zoe auf. An Schlaf war bei dem Trubel nicht mehr zu denken. Schwimmen gehen wollten sie auch nicht – sie hatten schließlich keine Bikinis zum Nightclubbing mit nach Berlin genommen.

Stattdessen stärkten sie sich mit den restlichen Keksen, packten alles zusammen und machten sich wieder auf den Weg in die Stadt.

„Wo wollen wir denn nun hin?", fragte Steffi.

„Auf Museum und so hab ich keine Lust. Das können wir immer noch machen, wenn wir alt sind. Ich würd lieber das Haus in der Hauptstraße in Schöneberg sehen, in dem Bowie und Iggy von '76 bis '78 gewohnt haben", schlug Zoe vor.

„Au ja!" Steffi war sofort Feuer und Flamme. Sie kramte nach dem Stadtplan, den sie sich vorsorglich am Kiosk gekauft hatten.

„Hauptstraße … Da! Die ist aber lang … Da fahren wir am besten erst mal zum Innsbrucker Platz und arbeiten uns dann langsam hoch", schlug sie vor.

Mit Reisetasche und Schlafsack bepackt, bummelten sie schließlich die Hauptstraße entlang. Matratzen-Lagerverkauf, Buchhandlungen, schmuddelige Eck-Kneipen und Blumengeschäfte – langweilige Läden, aber echt Berlin. Kein Touri-Ramsch, stellten sie befriedigt fest. Endlich fanden sie eine Hausnummer.

„58! Wir suchen aber 155. Dann ist das ja noch ewig weit, und außerdem muss das auf der anderen Seite sein", kombinierte Zoe. Sie überquerten die breite Straße und standen vor Hausnummer 104.

„Hä? Was ist das denn? Normalerweise ist doch immer eine Seite gerade und eine ungerade. Hier müsste doch die 59 sein", stutzte Steffi.

„Die scheinen hier anders zu zählen. Guck, da neben der 104 ist die 105. Dann zählen die hier rauf und am Ende der Straße wieder runter. Auf welcher Seite das Haus ist, wissen wir erst, wenn wir's gefunden haben. Also, los."

Nach zehn Minuten jubelte sie plötzlich: „Guck mal, da!"

„Hast du's gefunden?"

„Nee, da ist ein Hallenbad!"

„Willst du jetzt schwimmen gehen oder was? Wir haben doch gar keine Badeklamotten dabei", antwortete Steffi unwirsch.

„Nein, aber duschen kann man da! Ich fühl mich total klebrig und brauch dringend Wasser und Seife an meinem Körper. Und umziehen und ein bisschen stylen will ich mich für heute Abend schließlich auch noch."

„Okay, aber nun sind wir so nah dran, jetzt lass uns erst das Haus suchen."

Nach weiteren zehn Minuten standen sie endlich ehrfürchtig vor einem langweiligen, grauen Berliner Mietshaus mit der Nummer 155. Sie studierten die Klingelschilder, aber natürlich stand da nirgendwo „Hier haben mal David Bowie und Iggy Pop in einer Sieben-Zimmer-Wohnung zusammen gewohnt und mächtig auf den Putz gehauen". Also starrten sie ergriffen das Haus an, scannten mit ihren Blicken jedes Fenster ab und stellten sich vor, dass der schöne David und sein verrückter Freund Iggy hinter irgendeiner Gardine ein paar schräge Jahre verbracht hatten.

Zoe seufzte auf.

„Toll! Genau hier war er! Vielleicht hat er seinen Fuß auf diesen Stein auf dem Bürgersteig gesetzt. Und nun steh ich hier. Ich glaub, wenn ich nur lang genug hier stehen bleib, kann ich seine Aura spüren ..."

„So, so."

Steffi war nicht sonderlich beeindruckt. Doch Zoe ließ sich davon nicht beirren. Sie schmiegte sich mit ausgebreiteten Armen an die große Haustür und schloss die Augen.

„Ja, David, ich bin endlich da. Ein Teil von dir ist noch da. Hier, hier bei mir. Kannst du mich auch spüren? Wenn ja, dann gib mir ein Zeichen!" Sie zuckte zusammen, als ihr jemand unsanft auf die Schulter tippte. Verwirrt drehte sie sich um und öffnete die Augen. Sie stand einer sehr alten Frau mit einem aus der Form geratenen, lilafarbenen Kapotthut und einem knöchellangen, abgetragenen Kamelhaarmantel gegenüber, die sie grimmig anguckte. Zoe brauchte eine Sekunde, bevor sie wieder zu sich kam. „Dav ... äh, ja ...?"

„Ick will da rinn!", giftete die alte Frau sie an.

„Äh, ja klar. Ich auch ...", antwortete Zoe verwirrt. Die alte Frau musterte sie misstrauisch.

„Na, Mädel, wat suchste hier? Biste ooch so 'ne Verrückte?"

„Wie bitte?"

„Na, hier komm' imma wieda so Bekloppte, die wissen woll'n, wo diese Rocker jewohnt ham. Du ooch?"

„Äh, ja, wenn Sie David Bowie und Iggy Pop meinen."

„Wie die heeßen, weeß ick nich. Interessiert ma ehrlich jesacht ooch nich die Bohne. War'n so'n dünner Blonder und so'n Hämekin, so'n kleener Uffjereechter. Die ham immer laut Musik jehört. Aber wat für welche! Keen Takt, keene anständije Melodie. Katzenmusik sach ick nur. Nee, wat war ick froh, als die nach zwee Jahr'n wieda vaschwunden sin'! Aber jetze komm' imma noch sone wie du und lungern hier rum. Also, nee!"

„Sie haben die beiden gesehen? So richtig in echt?" Zoe war total aus dem Häuschen.

„Ja, klar, ick hab doch bei de'n jeputzt. Na, dit sah da imma aus. Dit jloobste nich!"

„Oh, darf ich Sie mal berühren? Ich kenn niemanden, der näher an David und Iggy war, als Sie!" Zoe streckte ihre Hand aus.

Doch bevor sie die alte Frau anfassen konnte, drehte die sich mit erstaunlicher Gewandtheit weg.

„Dit jibs doch nich! Finga wech! Und jetzt Platz da, junget Fräulein, ick hab keene Zeit für sone Sperenz-chen!" Energisch drängelte sie Zoe zur Seite, öffnete mit ihrem großen Schlüsselbund zügig die Haustür und wartete mit misstrauischem Blick so lange, bis die schwere Tür mit einem lauten Krachen wieder ins Schloss fiel.

Zoe blieb mit offenem Mund zurück. Langsam dreh-te sie sich zu Steffi um. „Hast du das gerade gehört? Die Frau kannte David und Iggy. Und sie hat mich berührt. Das ist doch der Wahnsinn! Meine Schulter wasch ich nie wieder. Das ist doch praktisch genauso, als wenn David und Iggy mir gerade auf die Schulter getippt hät-ten. Ich spüre ihre Aura." Atemlos hielt sie inne.

Steffi sah sie nur entgeistert an.

„Du hast echt 'ne Macke. Es ist über zwei Jahre her, dass die Herren Musiker hier gewohnt haben. So lange hält sich keine ‚Aura'."

„Ach? Woher willst du das denn wissen?" Zoe war genervt, dass ihre Freundin so gar kein Verständnis für das Wunder hatte, das gerade hier geschehen war.

„Zumindest wird die alte Schnepfe sich ja wohl in der Zwischenzeit die Hand, mit der sie dir auf die Schulter geklopft hat, schon mal gewaschen haben, oder?" Die-sem schlagenden Argument konnte sich auch Zoe nicht entziehen.

„Okay, dann dusch ich eben doch. Los, wir gehen in das Hallenbad da hinten!" Immer noch beseelt, schweb-te sie davon.

Im Stadtbad Schöneberg standen Steffi und Zoe eine dreiviertel Stunde unter der heißen Dusche, schrubbten sich gründlich den Dreck der letzten zwei Tage ab, wuschen die Haare und trockneten sie unter den an der Wand, auf Kinderhöhe, angebrachten Föhnkästen. Sie kramten ihre Klamotten aus den Reisetaschen und diskutierten ausgiebig das passende Outfit für ihre erste Disconacht in Berlin. Nachdem das endlich geklärt war – so groß waren die Alternativen zwischen „Jeans und T-Shirt, Jeans und Sweatshirt oder Jeans und anderes T-Shirt" nicht – schminkten sie sich vor den beschlagenen Spiegeln über den Waschbecken. Nach gut zwei Stunden saßen sie endlich draußen in der Abendsonne, auf einer weißen Parkbank vor dem Bad.

„Ich mach jetzt meine Nägel", verkündete Zoe gut gelaunt.

„Hier?", fragte Steffi entgeistert.

„Klar, wo denn sonst?"

„Aber das dauert doch bei dir immer Stunden."

„Hast du was Besseres vor?"

„Na, gut. Dann such ich auf dem Stadtplan schon mal das ‚Korrekt', das dein Cousin uns empfohlen hat."

Als Zoes rosa-lackierte Nägel endlich getrocknet waren, fing es schon an zu dämmern. Sie hatte wieder Hunger.

„Wir sind da doch vorhin an einer Pizzeria vorbeigekommen. Ich brauch endlich was Handfestes zwischen den Zähnen, sonst halt ich die Nacht nicht durch."

„Klar, lass uns 'ne Margherita essen gehen, das können wir uns leisten", stimmte Steffi zu.

Frisch geduscht und mit Pizza gestärkt, überlegten sie, was sie in den nächsten Stunden, bis die Disco aufmachte, noch anstellen könnten. „Wo ist denn jetzt eigentlich die Mauer?", fragte Zoe schließlich.

„Na, rund um Berlin herum", antwortete Steffi.

„Ich würd das gern mal sehen …"

„Na, dann fahren wir doch per U-Bahn nach Kreuzberg. Laut Stadtplan kommt man da direkt an die Mauer ran." Gesagt, getan. Vom Kottbusser Tor aus liefen sie immer geradeaus – und plötzlich stand sie da: die Mauer.

Besprüht mit bunter Graffiti, teilte der „antifaschistische Schutzwall" eine kleine Straße mit Kopfsteinpflaster. Ein paar Meter weiter entdeckten sie ein Holzpodest mit Treppe, von dem aus man Richtung Osten gucken konnte. Oben angekommen blickten sie auf den breiten Streifen Niemandsland und dahinter, in der Dunkelheit, erkannten sie die Häuser von Ost-Berlin.

„Total pervers!", stellte Zoe angewidert fest. Dann fühlte sie sich plötzlich beobachtet: „Da, der Typ auf dem Wachturm beglotzt uns durchs Fernglas. Arschloch! Den ärgern wir jetzt mal ein bisschen. Los, Steffi – auf drei! Eins, zwei, drei …" Gleichzeitig streckten beide Mädchen dem Grenzer die Zunge raus.

Dann machten sie kehrt, verließen den Ausguck und gingen zurück zur U-Bahn. Zoe entschied, dass sie sich durch das grässliche Bauwerk nicht die Laune verderben lassen wollte. „Die Mauer stand schon, als ich geboren wurde, und wahrscheinlich steht die auch in 50 Jahren noch da. Das gehört eben einfach zu Berlin dazu. Aber jetzt wird es Zeit für – Party!"

„Wo sollen wir denn unsere Klamotten lassen? Wir können ja schlecht mit Reisetasche und Schlafsack durch die Discos ziehen", überlegte Steffi.

„Ich hab eine Idee", meinte Zoe. „Im Bahnhof Zoo gibt's doch garantiert Schließfächer. Da tun wir alles rein und holen es morgen früh wieder raus, bevor wir zum Schlafen in den Grunewald fahren."

Ein Spitzenplan!

Endlich befreit von ihrem lästigen Gepäck, nahmen Zoe und Steffi die U-Bahn Richtung Moabit. An der Turmstraße stiegen sie aus und suchten sich mit ihrem Stadtplan den Weg zum „Korrekt". Es war mittlerweile stockdunkel. Vor dem Laden stand eine Menschentraube – ausschließlich wild-gestylte Punks.

„Ich weiß nicht", sagte Zoe leise, „aber wenn Matti das empfiehlt … Wir sind extra mit der U-Bahn hierher gefahren, jetzt gehen wir da auch rein!"

Entschlossen drängelten sie sich zur Tür durch, zahlten sechs Mark Eintritt und bekamen dafür Getränkebons.

„Wie in der ‚Eule'", grinste Zoe erleichtert.

Drinnen sah es allerdings etwas anders aus, als in ihrer kuscheligen Bremer Kellerdisco. „Schon wieder weiße Fliesen – oder eher schmuddelig graue … Die übertreiben es hier aber", stellte sie wenig begeistert fest.

Kacheln bedeckten den Boden und die Wände, bis hoch zur Decke. Der Laden war ziemlich groß. Und voll. Ausschließlich Punks.

Möglichst cool holten sie sich ihr erstes Bier. Natürlich gab es kein Beck's, aber dafür kostete die kleine, braune Flasche Engelhart auch nur zwei Getränkebons.

Sie lehnten sich betont lässig an eine weiße Säule und nahmen die Umgebung unter die Lupe.

„Wie gut, dass wir das mit dem Coolsein schon in Bremen trainiert haben", sagte Zoe unsicher und guckte dabei so selbstsicher wie möglich.

„Stimmt, sonst wären wir hier aufgeschmissen", antwortete Steffi leise und sah an sich herunter. Sie trug ein rotes T-Shirt mit Blockstreifen. Zoe stand neben ihr – in ihrem schärfsten und abgefahrensten Teil: einem hellblauen Sweatshirt mit aufgedrucktem „Snoopy". Echt total cool …

„Ich such dann mal das Klo", sagte Steffi und verschwand in der Menge.

Zoe versuchte, möglichst nicht aufzufallen. Grimmig schaute sie vor sich hin. Höchst konzentriert aufs überlebenswichtige Coolsein, schreckte sie zusammen, als ein Typ, höchstens ein Jahr älter und ein ganzes Stück kleiner als sie, aber mit einer riesigen Irokesen-Frisur, sie dennoch ansprach:

„Ey, haste deine Eintrittskarten schon abjejeben? Musste! Ick nehm' se denn ma jleich mit."

Ohne nachzudenken, fauchte Zoe den Punk wütend an: „Du hast se wohl nich' mehr alle! Das sind Getränkebons, und die versauf ich schön alleine! Verzieh dich, Kleiner!"

Völlig geschockt, von der unerwartet heftigen Reaktion des Landeis im „Snoopy"-Sweatshirt, zog der Punk ohne ein weiteres Wort ab.

Zoe lehnte grinsend an der Säule, als Steffi zurückkam.

„Was gibt's zu grinsen?", fragte die.

„Ich hab grad den kleinen Irokesen da drüben zusammengestaucht. Der wollte mir doch tatsächlich meine Getränkebons abquatschen. Aber nicht mit mir! Dem hab ich's so richtig gegeben!", antwortete sie stolz.

Steffi guckte vorsichtig zu Zoes Opfer hinüber.

„Du, der spricht da gerade mit ein paar anderen Typen und deutet immer auf dich. Die sehen ziemlich sauer aus", meinte sie besorgt.

Jetzt sah Zoe es auch. Kurzentschlossen nickten sich die beiden Mädchen zu und machten, dass sie wegkamen. Auf der Straße konnten sie vor Gekicher kaum geradeaus laufen.

„Hui, das war knapp. Der quatscht so schnell keine vermeintlich naive Touri-Tussi mehr an! Ha!"

IGGY POP

Gegen elf erreichten sie den „Dschungel". Die kleine, langhaarige Türsteherin sah sie abschätzig an. Doch noch bevor sie etwas sagen konnte, verkündete Zoe selbstbewusst:

„Ich bin die Cousine von Matti. Wir sind mit ihm verabredet!"

Verblüfft ließ sie die beiden Mädchen, die so gar nicht ins Bild der „Dschungel"-Stammkundschaft passten, passieren:

„Guter Spruch … Na, denn, die Garderobe ist da drüben."

„Seine Jacke abgeben, kostet hier zwei Mark", zischte Steffi leise.

„Das sparen wir uns", flüsterte Zoe zurück.

Das Bild, das sich ihnen beim Eintritt bot, war ein völlig anderes, als in der Nacht zuvor. Der Laden war jetzt brechendvoll. Lässige Gestalten lungerten im Gang und am langen Tresen herum. Langsam tasteten sich Zoe und Steffi vor. Bloß nicht auffallen.

Von dem hellen Raum, in dem sie ein großes Aquarium bestaunten, schoben sie sich weiter in einen dunklen Raum – die Tanzfläche. Die wummernden Bässe durchdrangen Zoes Körper. Langsam entspannte sie sich und versuchte in der Dunkelheit etwas zu erkennen.

„Gefällt mir hier, aber jetzt will ich erst mal den versprochenen Freidrink von deinem Cousin. Wo ist denn diese Cocktailbar?"

Sie drehten um und tauchten wieder in das helle Licht ein.

„Oh, guck mal, ein Brunnen!", freute sich Zoe.

„Bisschen kitschig, aber ganz witzig", beurteilte Steffi den kleinen Springbrunnen am Fuße der Wendeltreppe.

„Da geht's rauf auf eine Empore", verkündete sie dann stolz ihre Entdeckung.

„Da muss die Bar sein", stimmte Zoe zu. Entschlossen schoben sie sich an den Menschen, die auf den Stufen der Treppe gelangweilt auf das Treiben unter ihnen starrten, vorbei nach oben.

„Hallo, da seid ihr ja wieder. Was wollt ihr trinken?", empfing sie Matti freundlich hinterm Tresen der winzigen Bar am Ende der Treppe.

Zoe und Steffi blickten sich unentschlossen an. „Mit Bier kenn ich mich ja aus, aber mit Cocktails ... Was nimmt man da bloß?", überlegte Zoe. Matti bemerkte die Unsicherheit der beiden Mädels.

„Setzt euch erst mal hier vorne an den Tisch. Da sind die Getränkekarten, sucht euch was Leckeres aus", sagte er und deutete auf einen kleinen runden Tisch mit weißer Decke, direkt an der Brüstung, mit Blick nach unten. Strahlend ließen sie sich nieder.

Ja, das war der richtige Platz – sehen und gesehen werden und dann noch mit Privatbedienung Cocktails schlürfen.

Nach einem verwirrenden Blick auf die schier unendliche Vielfalt entschieden sie sich für etwas halbwegs Bewährtes: Steffi bestellte einen „Scotch Sour" und Zoe einen „Gin Sour".

Matti behielt die Mädels im Blick, und sobald die Gläser leer waren, kam sofort Nachschub. Das war Berlin, wie sie es sich vorgestellt hatten. Sie entspannten sich und fühlten sich nicht mehr als fremde Sonderlinge in der unbekannten „Dschungel"-Welt, genossen es einfach, mitten drin und doch besonders zu sein.

Zoe traute sich endlich, die anderen Gäste und ihren attraktiven Cousin hinterm Tresen genauer anzusehen.

„Wenn wir nicht verwandt wären, könnte ich bei Matti glatt schwach werden", ging es ihr durch den Kopf. „Er sieht einfach hammermäßig aus und ist dabei so reizend und charmant, wie man es sich nur wünschen kann. Ach, Matti ..."

Sie verfolgte jede seiner Bewegungen mit einem seligen Lächeln. Schließlich beobachtete sie, wie er sich länger als nötig, mit einem ebenfalls sehr attraktiven, blonden Mann unterhielt. Und dann küssten sich die beiden leidenschaftlich am Tresen. Zoe musste schlucken und setzte sich wieder gerade auf.

„War ja klar! Die schönsten und nettesten Männer sind doch immer schwul. Aber nun auch noch meine Verwandtschaft?"

Um kurz nach zwei kam Matti an ihren Tisch und flüsterte Zoe ins Ohr:

„Iggy kommt gleich."

„Was?" Sie sah ihn fassungslos an.

„Ja, sein Management hat gerade angerufen und zwei große Tische für Iggy Pop und Band reserviert – da drüben." Er deutete unauffällig auf die Tische mit den blauen Samtbänken, schräg gegenüber auf der Galerie. „Wenn ihr wollt, könnt ihr euch an den dritten Tisch setzen. Dann seid ihr ganz dicht dran, wenn die kommen." Das musste man Zoe nicht zweimal sagen. Sie schnappte sich Jacke und Drink, machte der irritierten Steffi ein Zeichen und steuerte auf den leeren Tisch zu. Dort angekommen erklärte sie ihr die Lage.

Ungläubig starrte Steffi sie an.

„Echt?"

„Ja, hat Matti mir gerade verraten. Jetzt entspann dich, ich hab alles im Griff. Von hier oben sehen wir sie gleich." Zoe grinste Steffi selbstzufrieden an.

Nach einer halben Stunde kam plötzlich Bewegung in die coole „Dschungel"-Szenerie. Man stupste sich gegenseitig an, deutete leicht mit dem Kopf Richtung Eingang und starrte möglichst unauffällig die Neuankömmlinge an. Keiner hätte es gewagt, einen Promigast nach einem Autogramm zu fragen – undenkbar! Die Stars wurden als Teil der Szene behandelt und genossen das.

Aber Iggy Pop war etwas Besonderes. Ihn umgab ein Mythos. Er war schon vor Jahren hier gewesen, also selbst ein Stammgast, und damit akzeptiert. Und dann noch ein Freund von David Bowie – eine unschlagbare Mischung.

Auch Zoe und Steffi behielten unauffällig die Wendeltreppe im Auge.

Und da war er! Ein kleiner, drahtiger Mann, der zwei Stufen auf einmal nehmend, nach oben hüpfte. Seine aus rund zehn Leuten bestehende Entourage folgte auf dem Fuße. An der Cocktailbar begrüßte er Matti mit einem freundschaftlichen Klaps auf die Schulter und marschierte auf die reservierten Tische zu.

Zoe und Steffi hielten die Luft an. Wo würde er sich hinsetzen? Da sie nebeneinander, mit dem Rücken zum Geschehen, saßen und sich nicht peinlich umdrehen wollten, mussten sie abwarten.

Mit einem scheinbar zufälligen Blick über die Schulter hatte Zoe die Lage schließlich zügig abgecheckt.

„Iggy sitzt zwei Tische hinter uns, aber die Band ist direkt hier." Dabei zeigte sie auf ihren Bauch.

Steffi sah sie verständnislos an.

„Na, hier, direkt hinter uns", erklärte Zoe genervt.

„Ist ja gut", schnaubte Steffi und wandte sich wieder ihrem Cocktail zu.

Die Zeit verging, Matti brachte weiter frische Drinks, und Zoe und Steffi wurden immer fröhlicher – obwohl sie inzwischen sicherheitshalber auf Cola umgestiegen waren. „Iggy Pop höchstpersönlich sitzt nur ein paar Meter entfernt. Und da dachte ich, dass nach der Begegnung mit seiner Ex-Putzfrau in der Hauptstraße nicht Großartigeres mehr kommen könnte …"

Zoe war selig.

„Have you got an aspirin?", fragte plötzlich jemand neben ihr. Sie blickte auf und sah einen sehr langen, sehr dünnen Mann, der sie angrinste. Michael Page! Der Bassist von Iggy!

Verwirrt blickte sie ihn an, fing sich aber schnell wieder und antwortete möglichst cool:

„Not here. It's at Bahnhof Zoo in my luggage." Er lachte über den vermeintlichen Scherz und fragte dann:

„May I sit down?"

„Äh, yes, of cause."

Michael Page ließ sich auf dem Stuhl nieder. Steffi starrte ihn verblüfft an.

Er grinste wieder und erklärte den beiden, er sei der Bassist der Iggy-Pop-Band. Sie antworteten, dass sie das wüssten, und Karten für das Konzert morgen Abend im „Metropol" hätten.

„Hey, Douglas, come here", rief er daraufhin einem süßen Typen, der nur etwa halb so groß war wie er, zu. „I met some nice girls who'll come to the gig tomorrow." Der Kleine kam rüber und stellte sich höflich vor:

„Hi, I'm Douglas, the drummer." Er setzte sich Zoe und Steffi gegenüber, und es entwickelte sich ein nettes Gespräch.

Irgendwann fasste Zoe Mut und fragte die Jungs nach David Bowie.

„If you wanna know more about David, you got to ask Jimmy", antwortete Michael.

„Jimmy?", fragte Zoe verwirrt.

„Yes, Mr. James Osterberg, better known as Iggy Pop!"

„Wie peinlich!", dachte sie beschämt. „Natürlich kenne ich Iggys richtigen Namen, aber bei dem vertraulichen ‚Jimmy' hab ich einfach nicht geschaltet. Der muss ja jetzt denken, ich bin völlig doof." Sie atmete tief durch und antwortete möglichst lässig:

„Oh, yes, of cause. If I can talk to him, I'll ask him."

Sie plauderten und tranken fröhlich weiter, bis plötzlich jemand neben Zoe stand, ihr mit einem kleinen Stupser am Arm bedeutete, zu rücken und sich neben sie auf die blaue Samtcouch fallen ließ. Sie sah ihn an und erstarrte.

Da saß Iggy Pop höchstpersönlich.

Er grinste sie an und sagte mit schwerer Zunge:

„Hi, I'm Jim. And you?"

Zoe atmete durch und brachte ein halbwegs verständliches „Zoe" heraus.

„Nice name. Where're you from?"

„Bremen."

„Nice city. Think we played there once", nuschelte Iggy und nahm einen großen Schluck aus seinem Glas.

„Jetzt muss ich sagen, dass ich in eben dem Konzert im ‚Aladin' war. Wenn er merkt, dass ich ein echter Fan bin, bleibt er bestimmt noch sitzen," dachte Zoe hektisch. Doch noch bevor sie antworten konnte, fuhr Iggy in seinem Monolog fort:

„Music to me is like driving through a big city. All the lights and flashes… I love it."

„Ah, ja", dachte Zoe irritiert, „Was auch immer er damit meint – ich find's toll."

Sie lauschte weiter Iggys wirren und verwirrenden Ausführungen über die Musik im Allgemeinen und Speziellen. Sie verstand nur einen Bruchteil, aber das war völlig egal. Iggy Pop persönlich sprach zu ihr über seine Musik, und ihm war ihr hellblaues „Snoopy"-Sweatshirt völlig wurscht. Sie genoss jeden Augenblick.

Michael und Douglas hatten sich inzwischen verzogen – sie kannten die Geschichten ihres Chefs wohl schon. Iggy quatschte und quatschte, und Zoe und Steffi lauschten angemessen ergriffen.

Um kurz vor vier kam Matti an den Tisch, tätschelte Iggy freundlich den Rücken und sagte:

„I'm sorry, we'll close in a few minutes." Er lächelte Zoe und Steffi an und ging wieder. Brav stand Iggy leicht schwankend auf, murmelte „See you" und ging.

Sofort setzte sich auch seine Entourage, samt ein paar „Dschungel"-Mädels, die inzwischen – die heiligen Club-Regeln missachtend – scheinbar mit den Musikern angebändelt hatten, in Bewegung, Richtung Ausgang.

Zoe und Steffi gingen zur Cocktailbar, um sich bei Matti für den unglaublichen Abend zu bedanken.

Er verabschiedete Beide mit Wangenküsschen und sagte:

„Ich hab gerade eine Karte geschenkt bekommen. Wir sehen uns morgen beim Konzert im ‚Metropol'."

Noch völlig benommen von den Erlebnissen – und vielleicht auch von dem einen oder anderen „Sour"-Cocktail – gingen Zoe und Steffi die Wendeltreppe hinunter. Was für ein Abend!

Unten angekommen, blieb Zoe wie angewurzelt stehen. Steffi prallte gegen ihren Rücken. „Was ist denn?"

Zoe starrte auf das unglaubliche Bild, das sich ihr bot: Am Fuße der Treppe wartete die komplette Truppe, samt Iggy Pop, auf die beiden Landeier aus Bremen!

„Hey, let's party", brüllte Iggy und alle stimmten lauthals ein. „We've been waiting for you. Come on, we've got a car outside."

„Solange er nicht selber fährt", sagte Steffi trocken.

Gemeinsam steuerten sie auf den riesigen Amischlitten zu und alle quetschten sich irgendwie über- und untereinander hinein. Der kleine Drummer Douglas verschwand fast unter Zoe auf seinem Schoß, Michael kümmerte sich um Steffi, und Iggy Pop riss die Heckklappe auf, setzte sich in die offene Gepäckablage und sang aus voller Kehle „I wanna be your dog". Und los ging die wilde Fahrt durch die leeren Straßen von Berlin – in die Morgendämmerung.

Nach einer halber Stunde Cruising erreichten sie das kleine Hotel in einer ruhigen Nebenstraße. Zumindest war sie bisher ruhig … Iggy sang immer noch lauthals, schnappte sich die nächste verfügbare „Dschungel"-Blondine und verschwand mit ihr auf sein Zimmer.

Als auch alle anderen die breite Treppe hinauf stürmten, standen Zoe und Steffi, wie bestellt und nicht abgeholt, im Eingang. Unschlüssig sah Zoe sich in der holzvertäfelten Hotellobby, mit abgelatschter, braun-beige-gemusterter Auslegeware um und meinte:

„Nicht gerade ein Luxushotel hier …"

Aus einem offenen Zimmer im ersten Stock hörten sie plötzlich ihre Namen:

„Zoe, Steffi, where are you? We've got drinks in the mini-bar. Come up! Let's party!", brüllten Michael, Douglas und die anderen Bandmitglieder.

Zoe ging zögernd die Stufen hinauf, Steffi blieb eisern am Fuße der Treppe stehen.

„Du weißt hoffentlich, was die mit ‚Party' meinen", zischte sie Zoe an.

„Wieso? Party eben", gab die patzig zurück.

„Zoe, wir haben zu viel getrunken und die Jungs da oben auch. Es ist fast fünf, und wir gehen jetzt!"

„Aber wir könnten doch noch ein bisschen …"

„Schluss jetzt! Wir gehen! Keine Diskussion!"

Wenn Steffi in dieser Stimmung war, war nicht mit ihr zu reden. Schweren Herzens, aber auch ein bisschen erleichtert, rief Zoe nach oben:

„See you tomorrow at the concert!" Und dann standen beide, in der ersten Morgensonne, auf der Straße.

„Wo sind wir hier eigentlich?", fragte Zoe verwirrt.

„Keine Ahnung, aber wir gehen jetzt nicht wieder rein und fragen!"

Plötzlich hörten sie über sich ein Geräusch. Als sie aufblickten, sahen sie ein Flugzeug, das direkt auf sie zu raste. Panisch zogen sie die Schultern ein und hielten ihre Hände über den Kopf. Großes Gelächter von der anderen Straßenseite.

„Pardon! N'aie pas peur, c'est seulement en avion jouet."

Nach einer Nacht auf Englisch jetzt auch noch Franzosen! Dank ihres Schul-Französisch erfuhren sie, dass das hier die Musiker der Vorgruppe von Iggy Pop waren – die angesagte französische Punk-Band „Telephone" – die mit einem ferngesteuerten Spielzeug-Flugzeug über ihren Köpfen rumkurvten.

„Da passt der Begriff surreal ja mal perfekt", dachte Zoe „Aber für heute reicht's mir wirklich. Ich bin einfach nur todmüde."

IGGY POP II

Sie schafften es von der U-Bahnhaltestelle „Krumme Lanke" nur noch schräg über die Straße bis in den ruhigen Park des Krankenhauses „Waldfrieden" – das klang nach dieser Nacht einfach himmlisch. Kaum hatten sie ihre Schlafsäcke unter einem Baum ausgebreitet, begann es zu nieseln. Sie verkrochen sich im Gebüsch und warteten, bis der Regen aufgehört hatte. Um halb acht schliefen sie endlich selig ein.

Gegen Mittag wurde Zoe von einer Stimme geweckt, die immer wieder leise rief:

„Struppi, nein! Lass das! Struppi, komm hierher!"

Sie blickte zu ihrer Freundin rüber, von der nur die Nase aus dem Schlafsack guckte. Genau daran schnüffelte gerade eine kleine, struppige Promenadenmischung. Steffi schien nichts zu merken. Sie hatte schon immer einen tiefen Schlaf. Wieder rief die Rentnerin, die ein paar Meter weiter auf dem Weg stand, leise:

„Struppi, komm sofort hierher. Die jungen Leute wollen doch schlafen!" Dankbar nickte Zoe ihr zu, und die alte Frau lächelte freundlich zurück. Während sie sich wieder in ihren Schlafsack kuschelte, stand für Zoe felsenfest:

„Ich zieh irgendwann nach Berlin! Das ist ja großartig hier. So nette Leute. Wenn in Bremen irgendwelche Tramper im Schlafsack rumliegen würden, würden die Hundebesitzer sicher nicht so entspannt und rücksichtsvoll reagieren. Berlin, ick liebe dir!" Damit drehte sie sich um und schlief wieder ein.

Am späten Nachmittag fuhren Zoe und Steffi ausgeschlafen wieder zum Bahnhof Zoo, zu ihren Taschen. Bis ins Schwimmbad schafften sie es nicht mehr. Ihnen reichten die Waschräume, die sie im Bahnhof entdeckt hatten. Hier konnte man für nur eine Mark heiß duschen, und alles war picobello sauber – perfekt.

Neu gestylt – Zoe trug ihr fast schwarzes T-Shirt – und frisch geschminkt, bummelten sie über den Ku'damm. In ein paar Stunden fand endlich das Konzert statt. Ob sie wohl Rosa und Gockel begegnen würden? Sie hatten Iggy Pop kennengelernt! Was konnte ein Herbert Herrlein ihnen da noch bieten?

Nach je zwei billigen Mini-Pizzen in der Maaßenstraße, um die Ecke vom „Metropol", machten sie sich auf zum Konzert. Die übliche schwarz gekleidete Menschenmenge wartete schon auf Einlass. Um 20 Uhr ging die Tür auf, und Zoe und Steffi stürmten in den leeren Saal. Sie postierten sich ganz vorne, direkt an der Bühne. Nachdem sie sich mit ihren Jacken den Platz gesichert hatten, besorgte Steffi zwei Bier. Zoe sah sich um, während sich der Saal langsam füllte. Kein Rosa weit und breit. Nach gut einer Stunde kamen die französischen Flugzeug-Fetischisten von „Telephone". Dann ging es endlich richtig los: Iggy Pop samt Band.

Er legte gleich los mit „Lust For Life", „The Passenger" und „Fall In Love With Me".

Zoe in der ersten Reihe riss enthusiastisch die Arme hoch, sang jeden Song laut mit und meinte irgendwann:

„Steffi, ich glaub, Douglas hat mir grad zugewunken! Und Michael hat mir in die Augen geguckt."

„Quatsch, das bildest du dir ein. Wir stehen hier doch im Dunkeln." Zoe wollte nicht mit Steffi streiten, sondern klatschte und johlte lieber begeistert. Irgendwann stellte sie allerdings fest, dass sie und ihre Freundin damit ziemlich alleine waren. Das Publikum war einfach zu lässig, um Begeisterung zu zeigen. Klatschen war in Berlin offenbar uncool. So wollte natürlich auch keine rechte Party-Stimmung aufkommen. Nach einer halben Stunde hatte auch Iggy Pop die Nase voll, von seinen lustlosen Fans. Er hockte sich im Schneidersitz auf die Bühne, mit dem Rücken zum Publikum, und sang die Songzeile „I'm bored" zweimal, dreimal, viermal, fünfmal – geschlagene zehn Minuten lang. Dann stand er auf, machte eine abschätzige Handbewegung Richtung Publikum, und ging ab – und mit ihm seine Band.

Zoe und Steffi sahen sich entgeistert an. Meinte Iggy das ernst? Das Publikum begann zu pfeifen und schmiss halb volle Bierflaschen auf die Bühne. Das Licht ging an. Es war tatsächlich vorbei.

„Das gibt's doch nicht", schnaubte Steffi entrüstet.

„Siehste ja, dass es das gibt", antwortete Zoe resigniert. „Zum Glück haben wir ihn ja schon gestern getroffen. Lass uns im ,Central' ein Bier trinken gehen. Für den ,Dschungel' ist es noch zu früh."

Im „Café Central" trafen sie Matti am Flipper. „Na, wie hat's euch gefallen?"

„Bisschen kurz, aber sonst ganz toll, oder?", antwortete Zoe zögernd. „Tja, irgendwie ist der Funke heut nicht übergesprungen", meine Matti lapidar.

„Musst du gar nicht arbeiten?", fragte Zoe.

„Nö, ich hab frei. Aber ihr kommt auch so rein. Ich hab an der Tür Bescheid gesagt. So, jetzt trinken wir erst mal was. Ist ja noch so früh. Wollt ihr flippern?"

Nachdem er sie im Flippern haushoch geschlagen hatte, machten sie sich wieder auf, Richtung „Dschungel". An der Eingangstür empfing man sie freundlich, und so traten sie beschwingt ein.

Kaum waren sie drinnen, wurden sie begeistert begrüßt: Der lange Michael und der kleine Douglas stürmten auf Zoe zu, drückten ihr Küsschen auf die Wangen und grinsten sie begeistert an. Verdattert hörte sie Douglas sagen:

„We've seen you during the concert. I waved! Did you recognize it?", strahlte er Zoe an. Die blickte kurz zu Steffi: „Siehste!", bevor sie Douglas antwortete.

„Yes, of cause. We've seen you too!"

„Was red' ich denn für einen Schwachsinn? Sehr pfiffig, Zoe…!"

Sie riss sich zusammen und lächelte Douglas an.

„We enjoyed the short concert very much. Sorry for the rest of the audience."

„Oh, that doesn't matter. Now we've got more time to party!", lachte Michael. „Let's have a drink!"

Iggy Pop war heute Abend anderweitig beschäftigt: Er ließ begeistert die Ratte von Punklady Jenny Bourbon aus seinem Mund trinken, während Punk-Legende Jäki Eldordo grinsend daneben stand, der hübsche Mark Brandenburg, im roten Schottenröckchen, ihm vom „Hong Kong Syndikat" vorzuschwärmen schien und Kellner Hartwig Iggy mit Nachschub versorgte. Aber auch ohne Iggy hatten sie einen netten Abend. Um kurz vor vier verabschiedeten sie sich schließlich von seinen Musikern.

„We have to go to get our luggage at Bahnhof Zoo now", erklärte Zoe.

„Ah, you need an aspirin", amüsierte sich Michael.

„Almost…", antwortete sie. „We have to go back to Bremen. It was very nice meeting you!"

Umarmungen und Abschiedsküsschen folgten, und schließlich machten sich die Mädels schweren Herzens auf den Weg zu den Schließfächern.

Per Nachtbus fuhren sie mit ihrem Gepäck zum Rasthof Avus. Es wurde langsam hell, als sie sich auf der Raststätte am Grenzübergang nach einer passenden Mitfahrgelegenheit umsahen. Ein „BREMEN"-Schild zu basteln, hatten sie vergessen, also klapperten sie einfach die Wagen mit norddeutschen Kennzeichen ab.

Bereits nach zehn Minuten wurden sie fündig. Ein untersetzter, bärtiger junger Mann, in blau-rot-kariertem Holzfällerhemd, mit schwarzer Lederweste, lehnte entspannt an einem großen Omnibus.

„Moin!", begrüßte Zoe ihn fröhlich. „Fährst du vielleicht Richtung Bremen und hast Platz für uns Beide?"

„Platz hab ich jede Menge, aber ich fahr nur bis Hodenhagen."

„Aber, das ist doch schon ein ganzes Stück. Vielleicht kannst du uns an der Raststätte Allertal rauslassen? Von da kommt man ja schnell weg", lächelte Tramp-Profi Zoe lässig.

„Aber klar. Wenn euch das hilft. Steigt schon mal ein, gleich geht's los."

Sie machten es sich auf der Zweisitzerbank, neben dem Fahrersitz, bequem und warteten. Nach fünf Minuten stieg der Fahrer ein und ließ den schweren Bus an.

Als sie losfuhren, drehte Zoe sich um, um noch einmal den Funkturm zu sehen. Dabei erblickte sie durch die große Heckscheibe eine Kolonne von mindestens 20 Motorrädern, die ihnen folgte. „Da sind ganz viele Biker hinter uns", berichtete sie aufgeregt.

Der bärtige Fahrer grinste. „Die gehören alle zu mir."

„Aha ... Seid ihr ‚Hells Angels' oder so?", fragte sie, jetzt etwas unsicher.

„So ähnlich." Er lachte auf. „Wir sind christliche Motorradfahrer und waren zur jährlichen Biker-Gedenkmesse in Berlin."

„Ach, so", seufzte sie erleichtert auf. „Und wieso fährst du mit dem Bus?"

„Ich bin der Pfarrer!" Halleluja!

Dank so viel himmlischer Hilfe erreichten Zoe und Steffi nach nur fünfeinhalb Stunden Allertal. Und kaum hatten sie sich von dem Biker-Pfarrer verabschiedet, fanden sie tatsächlich eine nette Frau, die sie bis zur Ausfahrt Bremen-Sebaldsbrück mitnahm. Dann noch ein Stückchen mit Bus und Straßenbahn, und schon waren sie wieder in Osterholz. Sie legten ihre letzten 5,50 Mark zusammen, kauften Pommes und Bratwurst und ließen es sich schmecken. Dann ging jede zufrieden nach Hause.

Ein halbes Jahr später.

Auf der Suche nach einer Reisetasche war ihre Mutter in Zoes chaotischem Zimmer fündig geworden. Doch sie entdeckte noch mehr – in einer Seitentasche steckte noch das Pappschild mit der Aufschrift „BERLIN" …

„Zoe?", schallte es durchs Haus. Bedeutungsschwangere Pause. „Was ist das denn?", fragte sie streng, als ihre Tochter, mit augenscheinlich schlechtem Gewissen, schließlich vor ihr stand.

Leugnen hatte keinen Sinn. Die Beweise waren erdrückend, und ihre Mutter hatte einfach ein zu gutes Gespür für Lügen. Also erzählte Zoe die ganze Geschichte – oder jedenfalls fast … Ein paar Details ließ sie aus und betonte stattdessen die Passagen, die harmlos und lustig waren und vor allem das Happy End.

„Und Matti hat sich so gefreut, mich mal wieder zu sehen! Der gehört doch zur Familie. Und die muss man pflegen, sagst du doch immer …" Ihre Mutter sah sie lange an.

Zoe spürte, dass sie hin- und hergerissen war, zwischen dem Ärger über den heimlichen Berlintrip und der Freude darüber, dass ihre leichtsinnige, minderjährige Tochter unbeschadet vor ihr stand.

Schließlich zog sie Zoe an sich und sah ihr ernst in die Augen. „Aber jetzt bleibst du in Bremen. Und nach Berlin ziehst du nicht zum Studieren, versprochen?"

„Äh, ja, Mutti. Mal sehen … Das ist ja noch so lange hin", murmelte Zoe und kreuzte ihre Finger hinterm Rücken.

KAPITEL 5

Bevor sie sich auf dem Hocker im Büro niederlassen kann, muss Zoe ein paar großformatige Gemälde wegräumen. Während sie eins nach dem anderen vorsichtig an die Wand lehnt, versucht sie durch die Noppenfolie zu erkennen, was darauf ist. Sie beugt sich vor, riecht die frische Ölfarbe und betrachtet die leuchtenden Farben.

„Wahrscheinlich wieder die übliche abstrakte Kleckserei eines neuen, angesagten Malers. Gut, dass das Zeug hier in der Abstellkammer steht und nicht vorne im Ausstellungsraum hängt. Warum malt eigentlich niemand mehr etwas, das man auch erkennen kann? Muss ja nicht gleich der röhrende Hirsch sein, aber doch nicht immer nur Farbkleckse ... Wenn es wenigstens Iggy Pops Musik-Fantasien widerspiegeln würde – ‚all those lights and flashes‘ ..."

Mechanisch schiebt sie sich ein paar Schoko-Kekse in den Mund. In einer Viertelstunde muss sie die Galerie öffnen, doch vorher will sie noch ihre E-Mails checken. Sie startet den Computer und reißt das Fenster zum Hinterhof auf. Die Luft in ihrem winzigen Büro ist heute besonders stickig. Zoe atmet tief ein und freut sich über die grüne Oase, die die Mieter hier geschaffen haben. Eine große Akazie, mit ihren zarten, hellgrünen Blättern, spendet Schatten. Auf einem winzigen Stück Rasen steht eine weiße Bank, ein kleiner Springbrunnen plätschert vor sich hin, weiße und rosafarbene Malven stehen in voller Blüte.

„Was Malve und Krümel wohl machen?", überlegt sie. „Ob Malve tatsächlich Malerin geworden ist? Oder doch Friseuse? Und Krümel mit seinem Musikfimmel. Was hatte der für Platten! DJ war sein Traumjob. War schon ein schräges Pärchen ..."

MALVE & KRÜMEL

Als das „90 Grad" 1989 aufmachte, war Zoe dabei. Der anfangs halblegale Club, am dunklen Ende der Kurfürstenstraße, war eigentlich nichts besonderes – ein schlichter, rechteckiger Stein-Klotz, dem er auch seinen Namen verdankte. Aber die Türsteher waren hart – fast so rigoros wie im „Dschungel". Das machte es natürlich spannend, und so nahm die Szene die neue Disco in Beschlag. Zoes schwule Jungs hatten keine Lust mehr, jedes Wochenende auszugehen, und so machte sie sich oft allein auf.

Inzwischen hatten ihre Eltern den Geldhahn zugedreht – mit dem Studium ging es einfach nicht voran. Zoe musste sich einen Job suchen. Kellnern kam für sie nicht in Frage, dafür waren ihre Kopfrechenkünste zu mager. Also versuchte sie es als Aushilfssekretärin. Über die „Heinzelmännchen"-Jobvermittlung an der Uni wurde sie fündig. Bei einer Klempnerei in Spandau tippte sie dreimal die Woche Diktate ab, brachte die Aktenordner auf Vordermann und vertrieb sich die Zeit damit, das unlogische Ablage-System der Profi-Sekretärin, für die sie eingesprungen war, auf ein völlig neues umzustellen. Zumindest Zoe war sehr zufrieden mit ihrem Werk. Der Job war stupide, aber immerhin verdiente sie genügend Geld, um Wohnung und Nachtleben zu finanzieren. Nicht gerade eine berufliche Perspektive, aber die suchte sie auch nicht. Der perfekte Job würde schon noch kommen … Im Moment ging es ihr vor allem um das Nachtleben.

Im „90 Grad" lernte sie Malve kennen. Als sie sich auf der Damentoilette begegneten, bewunderte Zoe deren schillernde, bunte Lidschatten-Schichten.

„Wie kriegst du's hin, dass die Farben nicht verwischen?", erkundigte sie sich neugierig. Malve antwortete freundlich:

„Ich hab Friseuse und Visagistin gelernt, da kann man das. Aber jetzt bin ich Malerin. Mit Farben kann ich umgehen." Sie packte ihr umfangreiches Lidschatten-Equipment in ein Täschchen, lächelte Zoe freundlich zu und war verschwunden.

In der tanzenden Menge sah Zoe sie später wieder. Sie knutschte innig mit einem Jungen, der fast einen Kopf kleiner war als sie.

Als Zoe am nächsten Wochenende wieder in der Schlange vor dem „90 Grad" stand, entdeckte sie Malve am Einlass. Diese winkte sie heran, sprach mit einem blonden, jungen Mann, deutete auf Zoe und ließ sie hinter die Absperrung. Zoe strahlte.

„Hi! Das ist ja cool. Arbeitest du hier?"

„Nicht direkt, aber ich kenn Bob."

„Bob?"

„Bob Young, den Besitzer. Das ist der Blonde da drüben. Netter Ami. Wie heißt du überhaupt?"

„Zoe. Und du?"

„Malve!"

„Echt? Toller Name!"

„Klingt doch besser als Martina, oder?", kicherte sie. „Komm, wir gehen meinen Freund suchen." Malve drängelte sich, Zoe im Schlepptau, durch den dunklen Club. An der Bar tippte sie einem Typ auf die Schulter.

„Schatz, das ist Zoe. Und das ist Krümel." Er wirkte wie 15, und Malve himmelte ihn an.

„Ist er nicht süß?" Krümel strahlte, und Zoe nickte irritiert. Sie trank ein Bier mit den beiden und machte sich aus dem Staub.

Lässig lehnte sie an der Wand und nahm die Umgebung unter die Lupe. Ein cooler Typ mit schwarzen Haaren und Lederjacke erinnerte sie an Ziggy, also war er wahrscheinlich schwul – aber attraktiv, und im Moment war nichts Besseres greifbar. Konzentriert verfolgte sie jede seiner Regungen. Er unterhielt sich mit einer Frau.

„Gutes Zeichen …?" Dann quatschte er länger mit dem hübschen, blonden Barkeeper. Der war hetero, das hatte sie schon recherchiert. Zoe stand im Dunkeln und konnte sich ungestört umsehen. Aufmerksam beobachtete sie ihre Beute. Als sich das Objekt ihrer Begierde am Tresen niederließ, nahm sie den freien Barhocker neben ihm ins Visier.

Lässig setzte sie sich in Bewegung … Plötzlich wurde sie unsanft von einem Ellenbogen getroffen und kam auf ihren Pumps ins Straucheln.

„Ey, pass doch auf!", pampte sie den Typen an, der es gewagt hatte, sich ihr in den Weg zu stellen. Entschuldigend fasste er nach ihrem Arm und stützte sie. Genervt wehrte sie ab. Bevor sie ihn zur Schnecke machen konnte, wurde sie von hinten bedrängt und spürte, wie eine Hand ihren Hintern streifte.

Entrüstet drehte sie sich um, erblickte aber nur noch den Rücken eines kleinen, dicken Mannes, der sich schnell verdrückte.

„Was geht denn hier ab?" Zoe drehte sich wieder um, aber inzwischen war auch der Schubser verschwunden. Sie streckte sich und marschierte auf ihr Ziel los.

Lächelnd setzte sie sich und bestellte ein Bier. Der anvisierte Typ nickte freundlich und beobachtete wieder den Keeper. Zoe trank einen Schluck aus der Flasche.

„Macht dreiuffzich", strahlte der Blonde sie an. Lässig griff sie nach hinten, in ihre enge, schwarze Hose. Irritiert tasteten ihre Finger nach der Geldbörse.

Doch da war nichts, weder in der rechten, noch in der linken Tasche. Geschockt sah Zoe sich um und plötzlich dämmerte ihr, was geschehen war.

„Scheiße! Der Dicke hat meine Kohle geklaut!", fluchte sie laut. Der Barkeeper sah sie mitleidig an.

„Echt?"

„Ja, verdammt! Eben hat mich ein Typ angerempelt und sein Kumpel hat mir an den Hintern gefasst."

„Und dann?", fragte der schnuckelige Schwarzhaarige interessiert.

„Mein Portemonnaie ist weg!", fuhr sie ihn an.

„Das Bier kostet trotzdem dreifuffzich …", mischte sich der Mann hinterm Tresen schulterzuckend ein.

„Ich weiß! Aber mein Geld ist weg!", blaffte Zoe genervt. „Oh, nein!", schrie sie plötzlich auf. Schlagartig wurde ihr klar, was der Verlust des Portemonnaies bedeutete.

Der Dunkle versuchte sie zu beruhigen: „Vielleicht kannst du anschreiben lassen?"

Zoe sah ihn entgeistert an.

„Darum geht's doch gar nicht! Mein Autogramm ist in dem Portemonnaie!"

„Autogramm?", fragte er begriffsstutzig.

„Ja, von David Bowie!!!"

„Was für ein Idiot!", dachte sie und stand genervt auf. „Als wenn ich wegen der Kohle hier so einen Aufstand machen würde …"

„Deine dämliche Kohle kriegst du gleich. Ich frag meine Freunde da drüben", grollte sie Richtung Barkeeper. „Das Autogramm hat mir David Bowie höchstpersönlich damals, nach seinem Konzert, im ‚Dschungel' gegeben. Das schlepp ich seit Jahren mit mir rum. Es ist unersetzlich! Kapiert?"

Wütend stapfte sie los.

Als sie Malve und Krümel die Lage erklärte, berichteten die sofort Bob von dem Diebstahl, doch der lächelte nur mitleidig: „Die Typen sind garantiert längst über alle Berge."

Zoes neue Verbündete trösteten sie, so gut es ging und liehen ihr zehn Mark. Das konnte zwar nicht wirklich über den Verlust hinwegtrösten, half aber erst mal und wurde der Grundstein zu einer lockeren Freundschaft.

Von nun an amüsierten sich die drei prächtig zusammen im „90 Grad". Zoe erfuhr, dass Krümel 19 war und Malve 24. Ein ungleiches Pärchen, aber scheinbar sehr glücklich. Die beiden halfen Bob, den Club jedes Wochenende komplett umzudekorieren, und Zoe bewunderte die aufwendigen Kreationen.

Irgendwann luden sie ihre neue Freundin ein, sie wohnten nur ein paar Meter vom Club entfernt. Enthusiastisch führte Krümel seine umfangreiche Plattensammlung vor. Hunderte von Alben füllten die Wohnzimmer-Regale.

Zwar vermisste Zoe David Bowie, Lou Reed und Iggy Pop, aber für Marc Almond und Depeche Mode konnte sie sich begeistern.

„Ist ja irre, wie viele Platten du hast!"

„Ich will DJ werden!", verkündete Krümel selbstbewusst. „Bob hat gesagt, dass er mich irgendwann mal auflegen lässt. Pass auf, ich zeig dir, wie das geht." Er hockte sich auf den Boden, vor seine zwei Plattenspieler und legte los. Malve kam mit drei Gläsern Cola dazu.

„Toll, wie er das macht, oder?", lächelte sie voll Besitzerstolz. Zoe nickte und hörte zu. Die Musik, die er spielte, klang fremd.

„Was ist denn das?"

„Tekkno!", antwortete er stolz. „Total hip. Dazu musst du dir jetzt noch reichlich Nebel und Stroboskoplicht vorstellen, dann kommt das erst richtig!" Krümel ließ einen Song in den nächsten übergehen. Er wirkte wie in Trance. „Geil, oder?"

„Geschmackssache …", murmelte Zoe.

Ihr ging die Musik eher auf die Nerven, aber wenn ihm so was gefiel … Und Malve fand sowieso alles toll, was Krümel gut fand.

Die große Altbauwohnung mit riesigen Fenstern und einem fantastischen Blick Richtung Bülowbogen war ein Erlebnis. Die Bewohner waren augenscheinlich große USA-Fans und hatten die Küche als American-Diner eingerichtet, mit rot-schwarzen Kunstleder-Sitzbänken. Im Flur bedeckte eine Grand-Canyon-Fototapete die Wand, und im Schlafzimmer stand das breite Doppelbett auf einem ein Meter hohen Holz-Podest. Auf der Stars-and-Stripes-Bettwäsche hatte es sich eine schneeweiße Katze gemütlich gemacht.

„Das ist Duchesse, wie in ‚Aristocats'", stellte Malve vor. Duchesse streckte sich gähnend und ließ sich genüsslich kraulen.

Zoe sah sich um. An den Wänden hingen riesige, quietschbunte Gemälde von Mickey, Donald, Goofy, den ‚Aristocats' und Balu, dem Bären. Zoe war beeindruckt, aber nicht begeistert.

„Wo habt ihr den Kitsch denn her?"

„Die hab ich gemalt", erklärte Malve stolz.

„Oh, klasse!", antwortete Zoe schnell. „Ich mag das ‚Dschungelbuch'! Balu ist wirklich gut getroffen."

„Den hab ich von einem Sammelbecher abgemalt. War gar nicht so einfach. Demnächst hab ich meine erste Ausstellung."

„Aha …"

„In einem Möbelhaus in Steglitz!"

„Toll!" Zoe war schon mal begeisterter gewesen.

Im großen Wohnzimmer thronte, leicht erhöht, eine mächtige Eck-Couch aus rot-braunem Leder mit Tisch und Fernseher – selbstgebaute Holzpodeste waren gerade schwer angesagt. Den Großteil des Raums jedoch nahm die DJ-Kommandozentrale von Krümel ein. Er legte noch immer konzentriert einen Song nach dem anderen auf. Die Mädels verzogen sich in die Küche.

„Los, wir machen Burger!", verkündete Malve und holte tiefgefrorene Fleischklopse, Coleslaw-Salat, Tomaten, Zwiebeln, Senf-, Mayo- und Ketchup-Flaschen aus dem riesigen, pinkfarbenen Kühlschrank.

„Das ist ja ein fettes Teil", meinte Zoe bewundernd.

„Ja, cool was? Den haben uns Krümels Eltern zum Einzug geschenkt – original amerikanisch!"

„Wieso seid ihr eigentlich so auf dem USA-Trip?"

„Einfach so. Ist doch toll. Da ist alles so groß und bunt."

„Seid ihr oft drüben?", fragte Zoe.

„Nee, noch nie. Aber diesen Sommer fahren wir hin. Krümels Eltern nehmen uns mit. Wir mieten einen schicken Amischlitten und fahren eine Woche durch Kalifornien. Nächsten Samstag geht's los!"

„Wow! Und was macht ihr mit der Katze?"

Malve lächelte Zoe strahlend an. Wir dachten, Du könntest dich in der Zeit um Duchesse kümmern?"

Zoe war verblüfft.

„Ich?"

„Na, wir haben uns überlegt, dass du in die Wohnung ziehst. Du kannst alles benutzen, nur Krümels heilige Plattensammlung ist tabu", verkündete Malve.

„Aber wir kennen uns doch erst seit ein paar Wochen."

„Ja, warum denn nicht? Ist doch kein Problem. Du bist nett und magst Katzen, oder?"

„Ich liebe Katzen! Früher in Bremen hatte ich selbst einen Kater."

„Na, also! Abgemacht?"

„Okay, wenn ihr meint …" Zoe fühlte sich überrumpelt, aber die Vorstellung, ein paar Tage in der großen Wohnung, gleich um die Ecke vom „90 Grad" zu verbringen und noch dazu mit einer Katze, gefiel ihr.

Am Samstag drauf schleppte sie ihren Koffer in den vierten Stock. Duchesse folgte ihr auf Schritt und Tritt, während Zoe ihr neues Reich inspizierte. Das Bett war frisch bezogen – mit der New Yorker Skyline. Sie knipste den Fernseher am Bett an und entdeckte ein Kabel mit einer Spielkonsole. Neugierig drückte sie ein paar Knöpfe und schon erschienen zwei weiße Striche und ein Punkt auf grünem Grund.

„Teletennis! Wie cool ist das denn?", stellte sie begeistert fest. Videospiele hatte sie zu Hause nicht. Ein weiterer Pluspunkt ihres Kurzzeit-Domizils. Sie richtete sich häuslich ein, fütterte die Katze und begann mit dem Styling für den Abend.

An Malve hatte sie nicht nur das perfekte Augen-Make-up bewundert, sondern auch ihre scharfen Lackminis. Neugierig durchstöberte Zoe den Kleiderschrank. Sie probierte einen sehr kurzen, knallroten Rock an – zu eng.

Enttäuscht suchte sie weiter. Der dritte Mini, aus gerafftem, schwarzem Lackleder, passte endlich über ihre Hüften. Sie bewunderte sich im großen Spiegel im Flur, zog ein pinkfarbenes Stretch-Top drüber und zwängte sich in ihre schwarzen Lackpumps – scharf!

Mit Malves Profi-Lidschatten pinselte Zoe sich beeindruckende Regenbögen auf die Augenlider, zog einen langen Lidstrich und tuschte die Wimpern mit reichlich ?. Dann noch Wachs und Haarspray auf die wavigwuschelige, weißblonde Mähne, und los ging's ins „90 Grad".

Zoe genoss die interessierten Blicke, die sie aus dem Augenwinkel wahrnahm und eroberte sich auf der Tanzfläche ihr Terrain. Die Strategie verfehlte ihre Wirkung nicht – ein Typ mit signal-roten Haaren, die in alle Richtungen abstanden, tanzte an sie heran.

Sein Pumuckl-Schopf war beeindruckend, der Kerl war jung, schlank und drahtig, hatte ein verschmitztes Lächeln und war einen halben Kopf kleiner als sie. Das schien seinem Selbstbewusstsein aber keinen Abbruch zu tun. Er flirtete Zoe heftig an, und sie ließ sich auf das Spiel ein.

Nach einer Weile beugte er sich vor und fragte: „Magst du was trinken?"

Zoe lächelte und nickte. Sofort nahm er ihre Hand, zog sie hinter sich her und bestellte ihnen Bier.

„Ich heiß Frank, aber du darfst mich Pumuckl nennen."

„Wie passend …", grinste sie. „Ich bin Zoe."

Auf den Barhockern saßen sie auf Augenhöhe, und sie betrachtete ihn genauer. Er hatte ein markantes Kinn und grüne Augen. Sein Körper war die Miniaturversion eines wohlproportionierten, griechischen Gottes – mit knallrotem Haarschopf. Zoe war hingerissen.

„Tolle Farbe." Sie deutete auf seine Haare.

„Hab ich heute gerade frisch gefärbt. Das sind Pigmente – hält nicht sehr lange, sieht aber geil aus", grinste er. „Dein Styling gefällt mir aber auch!"

Zoe lächelte geschmeichelt.

Ein paar Drinks und Tänze später standen sie schmusend draußen vor dem Club. Schließlich sah Zoe ihm in die Augen und fragte: „Sollen wir zu mir gehen?"

„Wo wohnst du denn?"

Zoe deutete lässig die Straße runter.

„Da drüben."

„Das ist ja perfekt!"

Wild knutschend arbeiteten sie sich Stockwerk für Stockwerk nach oben. Zoe schloss auf und zog ihn mit sich ins Schlafzimmer. Sie streifte ihm das T-Shirt über den Kopf und ließ ihre Hände über seine glatte, muskulöse Brust gleiten.

„Ich werd dich Adonis nennen, das passt viel besser."

„Dann nenn ich dich Aphrodite, meine Schöne", flüsterte er, schob seine Hände unter ihr Stretch-Top und half ihr, es auszuziehen. Dann kniete er sich hin und zog mit den Zähnen den Reißverschluss des Minis herunter.

„Ich steh auf Lack und Leder", seufzte er, entledigte sich schnellstens seiner Jeans und Sekunden später landeten sie eng umschlungen mitten in Manhattan.

Schließlich lagen sie keuchend und schweißnass auf der New Yorker Skyline. Vom Flur drang ein schmaler Lichtstreifen herein. Zoe fixierte seine leuchtend-grünen Augen. Er stützte sich auf und lächelte sie an.

„Na, meine Göttin der Liebe und der Schönheit, wie wär's mit einem Drink?"

Zoe stand grinsend auf.

„Ich guck mal, ob im Kühlschrank noch ein Bier ist."

Als sie mit zwei Flaschen Budweiser zurückkam, hörte sie Musik aus dem Wohnzimmer – „Master And

Servant" von Depeche Mode. Sie musste grinsen, als sie ihren nackten Adonis vor dem Plattendesk auf dem Parkett sitzen sah.

„Das ist ja der passende Song für uns, mein Master, darf ich dir dein Bier servieren?"

Er sah zu ihr auf.

„Schön, dass du das auch so siehst ..." Er grinste frech. „Das sind ja irre viele Platten. Und jede Menge Techno und Acid ... Hast du die alle gehört?" Er schien beeindruckt.

„Nee, das sind nicht meine, die gehören einem Freund."

„Deinem Freund ...?", fragte er vorsichtig und sah auf den Plattenteller. Zoe lachte.

„Nein, nein. Die Wohnung gehört einem befreundeten Pärchen. Ich hüte hier nur ein, wegen der Katze. Die beiden sind gerade in Amiland."

Erleichtert blickte er sie an. „Dann hast nicht du einen USA-Tick, sondern deine Freunde?"

„Richtig. Und auf Techno oder Tekkno steh ich auch nicht. Eher Bowie, aber mit den Depeche-Mode-Sachen kann ich mich auch anfreunden. Sei bloß vorsichtig. An die Platten und die Anlage darf ich eigentlich gar nicht ran. Das ist Krümels Heiligtum."

„Krümel? Was ist das denn für ein bescheuerter Name?"

„Das muss einer sagen, der sich Pumuckl nennt", erwiderte Zoe grinsend. „Ich bleib lieber bei Adonis, mein Hübscher ... Kommst du jetzt wieder ins Bett?" Sie schwenkte die Bierflaschen, drehte sich um und verschwand Richtung Schlafzimmer.

Adonis schaltete die Anlage ab, als er Zoes Aufschrei hörte:

„Oh, shit, was ist das denn für 'ne Sauerei?"

Er sprang auf und lief ins hell erleuchtete Schlafzimmer. Zoe stand entgeistert neben dem Bett. Die coole schwarz-weiße New-York-Silhouette hatte einen rötlichen Schimmer und das Empire State Building auf den Kopfkissen war signal-rot. Eine rosarot-gefärbte Duchesse rekelte sich genüsslich darauf.

Zoe schubste das Tier vom Bett. Beleidigt zog die Punk-Pussi ab.

„Jetzt guck dir das an. Geht das wieder raus?"

„Äh, weiß ich nicht. Ich hab die Farbe ja erst seit heute. Dass das so abfärbt, hätte ich nicht gedacht …"

„Na, toll … Hauptsache, die Katze ist wieder weiß, bis Malve und Krümel zurückkommen. Ist jetzt auch egal, komm ins Bett, du Kobold. Ich bin müde und brauch noch ein paar Stunden Schlaf." Damit schaltete Zoe das Licht aus und legte sich hin.

„Wilder Sex ist jetzt wohl nicht mehr angesagt, was?", fragte Pumuckl vorsichtig, als er sich neben sie legte. Statt einer Antwort zog sich Zoe die Bettdecke über den Kopf und drehte sich zur Wand.

KAPITEL 6

Im Büro dudelt der PC seine Startmelodie. Zoe muss grinsen, als sie an das farbenfrohe Abenteuer mit Pumuckl-Adonis denkt. Die beiden hatten sich noch ein paar Mal getroffen, aber mehr als Spaß war nicht angesagt. Vielleicht lag es daran, dass er nicht ihre bevorzugte Mr.-Right-Körpergröße hatte …

Duchesse hatte sich bis Ende der Woche die rote Farbe aus dem Fell geleckt, doch bei der Bettwäsche versagte das Waschmittel. Malve und Krümel hatten Zoe versichert, dass das kein Problem sei, aber als Krümel die Depeche-Mode-Platte auf dem Plattenspieler entdeckte, war Schluss.

Die Freundschaft zu dem ungleichen Pärchen kühlte rasch ab. Man sah sich noch im „90 Grad", und auf der ersten „Loveparade" auf dem Ku'damm entdeckte Zoe beide im lustigen Demo-Zug unter dem Motto „Friede, Freude, Eierkuchen". Dass Krümel ausgerechnet Zoe mit seiner Wasserpistole bespritzte, war wahrscheinlich nur Zufall …

Sie setzt sich an den Computer. Ihre Finger sausen über die Tasten, und ihre aktuellen E-Mails erscheinen. Zoe liebt es zu mailen, nach Mauritius, England, Spanien und natürlich Deutschland. Ohne E-Mails hätte sie zu Vielen sicher schon längst den Kontakt verloren. Briefe zu schreiben dauert einfach länger. Wieder jede Menge Spam.

„Wer antwortet eigentlich auf die schwachsinnigen Angebote für ‚Penisverlängerungen' oder angebliche Geschäftspost, die in schlechtem Deutsch behauptet: ‚Sie habe geerbet! Wenn habe wolle die 500.000 Dollar, schicken kleine Bearbeitungsgebühr von 1000 Dollar an mir.'? Das glaubt doch kein Mensch", denkt sie und schüttelt den Kopf. Zwischen jeder Menge Datenmüll entdeckt sie eine neue Mail aus Barcelona:

„Liebe Zoe, der Ausbau der Gutshof-Ruine geht langsam aber stetig voran. Inzwischen haben wir die spanischen Handwerker durch bulgarische ersetzt, die arbeiten schneller und besser. Im Anhang siehst Du Fotos von der großen Dachterrasse und dem neu gedeckten Dach. Das auf der Leiter bin natürlich ich – Arnau hatte mal wieder andere Termine … Was treibst Du so? Hast Du inzwischen endlich Deinen Mr. Right gefunden? Lass bald von Dir hören.
Dicker Kuss, Dein Roland"

ROLAND II

Nach ihrem lautstarken Abgang, damals bei der Architektenparty, hoffte Zoe, ihren „Eintänzer" nie wieder zu sehen. Eigentlich kein Problem in Berlin, dachte sie. Falsch gedacht.

In den nächsten Wochen lief sie Roland plötzlich dauernd über den Weg. Kein Wunder, er wohnte neuerdings nur ein paar Straßen weiter. „Manchmal ist Berlin verdammt klein", stöhnte sie, wenn sie ihm wieder mal beim Bäcker begegnet war und ihn verschämt gegrüßt hatte. Irgendwann war es ihr zu blöd, und beim nächsten zufälligen Treffen lud sie Roland kurzerhand zu sich ein. Dann erklärte sie ihm, dass sie eigentlich absolut und überhaupt nichts gegen Schwule habe, ihn aber leider in einer sehr schwierigen Phase kennengelernt habe. Nachdem alle Missverständnisse ausgeräumt waren, entdeckten beide, dass sie viel gemeinsam hatten. Roland war ein Jahr älter und ebenfalls Skorpion – ein Qualitätssiegel! Sie gingen oft zusammen in die Disco und durchtanzten begeistert die Berliner Nächte. Sie teilten Liebesfreud, aber meistens Liebesfrust.

Irgendwann verliebte sich Roland unsterblich in einen Gasttrainer aus Barcelona, bei dem er in der „Etage" Tanz-Unterricht hatte. Außer einem kleinen Flirt entwickelte sich aber bis zu dessen Abreise nichts Ernstes. Doch kaum war der Trainer weg, schmiedete Roland Pläne, nach Barcelona umzuziehen. Er könne sich nur da tänzerisch weiterentwickeln, behauptete er steif und fest. Zoe diskutierte mit ihm das Für und Wider, musste aber schließlich einsehen, dass kein Gegenargument ihn überzeugte. Also zog Roland im nächsten Herbst von Berlin nach Barcelona.

Zoe und Roland schrieben sich lange Briefe. Er berichtete, dass er erst mal in der Atelierwohnung der spanischen Freundin eines entfernten Berliner Bekannten untergekommen sei – mitten im Barri Xinès, einem heruntergekommenen Stadtviertel in der Nähe der Ramblas. Mit seinem angebeteten Tanzlehrer wurde es auch in Spanien nichts, aber Roland schwärmte für die Stadt. Er lud Zoe ein, ihn über Weihnachten und Silvester zu besuchen.

Sie beschloss, zum ersten Mal nicht mit ihren Eltern zu feiern, sondern buchte den Flug, und am 22. Dezember holte Roland sie am Flughafen ab. „Die Gegend ist nicht besonders toll, aber das Atelier ist sehr hell und hat einen großen Balkon mit Wintergarten", erklärte er ihr.

„Das klingt ja schick."

Die Wohnung lag in einer schmuddeligen, dunklen, engen Seitenstraße – natürlich im obersten Stockwerk. Und natürlich war der Fahrstuhl kaputt.

Als sie Zoes großen Koffer, ziehend und schiebend, endlich die vier Treppen hochgewuchtet hatten, öffnete Roland die mit drei Sicherheitsschlössern verrammelte Tür. Strahlender Sonnenschein fiel durch die großen Fenster.

„Das ist ja wirklich schön hier. Denkt man gar nicht, wenn man unten auf der Straße steht", seufzte Zoe erleichtert.

„Lola?", rief Roland in die scheinbar leere Wohnung.

„Si? Roland? Ya voy!", zwitscherte eine hohe Frauenstimme aus einem der hinteren Zimmer zurück.

„Wer ist das denn?", fragte Zoe flüsternd.

„Das ist die Malerin, der die Wohnung gehört. Die ist ab und zu hier – zum Malen …"

Und schon schwebte eine sehr attraktive Spanierin, Mitte 40, mit schwarzen, schulterlangen Locken, in einem mädchenhaft schwingenden, geblümten Wollkleid in das große, offene Wohnzimmer. Ihr charmantes, überschwängliches Lächeln gefror, als sie Zoe bemerkte. Ein abschätziger Blick, dann wandte sie sich an Roland und fragte ihn auf Deutsch, mit einem harten spanischen Akzent:

„Wer ist die?"

„Das ist meine Freundin Zoe aus Berlin. Ich hab doch erzählt, dass sie mich für ein paar Tage besuchen kommt", antwortete Roland unbehaglich.

„Ah, si … Und sie will übernachten hier …?"

Jetzt reichte es Zoe. Sie konnte es nicht leiden, wenn man in ihrer Gegenwart in der dritten Person über sie sprach. Bevor Roland antworten konnte, polterte sie los:

„Moin! Ja, ich bin Zoe, und ich besuche meinen Freund Roland über Weihnachten und Silvester. Und wer sind Sie?"

„Soy Lola!" Ohne sie anzusehen, fuhr Lola sich dabei lasziv mit der Hand durch die langen Haare. Roland war genervt von dem sich anbahnenden Zickenkrieg. Er schob Zoe kurzerhand Richtung Wintergarten.

„So, jetzt setzt ihr euch erst mal schön da hin. Zoe, ich bring deinen Koffer in mein Zimmer, und dann komm ich mit Wasser und Gläsern zurück." Damit war er verschwunden.

Zoe und Lola setzten sich schweigend auf zwei Sessel, die an einem kleinen runden Tisch auf dem verglasten Balkon standen. Bei dem atemberaubenden Ausblick, über die Dächer von Barcelona, vergaß Zoe einen Moment lang die zickige Diva neben sich.

Schließlich kam Roland mit dem versprochenen Wasser zurück und schenkte für alle drei ein.

Er setzte sich auf den freien Platz zwischen den Fronten. Seine Versuche, einen belanglosen Small Talk in Gang zu bringen, scheiterten kläglich an der mangelnden Kooperationsbereitschaft der beiden Damen. Jede reagierte nur auf seine direkte Ansprache und antwortete dann auch nur ihm. Die jeweils Andere war Luft für sie.

Nach zehn Minuten angestrengter Konversation räumte Lola endlich das Feld, nicht ohne sich vorher noch zuckersüß von Roland zu verabschieden. Als die Tür hinter ihr ins Schloss fiel, streckte Zoe ihre angespannten Glieder und fragte:

„Was, bitte, war das denn? Das Weib ist echt der Horror. Aber nun sind wir die Schnepfe ja endlich los! Wie hältst du das bloß mit der aus? Du hast doch geschrieben, dass hier alles so wunderbar läuft ..." Roland zuckte resigniert mit den Schultern.

„Na ja, als ich einzog, hieß es, dass sie nur alle paar Wochen mal ein paar Stunden zum Malen herkäme, doch inzwischen hockt sie dauernd hier rum, wenn ich nach Hause komm. Echt anstrengend die Dame. Ich glaub nicht, dass sie dir die Arena kampflos überlässt. Da kommt noch was ... Wart's ab ..."

Am nächsten Morgen, als sie gemütlich beim Frühstück saßen, hörten sie den Schlüssel in der Wohnungstür.

„Kommt die Alte jetzt schon wieder?", fragte Zoe genervt.

Noch bevor Roland antworten konnte, stürmte Hotte, der entfernte Bekannte eines Berliner Bekannten, über den Roland das Atelier gemietet hatte, herein. Hotte war attraktiv, Mitte 20, muskulös und knapp 1,75 Meter groß. Aber so wütend, wie er jetzt war, wirkte er wesentlich größer und sehr bedrohlich.

In seinem Schlepptau schlenderte Lola betont gelangweilt herein, ignorierte Roland und Zoe, setzte sich auf einen Sessel im Wintergarten und sah entspannt aus dem großen Fenster.

„Was machst du noch hier?", brüllte Hotte Roland an. „Verschwinde aus der Wohnung, und lass endlich Lola zufrieden!"

Roland war geschockt.

„Wie, verschwinden? Ich wohne hier! Und was ist mit Lola?"

Zoe blickte völlig verwirrt von einem zum anderen. „Was geht denn hier ab?"

Hotte brüllte weiter:

„Du hast meine Freundin angemacht! Sie hat mir alles erzählt! Du Schwein! Ich will, dass du sofort hier ausziehst!"

Roland blickte entgeistert erst ihn an und dann Lola. Die tat, als ginge sie das ganze Drama nichts an und sah lächelnd auf die Dächer hinaus. Jetzt reichte es Roland, und er donnerte in der gleichen Lautstärke zurück:

„Ich weiß nicht, was für eine kranke Beziehung ihr beiden habt. Aber das ist mir auch scheißegal. Eins weiß ich ganz genau: Ich will weder etwas von deiner Lola, noch von irgendeiner anderen Frau! Ist das klar?"

Jetzt blickte Hotte ihn verblüfft an.

„Ich ziehe aus, und zwar gleich morgen. Meine Freundin Zoe ist gerade aus Berlin angekommen, und heute werden wir noch hier übernachten! Klar? Du kannst jetzt gern deine angeblich von mir verführte Hobby-Malerin schnappen und sie schleunigst in Sicherheit bringen. Ihr habt sie doch nicht mehr alle!" Er sprang auf und überragte den verdutzten Hotte um einen halben Kopf.

Roland zog Zoe mit sich.

„Komm, wir gehen in mein Zimmer, bis die beiden verschwunden sind." Ohne ein weiteres Wort marschierten sie ab und knallten die Tür hinter sich zu.

Zoe war völlig durcheinander und fragte Roland konsterniert: „Wieso schmeißt dich eigentlich dieser Hotte raus? Ich denk, es ist ihr Atelier. Und was ist das für eine schräge Idee, dass du über Lola hergefallen wärst?"

Roland kochte immer noch vor Wut.

„Die Alte hat 'nen Knall. Sie ist Mitte 40, macht auf junges Mädchen und hält sich für unwiderstehlich. Vor ein paar Tagen stand sie plötzlich splitterfasernackt vor mir. Du kannst dir vorstellen, wie begeistert ich war."

„Hä? Ich denk, sie weiß, dass du schwul bist."

„Das hat sie aber nicht gestört. Sie bildet sich ein, sie kriegt jeden rum."

„Und, hat sie?", fragte Zoe neugierig.

„Quatsch! Ich hab natürlich versucht, ihr möglichst vorsichtig beizubringen, dass zwischen mir und Frauen einfach nichts läuft. Aber jetzt hat sie sich wohl zusammengereimt, dass du meine Freundin seiest und ich doch auf Frauen stehe. Klar, dass das ihr Ego in Wallung gebracht hat. Aus Rache hat sie ihrem jugendlichen Lover Hotte diese wilde Geschichte aufgetischt. Tja, und er muss ihr wohl geglaubt haben."

„Unglaublich!"

Als die Luft rein war, duschte Zoe schnell und verließ mit Roland zusammen die Wohnung.

„Schatz, du musst dich abregen. Zeig mir doch ein bisschen Barcelona", bat Zoe. Gemeinsam schlenderten sie durch die Straßen, besuchten das Picasso-Museum und sahen sich staunend auf der Baustelle der „Sagrada Familia" um.

„Das ist ja irre hier. In Deutschland wär das alles abgesperrt, und hier können wir völlig allein auf den halb fertigen Türmen rumklettern. Sieht ja aus, als würden die noch in den nächsten hundert Jahren an der Kirche bauen." Zoe war überwältigt.

„Das Gebäude ist in den 20er Jahren von Antonio Gaudí entworfen worden und wird jetzt peu à peu gebaut. Bin gespannt, ob ich die Fertigstellung noch erleben werde."

Abends gingen sie ins „Pollo Loco", ein billiges Restaurant um die Ecke. Knapp bei Kasse waren beide und Restaurantbesuche deshalb die absolute Ausnahme. Doch hier waren die Preise so moderat, dass sie sich das leisten konnten. Und so genossen sie ihr knusprig gebackenes, halbes Hähnchen mit Salat. Und zum Nachtisch bestellte Roland „Pyjama" – ein Flan mit zwei Pfirsichhälften und sehr viel Sahne – lecker!

„Das ist ab sofort mein neues Lieblings-Dessert. Roland weiß, wie er mich glücklich machen kann …", dachte Zoe, zufrieden grinsend.

Am nächsten Tag suchten sie sich ein billiges Hotel und bezogen ein winziges Zimmer. Darin stand ein großes, altes Doppelbett mit schwarzem, gusseisernem Kopf- und Fußteil. Ansonsten gab es nur noch einen windschiefen Holzschrank und ein Waschbecken mit Spiegel. Dusche und Toilette waren auf dem Flur. Die Zimmerbeleuchtung bestand lediglich aus einer Neonröhre über dem Waschbecken. Ein Fenster gab es auch nicht, sondern nur eine 30 mal 30 Zentimeter große Öffnung zum Lichtschacht. Statt Licht, drangen dadurch allerdings nur die unangenehmen Gerüche und Geräusche aus den anderen Zimmern herein. Zoe hockte sich frustriert aufs durchgelegene Bett.

„Und morgen ist Weihnachten … Komm, wir gehen raus. Ich will ja was von Barcelona sehen", sagte sie tapfer.

Draußen empfingen sie strahlender Sonnenschein und ein knallblauer Himmel. Es war zwar ziemlich kalt, aber im warmen Mantel saßen sie gemütlich beim Café cortado in einem Straßencafé an der Plaza Catalunya, direkt an den Ramblas. Das Leben tobte um sie herum, die Blumenhändler priesen lautstark ihre Ware an, und von Ferne ertönte immer wieder eine quäkige Comic-Stimme: „Muy bien, muy bien!"

„Was ist das?", fragte Zoe Roland, der inzwischen ganz leidlich Spanisch sprach.

„Das ist die große Weihnachtsdeko über dem Eingang vom Kaufhaus ‚Corte Ingles'. Dort sind dieses Jahr riesige Plastik-Figuren aus ‚Gullivers Reisen' aufgebaut, die sich mechanisch bewegen und sprechen. Der kleine Liliputaner auf Gullivers großer Hand brüllt alle paar Minuten ‚muy bien, muy bien', also ‚sehr gut, sehr gut'", erklärte Roland.

Sie bummelten an den breiten, ehemals imposanten, aber inzwischen ziemlich heruntergekommenen Avenidas entlang, guckten in Schaufenster viel zu teurer Modeshops und suchten die architektonischen Wunder von Antonio Gaudí. Doch sie fanden nur von Autoabgasen geschwärzte und zerfressene Fassaden, die so gar nicht die Pracht vergangener Zeiten widerspiegelten. Zoe war ein bisschen enttäuscht.

Schließlich steuerten sie Rolands Tanzschule, im ersten Stock eines Hinterhofgebäudes, an. Die bestand im Wesentlichen aus einem großen Saal mit Parkett, einem riesigen Spiegel und einer Ballett-Stange.

„Nicht sehr beeindruckend", dachte Zoe.

„Toll!", sagte sie.

„Na, ja, nicht so groß, wie die ‚Etage', aber auch nicht so teuer", antwortete Roland zögernd. „Ist gerade nix los hier. Lass uns lieber ans Meer fahren."

Ans Meer! Das klang schon besser. Zoe war sofort Feuer und Flamme.

Sie fuhren mit der Regionalbahn eine halbe Stunde Richtung Süden, nach Sidges.

„Das ist die Schwulenhochburg von Barcelona – zumindest im Sommer", erklärte Roland. Jetzt, im Winter, waren sie völlig allein an dem breiten Sandstrand. Zoe zog Schuhe und Strümpfe aus, krempelte ihre Jeans hoch und marschierte schnurstracks ins Wasser.

„Was machst du denn da?", fragte Roland entgeistert.

„Ich hab noch nie zu Weihnachten im Meer gestanden. Es ist herrlich!", strahlte Zoe. Nach ein paar Minuten drohten jedoch ihre Zehen abzufrieren, und sie suchten sich lieber eine kleine Strandbar, die auch zu dieser Jahreszeit geöffnet hatte. Gestärkt mit einem Bocadillo und einem heißen Café con leche fuhren sie zurück in die Stadt.

„Heute abend treffen wir uns mit Julio", verkündete Roland stolz, als sie ins Hotel zurückkamen.

„Dein neuer Lover?", fragte Zoe.

„Nicht direkt", antwortete er ausweichend. „Aber er ist sehr nett, und so viele Leute kenn ich hier ja noch nicht. Wir treffen ihn im ‚Martin's', der größten Schwulendisco Barcelonas."

Als sie die riesige Disco betraten, war Zoe mächtig beeindruckt. Sie suchten und fanden Julio an einer Bar. Begrüßungsküsschen wurden ausgetauscht. Zoes Spanisch reichte nicht für eine echte Konversation. Mit einem venezolanischen Freund war sie beim Privatun-

terricht in Berlin nur bis Lektion zwölf im „Eso es"-
Lehrbuch gekommen, dann hatten beide keine Lust
mehr gehabt.

Aber Julio wollte sowieso lieber mit Roland reden. Während Zoe sich ins Tanzgetümmel stürzte, klärten die
beiden die Zukunft – jedenfalls die nähere.

„Julio hat uns morgen Abend zum Essen eingeladen",
erklärte Roland, als sie an die Bar zurückkam.

„Das ist ja großartig! Eine Weihnachtsfeier!", jubelte
sie.

„Also, es ist eigentlich nur ein kleines Essen. Die
Spanier feiern ja erst am 25. Weihnachten. Aber er will
uns Deutschen den Heiligabend ein bisschen versüßen.
Nett, oder?"

„Mir ist alles recht, so lange ich nicht morgen Abend
in unserem Loch von Hotelzimmer sitzen muss", antwortete Zoe zufrieden.

Ihre erste gemeinsame Nacht in dem altersschwachen
Doppelbett wurde unruhig. Zoe sprach im Schlaf – und
Roland auch. Mitten in der Nacht wurde sie von seiner
Stimme wach.

„Du liegst auf meinem Ei!", brummte er sehr laut
und schob Zoes Hintern, der in die durchgelegene Kuhle in der Mitte der Matratze gerutscht war, unsanft von
sich weg.

„Ey! Was ist denn? Worauf lieg ich?"

„Du musst da weg, sonst geht's kaputt." Roland
schob sie noch weiter an den Rand des Betts.

„Roland, was ist denn los? Von welchem Ei sprichst
du?", fragte sie laut und drückte seinen Arm heftig zurück. Langsam kam er zu sich.

„Ey, Zoe! Warum schubst du mich?", maulte er jetzt
entrüstet und etwas wacher.

„Du hast angefangen!"

„Hä? Ich hab geschlafen!"

„Ich auch – bis du behauptet hast, ich würde auf deinem Ei liegen", kicherte Zoe los. Sie hatte inzwischen kapiert, dass er im Schlaf gesprochen hatte.

„Äh, ich weiß nicht, aber ich hab geträumt, dass hier zwischen uns ein rohes Ei liegt, auf das ich aufpassen muss. Und du bist immer wieder darauf gerollt." Jetzt prustete auch er los. „Dafür hast du vorhin immer wieder vor dich hingemurmelt ‚Doch, die Schuhe passen! Sie sind nicht zu klein! Gib sie wieder her!' und dann laut geschnauft."

„Was? Oh, Mann, echt gefährlich, wenn man so im Schlaf quatscht …"

„Keine Sorge, von mir erfährt niemand von deiner Schuh-Macke", lachte Roland.

„Danke! Dafür verrate ich auch nicht, was du nachts mit deinem Ei im Bett machst …" Beide schüttelten sich aus vor Lachen, und es dauerte eine Weile, bis sie sich wieder soweit beruhigt hatten, dass sie erneut einschliefen. Trotz grabähnlicher Dunkelheit, in dem fensterlosen Zimmer, wachten sie schon um halb acht auf.

„Noch so eine Nacht überleb ich nicht", stöhnte Zoe. Sie knipste die Neonröhre an und putzte sich müde die Zähne. „Wir müssen schnellstens eine erträgliche Bleibe finden."

Schlaftrunken richtete Roland sich auf und blinzelte in das grelle Licht über dem Waschbecken.

„Julio hat mir gestern die Adresse von einem Typen gegeben, der Zimmer untervermietet. Da gehen wir heute hin."

Das Haus in der breiten Gran Via, im noblen Stadtteil Eixample, sah hochherrschaftlich aus. Im zweiten Stock öffnete ihnen ein Mann um die Vierzig zögernd, nur einen Spalt breit, die Tür:

„Sí?"

Roland erklärte, wer er sei und was er wolle. Nach einem skeptischen Blick auf Zoe öffnete der Mann die Tür schließlich ganz und ließ sie ein. Von dem langen, fensterlosen Flur gingen ein Wohnzimmer, zwei geräumige Bäder, eine große Küche und fünf Gästezimmer ab, die alle absolut identisch eingerichtet waren. Alle waren zu mieten, und keines davon sah bewohnt aus. Das Zimmer, für das sie sich schließlich entschieden, war groß und hell, und das breite Doppelbett, mit verschnörkeltem, goldenem Metallgestell, hatte zwei getrennte Matratzen – perfekt.

Die Wohnung war extrem sauber, die bunten Fliesenböden glänzten, und es roch durchdringend nach Chlorreiniger. Der Besitzer dagegen machte einen ziemlich verwahrlosten Eindruck. Seine ausgewaschene, dunkel-blaue Jogginghose und das ehemals dunkelgrüne Hemd schlackerten um seinen Körper. Er hatte einige seiner langen, dunklen Resthaare quer über den kahlen Schädel gekämmt und mit reichlich glänzender Pomade förmlich festgeklebt. Sein Gesicht war übersät von Aknenarben, und wenn er den Mund öffnete, entblößte er ein reichlich dezimiertes, braun-gelblich verfärbtes Gebiss. Zoe gruselte sich.

Nach der zögerlichen Begrüßung an der Wohnungstür bat der unheimliche Vermieter Roland schließlich betont höflich ins Wohnzimmer. Zoe marschierte entschlossen hinterher. Vom Gespräch zwischen den beiden bekam sie nicht viel mit, nur das neue Wort „Limpio", das bestimmt ein halbes dutzend Mal vorkam.

Während sich die Männer unterhielten, sah sie sich um. Kein Staubkörnchen oder herumliegende Zeitungen waren zu entdecken. Alles war exakt an seinem Platz. Und alles wirkte nicht wie die Bleibe eines 40-jährigen Mannes, sondern die spießig eingerichtete Wohnung seiner uralten Eltern. Überall standen, hingen und lagen Deckchen, Nippes und Familienfotos herum. Hier war seit Jahrzehnten nichts verändert worden. Über dem dunkelgrünen Plüschsofa hingen drei kitschige Porzellanteller mit den Konterfeis der spanischen Königsfamilie. Als der Mann Zoes ungläubigen Blick bemerkte, erklärte er stolz:

„Son el Rei, la Reina y el infante!"

Roland übersetzte angemessen respektvoll:

„Das sind der König, die Königin und der Elefant, äh, quatsch, der Kronprinz ..."

„Ah, si, muy bien." Zoe unterdrückte ein Grinsen.

Roland mietete das Zimmer, zwei Stunden später waren sie eingezogen und machten sich auf zur Weihnachtsfeier.

Der Abend wurde wirklich nett. Julio hatte mehrere Gänge gekocht und ein paar Freunde eingeladen. Zoe genoss zum ersten Mal Cava, den spanischen Champagner, und köstlichen Rotwein. Roland amüsierte sich wie immer alkoholfrei bei Cola und Wasser.

Gegen zwei Uhr schlossen sie leise die Wohnungstür auf und schlichen in ihr Zimmer. Durch den Spalt unter der Wohnzimmertür sahen sie, dass noch Licht brannte.

„Der Typ hat bestimmt noch eine Audienz beim König", kicherte Zoe leicht betrunken.

Sie schliefen tief und fest und wachten erst gegen elf Uhr auf.

„Was ist denn das für ein Geräusch im Flur?", murmelte Zoe verschlafen.

„Keine Ahnung, geh doch mal gucken." Leise stand sie auf, öffnete die Tür einen Spalt breit und machte sie gleich wieder zu.

„Der Typ feudelt den Flur", berichtete sie ungläubig. „Das war doch alles picobello. Merkwürdig."

„Ja, der scheint einen ausgeprägten Sauberkeitsfimmel zu haben. Hat er schon gestern dauernd betont, dass wir alles sauber halten müssen - ,limpio, limpio' – ,sauber machen, sauber machen' …", antwortete Roland schulterzuckend und verdrehte die Augen.

„Ach, das war das Wort. Komischer Typ."

Roland machte sich fertig für sein Tanztraining, und Zoe bummelte durch die Stadt. Abends trafen sie sich zu halbem Hähnchen und „Pyjama" in einem anderen, aber ebenso preiswerten Restaurant.

So vergingen die Weihnachtstage. Alles war entspannt – bis auf den schrägen Vermieter mit dem Putzfimmel. Wann immer sie nach Hause kamen, brannte entweder noch Licht im Wohnzimmer, oder der Typ feudelte durch seine hygienisch saubere Wohnung.

„Ich kann den Geruch nach diesen scharfen spanischen Putzmitteln langsam nicht mehr ertragen. Zum Glück haben wir wenigstens hier im Zimmer vor ihm Ruhe", stellte Zoe genervt fest.

Am vierten Abend kamen sie spät und gut gelaunt aus dem Kino. Sie hatten „A room with a view" im Original gesehen, bei dem Titel sehr über ihr voriges „Hotelzimmer ohne Aussicht" gelacht, den Film genossen und waren noch in einer netten Kneipe gelandet. Ein herrlicher Abend. Leise schlossen sie die Tür auf und schlichen über den langen, glänzend-polierten Flur, als plötzlich die Wohnzimmertür aufflog und ein wütender

Hausherr auf sie einschrie. Zoe verstand nur „limpio".
Sie sah Roland ratlos an, doch der brüllte inzwischen
ebenso lautstark auf Spanisch zurück.

Schließlich schob er Zoe ins Zimmer, knallte die Tür
zu und schloss hinter sich ab. Wütend setzte er sich auf
den Plüschstuhl am Fenster.

„Was war denn los?", fragte Zoe.

„Der Typ hat sie nicht mehr alle. Der war heute einfach in unserem Zimmer und hat sich über die angebliche Unordnung aufgeregt. Dann hat er hier geputzt."

Zoe sah sich um. Tatsächlich. Der Boden glänzte, in
den blitzblanken Fenstern spiegelte sich der Schein der
Deckenlampe wider, und das Bett war perfekt gemacht.
Ihre Klamotten, die über dem Stuhl gehangen hatten,
lagen, auf Kante gefaltet, auf ihrem Koffer.

„Unglaublich."

„Ja, und dann hat er mich angebrüllt, dass das hier jeden Tag so aussehen muss, sonst schmeißt er uns raus",
erklärte Roland weiter.

„Na, toll. Wie lange können wir diesmal bleiben?"

„Ich würde vorschlagen, dass wir bis zu deinem Ab-
flug am 2. Januar durchhalten, und inzwischen such ich
mir was Neues. Schaffst du das?", fragte er sie.

„Ich denk schon. Aber den Schlüssel lassen wir
nachts von innen stecken und stellen den Stuhl unter die
Türklinke! Der Spinner macht mir langsam Angst. Ich
komm mir vor, wie in ‚Bates Motel'. Vielleicht beobachtet er uns gerade durch ein Loch in der Wand."

„Dann wird er sich höchstens über unsere nächtlichen Plauderstunden über Schuhe und Eier wundern.
Was soll der uns schon tun …? Schließlich sind wir zu
zweit."

Ab sofort verstaute Zoe ihre persönlichen Sachen im Koffer und schloss ihn ab. Sie besorgte sich einen Staubwedel und wirbelte damit den nicht vorhandenen Staub auf, bevor sie die Wohnung verließen. Der irre Putzfreak ließ sich zum Glück nicht mehr blicken. Wahrscheinlich feudelte er jetzt heimlich in ihrem Zimmer.

Silvester lud Julio Roland und Zoe wieder ein. Diesmal gab er eine richtig große Party. 50 Gäste aßen, tranken und feierten, und Zoes Spanisch wurde immer besser. Nach dem dritten Cava und ein paar Gläsern Rotwein, plauderte sie völlig entspannt mit allen über alles. Und siehe da, man verstand sich irgendwie.

Dann war Roland plötzlich verschwunden. Als sie Julio fragte, grinste der nur verschwörerisch und zeigte auf eine geschlossene Tür am Ende des Flurs. Zoe steuerte neugierig das Zimmer an, klopfte kurz und trat ein. Drinnen hockten zwei Frauen und drei Männer vor einem niedrigen Glastisch auf dem Boden. Sie blickten erschrocken auf. Roland grinste Zoe an. Er wirkte ziemlich weggetreten.

„Was macht ihr denn hier?", fragte sie irritiert und besah sich den Tisch genauer. Sie erkannte einen zusammengerollten Tausend-Peseten-Schein, eine Kreditkarte und rundherum Spuren von weißem Pulver.

„Roland! Hast du Idiot hier gerade gekokst?", fuhr sie ihn erbost an.

Er grinste nur beseelt zurück.

„Ey, ich bin's, Zoe! In einer halben Stunde ist Mitternacht, und dann will ich mit dir anstoßen. Was machst du für einen Mist?"

Rolands Grinsen fiel augenblicklich in sich zusammen, und er brabbelte:

„Tut mir leid. Ich hab das ja noch nie ausprobiert. Und weil ich doch keinen Alkohol trink, dachte ich, das wär 'ne tolle Idee. Die haben mir das Kokain sogar geschenkt. Nett, wa?"

„Du hast echt 'nen Knall! Trinkt keinen Rotwein, mag nicht kiffen, weil das im Hals kratzt, und dann knallt der sich mal kurz die Birne mit harten Drogen zu. Diese Idioten haben doch nur Spaß daran, dich Landei abzufüllen." Zoe war empört.

Roland kippte wie in Zeitlupe hinten über und drehte sich in Embryonalstellung auf die Seite.

„Hallo! Roland! Jetzt wird nicht geschlafen! Koks macht wach! Also komm jetzt gefälligst mit!", polterte Zoe wütend und zerrte an seinem Hemd.

Doch Roland heulte plötzlich laut auf: „Hilfe, Zoe, meine Zähne!"

„Was ist mit deinen Zähnen?"

„Meine Zähne fallen aus!" Panik schwang in Rolands Stimme.

„Was? Zeig mal her! So ein Quatsch! Alles an seinem Platz. Dir fallen keine Zähne aus. Das sind bloß Halluzinationen von dem Dreckszeug."

„Nein, meine Zähne fallen aus. Ich kann's doch spüren", jammerte Roland kläglich.

Jetzt reichte es Zoe. Sie zog ihn entschlossen auf die Beine und schnauzte ihn an:

„Nun reiß dich aber mal zusammen. Wir gehen jetzt ins Bad, und im Spiegel zeig ich dir, dass deine Zähne alle noch da sind, wo sie hingehören. Los jetzt, komm!"

Unter den verwirrten Blicken der Kokser-Runde, die nichts von ihrem deutschen Schlagabtausch verstanden hatten, zog sie ihn ins Bad. Ohne lange zu fackeln, bugsierte sie seinen Kopf über die Badewanne, drehte das kalte Wasser auf und hielt ihm die Dusche direkt ins

Gesicht. Roland prustete, war aber zu schwach, um sich zu wehren. Nach ein paar Minuten schüttelte er den Kopf und stieß hervor:

„Ist okay, Zoe! Mir geht's wieder gut! Gib mir bitte mal ein Handtuch."

Er trocknete sich ab, sah in den Spiegel und bestaunte seine makellosen Zahnreihen.

„Ist ja wirklich noch alles da. Mann, das war vielleicht ein Horrortrip!"

„Nicht nur für dich! Wie kann man nur so bescheuert sein? Ich hab mir Sorgen gemacht! Mach so was bitte nie wieder mit mir – und auch nicht ohne mich!"

„Versprochen", sagte Roland kleinlaut.

„Zur Strafe stößt du mit einem leckeren Glas Cava mit mir aufs neue Jahr an!"

Roland grinste.

„Okay, du hast gewonnen. Aber wenn ich danach betrunken bin, trägst du mich nach Hause ..."

Kurz vor Mitternacht stellte Julio eine große Schale mit knackigen Weintrauben auf den großen Esstisch. Und während die Kirchturmglocken in ganz Barcelona zwölf schlugen, versuchte jeder der Gäste, so viele Trauben wie möglich herunterzuschlucken.

„Das ist ein spanischer Silvesterbrauch. Je mehr du schaffst, desto mehr Glück hast du im nächsten Jahr", erklärte Roland mampfend.

Zoe stopfte sich entschlossen Weintrauben in den Mund. „Und das können wir verdammt gut gebrauchen! Prost Neujahr!"

Den 1. Januar verschliefen sie zum größten Teil – und ignorierten die Feudelgeräusche im Flur. Sie bummelten noch einmal gemeinsam durch Barcelona und schmiedeten Pläne fürs neue Jahr.

„Ich glaub, das mit dem Tanzen hat keine Zukunft. Ich werd mir wohl lieber einen Job als Sprachlehrer suchen. Da verdient man zwar nicht viel, aber immer noch besser, als wenn ich immer weiter Geld fürs Tanztraining ausgebe. Ich bin wohl schon zu alt, um eine echte Karriere als Tänzer zu machen. Und wer weiß, vielleicht hab ich stattdessen irgendwann mal meine eigene Sprachschule", überlegte Roland.

„Ein Spitzenplan!", stimmte Zoe zu. „Ich muss mich wohl auch langsam mit dem Gedanken anfreunden, dass ich nicht ewig studieren kann. Meine Ma fragt ständig nach den Scheinen, die ich eigentlich schon längst gemacht haben sollte. Und ewig lässt mich Imke auch nicht mehr ihre Referate und Hausarbeiten abschreiben. Ach, mir wird schon was einfallen. Jetzt hab ich erst mal Hunger auf Hähnchen und ‚Pyjama'!"

Sie genossen ihren letzten gemeinsamen Abend, zogen durch ein paar Kneipen und bemühten sich, einander den Abschied nicht schwer zu machen. Zurück im Zimmer, packte Zoe schon mal ihren Koffer, und auch Roland verpackte seine bescheidene Habe, samt der kleinen Chrom-Schreibtischlampe, die Zoe ihm zu Weihnachten geschenkt hatte – für seine neue Bleibe, die er zum Glück tatsächlich am nächsten Tag beziehen konnte.

Früh am Morgen schlichen sie sich leise aus ihrem Zimmer. Sie wollten verschwinden, bevor ihr irrer Vermieter sie erwischte. Immerhin hatten sie noch keine Miete für das Zimmer gezahlt, aber Strafe musste sein. Sie hatten schon fast den Ausgang erreicht, als die Wohnzimmertür aufflog. „Dónde vas?", brüllte der Spanier durch den langen Flur.

„Mach's gut, du Spinner", antwortete Roland breit grinsend auf Deutsch.

Im selben Moment setzte sich der Putzteufel, wie ein wütender Stier, in Bewegung. Geistesgegenwärtig schmiss ihm Zoe die Hausschlüssel vor die Füße.

Auf dem frischgebohnerten Kachelboden rutschten sie rasend schnell zwischen seinen Beinen hindurch ins Wohnzimmer. Noch während er sich verwirrt danach umdrehte, riss Roland die Tür auf, und sie stürmten mit ihrem Gepäck lachend die Treppe hinunter.

KAPITEL 7

Zoe muss grinsen, als sie die Fotos im Anhang der E-Mail öffnet: Roland, braun gebrannt und verschwitzt auf der Leiter. In schmutziger Latzhose und mit Basecap auf seiner inzwischen gewachsenen Stirnglatze. Ihr lieber Freund hat seinen Weg in Spanien gemacht. Roland lebt immer noch in Barcelona, ist seit über 20 Jahren mit seiner großen Liebe Arnau zusammen, und in seiner eigenen Sprachschule beschäftigt er inzwischen zwanzig Lehrer. Im Moment baut er in einem kleinen Bergdorf südlich von Barcelona schon sein drittes, eigenes Haus um. Aus dem zartbesaiteten Tänzer und naiven Oberharzer Landei von einst, ist ein durchsetzungsfähiger Hobby-Bauleiter, versierter Handwerker, Architekt, Mehrfach-Hausbesitzer und Sprachschuldirektor geworden.

„Lieber Roland, sieht toll aus, das Haus! Ich komme bald, um die Fortschritte vor Ort zu bewundern, würde dann aber lieber in einem deiner fertigen Häuser wohnen. :-)
Ich glaub, ich bin grad dabei, mich neu zu verlieben. Er heißt Nico, ist verdammt groß und sehr lecker. Würde dir auch gefallen, ist aber meine Entdeckung! Weiß noch nicht, was draus wird, aber wenn's was wird, bringe ich ihn im Herbst vielleicht mit nach Barcelona …
Dicken Kuss, und ganz liebe Grüße an Arnau!
Deine Zoe“

Schnell schickt sie die Mail ab und zwängt sich wieder in ihre knallroten Pumps, um die Tür zur Galerie aufzuschließen. Aus dem hinteren Ausstellungsraum hört sie die Stimmen von Paul und Stefan. Neugierig wirft sie einen Blick um die Ecke. Da steht Paul auf einer drei Meter hohen Leiter und angelt mit der rechten Hand nach der dünnen Plastikschnur, die von einer Metall-schiene an der Decke herunterbaumelt.

„Verdammt, Stefan, kannst du mir nicht mal helfen?", schimpft er.

Doch der Angesprochene balanciert konzentriert ein dreimal fünf Meter großes Gemälde und mault beleidigt:

„Brüll mich gefälligst nicht so an! Du hast gesagt, ich soll das Bild halten, während du die Schnüre richtig platzierst. Jetzt soll ich plötzlich dieses Riesending wie-der hinstellen und deinen Job machen. Du machst mich verrückt. Nun stell dich nicht an wie ein Mädchen, son-dern beweg deinen Knackarsch von der Leiter und greif dir die dämliche Schnur selber. Aber mach hin, meine Arme werden lahm!"

Zoe grinst.

„Wer ist hier das Mädchen?", blafft Paul zurück. „Du gehst mir mit deinem Tuntengehabe gerade mächtig auf den Zeiger! Um alles muss ich mich alleine küm-mern." Mit Märtyrer-Miene klettert er von der Leiter. Zoe kichert. Paul und Stefan blicken sie entgeistert an.

„Was gibt's denn da zu lachen?", fragt Paul genervt.

„Ihr zwei seid einfach zu komisch, wenn ihr gestresst seid", amüsiert sich Zoe. „Jedes Mal dasselbe Spiel: Wenn eine neue Ausstellung ansteht, flippt ihr aus. Da-bei solltet ihr inzwischen doch eigentlich eine gewisse Routine haben."

„Ach, Zoe, du hast ja keine Ahnung, wie viel Arbeit das ist, gerade kurz vor der Vernissage. Wir hatten hier noch nie so eine große Ausstellung. Lou Didot! Bei uns in der Galerie! Bei den Preisen, die der aufruft, hätte er in einer Edel-Galerie in Mitte oder sonst wo ausstellen können. Aber dank meiner Kontakte kommt er zu uns nach Kreuzberg. Das ist doch unglaublich! Die meisten Bilder waren noch nie öffentlich zu sehen. Bei einigen ist die Farbe noch nicht vollständig getrocknet. Da müssen wir beim Aufhängen doppelt aufpassen. Wenn irgendwas kaputt geht oder verwischt – nicht auszudenken! Da können wir nicht die kleinste Störung brauchen. Jetzt zisch ab und kümmere dich bitte um den Laden. Jeden Moment müsste Frau Waaßler auftauchen, die hat sich angesagt, weil sie mal wieder auf der Suche, nach was Extravagantem ist. Du kennst sie ja ... Wenn sie warten muss, wird sie fuchsteufelswild. Und sie ist schließlich eine der wenigen Kundinnen, die immer irgendwas kaufen. Sie ist anstrengend, aber wichtig für die Galerie. Bitte halt sie uns heute Nachmittag vom Hals und sorg dafür, dass sie sich wohlfühlt. Nimm das nicht auf die leichte Schulter – keine pampigen Antworten, klar? Ist die Tür vorne auf?", textet Stefan sie aufgeregt zu.

„Äh, so gut wie ... Wollte gerade aufschließen, als ich euch zwei gehört habe. Dachte, ihr braucht vielleicht meine Hilfe ... Bin schon unterwegs!" Zoe zieht schnell ihren Kopf aus der Gefahrenzone zurück.

„Na, dann mal hopp hopp! Es ist schon fünf nach vier!", ruft Paul ihr nach.

„Ja, ja, nun lasst eure schlechte Laune mal nicht an mir aus. Ich kümmere mich schon um die Alte", mault sie so leise, dass ihre Chefs es nicht wirklich verstehen können, zurück.

„Was war das?", ruft Stefan prompt hinterher, aber da ist Zoe schon verschwunden.

„Warum muss eigentlich immer ich ran, wenn die Tusse hier aufkreuzt? Die hat ständig was zu meckern, und Ahnung von Kunst hat sie auch keine. Echt ätzend, die Alte. ,Interieur-Scout' ... Was für ein bescheuerter Job. Anderen Leuten, die noch weniger Ahnung haben, für ein Schweinegeld die Wohnung mit Pseudo-Kunst dekorieren." Wütend holt sie das Schlüsselbund vom Schreibtisch.

Das energische Stakkato-Klopfen hört Zoe schon, bevor sie die weiße Tür zum Verkaufsraum öffnet. Das grelle Sonnenlicht, das durch die großen Scheiben und die Glastür hereinfällt, blendet sie. Zoe blinzelt und erkennt im Gegenlicht die Silhouette einer dürren Frau, die immer noch mit ihrem Fingerknöchel SOS-Signale an die Scheibe hämmert.

Mit schnellen Schritten ist Zoe an der Tür und schließt auf.

„Frau Waaßler! Wie schön, dass Sie da sind!", zwitschert sie der aufgetakelten, rotgefärbten Mittfünfzigerin höflich entgegen. Deren negative Aura schlägt Zoe wie eine heiße Stahlwand entgegen. Vielleicht ist es auch nur die Sommerhitze, die zusammen mit der ganz in Schwarz gewandeten Frau in den Laden eindringt.

Fasziniert betrachtet Zoe die kleinen Fältchen, die den dunkel-lila geschminkten Mund von Frau Waaßler umkränzen. Gerade noch rechtzeitig, bevor sich die schmalen Lippen zu einer Schimpf-Tirade öffnen können, plappert Zoe fröhlich weiter:

„Kommen Sie doch herein! Hier drinnen ist es doch wesentlich angenehmer. Wir haben ja zum Glück Aircondition. Das brauchen wir auch, denn bei uns brennt im Moment die Luft. Wir haben doch übermorgen die große Vernissage von Lou Didot. Und da muss noch wahnsinnig viel vorbereitet werden. Sie wissen ja, wie Paul und Stefan sich für ihre Künstler ins Zeug legen. Und so einen großen Maler haben wir ja noch nie ausgestellt. Im Moment hängen die beiden hinten die ersten Bilder auf. Deshalb haben sie mich gebeten, mich um

Sie zu kümmern. Womit kann ich Ihnen denn heute eine Freude machen? Oder wollen Sie sich erst mal umsehen? Ich hole Ihnen gleich einen Kaffee und Wasser. Sie trinken Cappuccino, wie immer? Kein Zucker, sondern Süßstoff? Fühlen Sie sich wie zu Hause!" Ohne eine Antwort abzuwarten, saust Zoe los, schließt die Tür hinter sich und lässt die verdutzte Innenarchitektin einfach stehen. Bloß weg aus dem Schussfeld.

Zoe atmet tief durch, während sie in der winzigen Kaffeeküche die Espressomaschine einschaltet. Doch die beruhigenden Blubbergeräusche des köchelnden Wassers sind trügerisch. Eine Stimme schrillt:

„Hallo! Es zieht! Herr Stefan, Paul? Könnten Sie wohl mal schnellstens dafür sorgen, dass jemand diese schreckliche Klimaanlage ausschaltet?", hört Zoe die affektierte Stimme der Tusse. „Ich bekomme hier noch eine Lungenentzündung", zetert die Schreckschraube weiter. Zoe verdreht genervt die Augen und gibt keinen Mucks von sich.

„Vielleicht hören die Jungs ja gar nichts von dem Geschrei", hofft sie vergeblich, denn schon vernimmt sie die entschuldigende Stimme ihres Chefs.

„Selbstverständlich, Frau Waaßler! Ich kümmere mich sofort darum. Leider hab ich gerade ein Bild auf dem Arm und kann nicht zu Ihnen kommen. Bitte entschuldigen Sie vielmals! Zoe?", ruft Stefan von hinten.

„Wie erträgt der das bloß?", überlegt sie. „Ich könnte das nicht auf die Dauer. Irgendwann würd ich Amok laufen. Die Dame braucht dringend mal einen Dämpfer! Ich bin für diesen Job echt nicht geboren. Verkaufen ist ja okay, aber totale Unterwürfigkeit und Selbstverleugnung? Nee!"

„Zoe? Wo bist du denn? Dreh sofort die verdammte Aircondition runter. Ich hab dir schon tausend Mal gesagt, das hier ist eine Galerie und kein Kühlschrank!" Stefan klingt jetzt echt sauer.

„Der spinnt wohl! Heute Vormittag hat er noch selbst die Klimaanlage hochgedreht, damit die frischen Didot-Bilder nicht unter der Hitze draußen leiden und jetzt krieg ich die Schuld in die Schuhe geschoben?", schnaubt sie wütend.

Betont gut gelaunt ruft sie nach hinten:

„Jaha, lieber Stefan! Ich mach gerade einen Cappuccino für die liebe Frau Waaßler, und dann dreh ich sofort die Temperatur wieder rauf, damit sie nicht friert. Bin schon unterwegs!"

„So, und nun bloß keine Hektik aufkommen lassen. Jetzt wird erst mal der Kaffee gebraut, die Milch aufgeschäumt und dann kümmere ich mich um die aufgeheizte Stimmung im Laden …", denkt sie.

Während Zoe in aller Seelenruhe die Knöpfe der Espressomaschine drückt, schweifen ihre Gedanken ab – weg von der Zicke im Verkaufsraum. Sie denkt lieber an das schöne Mittagessen mit Nico und an ihr erstes „richtiges" Kennenlernen. Das war schon kurios …

NICO

Nachdem sich Zoe und Steffi auf der Öko-Fete bei Imke ausgesöhnt hatten, gingen sie wieder zusammen aus. Jahrelang suchten sie gemeinsam, allerdings jede mit eigenem Beuteschema, nach dem Mann fürs Leben. Doch diese Nächte endeten meist mit der bitteren Erkenntnis:

„Für so klasse Frauen, wie uns, war mal wieder nichts Passendes dabei ... Prost!"

Steffi war mit ihrem Medizin-Studium irgendwann fertig. Sie war inzwischen verschärft auf der Suche nach einem passenden Mann, der zu ihrem stressigen Klinikleben passte, und da bot sich natürlich ein verständnisvoller Arzt als Partner an. Sie ging die Suche strategisch an:

„Man muss sich einen Medizin-Studenten krallen, bevor er als Arzt im Krankenhaus von den Schwestern weggeheiratet wird. Das hab ich bei uns auf der Station oft genug erlebt. Deshalb konzentrier ich mich jetzt auf Anfänger. Soviel jünger sind die ja nicht, weil sie vorher beim Bund oder Zivildienst waren. Da muss man eben etwas Zeit investieren, bis die irgendwann auch ihre Facharztzulassung haben, aber dann hat man sie wenigstens schon rechtzeitig gekrallt!"

Als Steffi von einer Medizinerparty hörte, schleppte sie ihre alte Freundin kurzerhand als Schützenhilfe mit. Zoe ließ sich nicht lange bitten – sie war schließlich auch auf der Suche.

„Die Architekten damals waren ja echt ein Reinfall, aber vielleicht klappt's jetzt mit einem schicken Doc in spe", kombinierte sie sofort, stylte sich angemessen und ging mit.

Die Weißkittelfraktion feierte nicht schnöde an der Uni, sondern edel, in einem trendigen Kreuzberger Loft.

Alles war professionell aufgezogen: mit Türsteher, Eintritt und gepfefferten Preisen für Büffet und Getränke.

„Man muss als angehende Arztfrau eben in die Zukunft investieren", dachte Zoe und sah sich um. Nach zehn Minuten hatte sie die Nase voll davon, ständig hinter Steffi herzulaufen, die einen halbwüchsigen Medizinstudenten nach dem anderen ansteuerte und machte sich entschlossen alleine auf die Pirsch. Das Angebot war leider weniger reichhaltig als erwartet.

Sie schlängelte sich durch die feierwütigen Mediziner Richtung Tanzfläche. Der DJ war gut, und beim Tanzen konnte man in Ruhe die Männer ins Visier nehmen. Zoe überließ sich dem Groove, schaltete ihr „Mr.-Right-Scan-Programm" ein und ließ den Blick schweifen.

Plötzlich spannten sich alle Muskeln an. Sie witterte Beute … Sie starrte gebannt auf ein männliches Wesen, das fast alle anderen überragte. Ihre Prägung auf zwei Meter lange Männer war sie noch immer nicht losgeworden. Das Objekt ihrer Begierde bewegte sich langsam in Richtung Tanzfläche.

„Ja, komm nur. Komm ruhig näher. Gleich hab ich dich", versuchte Zoe, durch Fern-Hypnose dem Glück auf die Sprünge zu helfen.

Und er kam näher. Zoe setzte ihr strahlendstes Lächeln auf und erwartete ihn lässig tanzend. Doch kurz bevor er in ihren Bannkreis treten konnte, blieb er plötzlich stehen und sah sich verwirrt um. „Ey, Mr. Right! Hier bin ich, komm!", hypnotisierte sie ihn weiter in Gedanken. Dann hörte Zoe die Stimme.

„Huhu! Nico! Kuckuck! Hier bin isch!"

Nein! Das durfte nicht wahr sein. Den Albtraum-Dialekt kannte sie doch. Tatsächlich – da stand die lindgrüne Barbara, heute rost-rot dekoriert, und wedelte mit ihren Armen. Atemlos sauste sie auf den Zwei-Meter-Mann zu.

„Nico? Wo hab ich diesen Namen bloß schon gehört?", grübelte Zoe noch, als Barbara ihr Ziel endlich erreichte.

„Nico, du muscht mir helfe! Do sinn zwei liebe Freundinne von mir vor de Tür un de wollet se net nei lasse", empörte sie sich lautstark.

Nico sah sich peinlich berührt um. Dabei fiel sein Blick auf Zoe. Er stutzte. Doch bevor er sich eingehender mit ihr befassen konnte, forderte Barbara schon wieder seine Aufmerksamkeit.

„Isch kenn hie doch sonscht niemand. Kansch du net dafür sorge, dass die mei Freundinne nei lasse?"

„Tut mir leid Barbara, aber ich bin doch bloß Gast hier. Ich kenn hier nur meinen alten Kumpel Jens, der mich mitgeschleppt hat. Der Typ mit dem Bully aus Bremen. Aber der hat hier auch nichts zu sagen. Warum wollen sie denn deine Freundinnen nicht reinlassen?", fragte Nico möglichst ruhig.

„Isch waas et nit! Des san des Christa und des Jolande, zwei super-gute Freundinne von mir. Vielleisch kannsch ja wenigschtens mit zur Tür kimme?", bohrte sie weiter. Plötzlich entdeckte sie Zoe, die langsam näher an ihre Beute herangetanzt war – doch damit leider auch an den Albtraum.

„Zoe!", rief Barbara begeistert. „Disch han i ja ewig nit g'sehn. Kannsch du mir vielleicht helfe? Isch kenn doch außer dir und de Nico …", sie überlegte kurz. „Erinnersch du disch an de Nico von de Kunschthochschul? Des is doch e Bekannter von mei Vetter Mischael, damals in de ‚Dschungel'. Witzisch, dass mer uns hie alle wiedertreffet. Also zumindesch mir drei. De

Mischael und sei Freunde sin ja in Hamburg. Aber jetsch lasset die hie nisch des Jolande un des Christa nei. Isch bin ganz durschenanner." Langsam verebbte ihr Redeschwall.

Zoe und Nico blickten sich an. Beide mussten grinsen.

„Hallo, schön, dich mal wieder zu sehen", strahlte Nico sie an.

„Kurioser Zufall", lächelte Zoe zurück. „Auf einer Medizinerparty hätte ich dich nicht vermutet."

„Ich dich auch nicht. Studierst du immer noch Germanistik?"

„Nee, hab ich dann schließlich doch aufgegeben. Lesen und mir Gedanken dazu machen, kann ich auch so. Dafür brauch ich die Uni nicht", erklärte Zoe locker.

Nico reckte sich und antwortete stolz:

„Ich bin noch an der HdK, aber inzwischen unterrichte ich selbst. Und nebenbei fotografiere ich."

„Aha, toll. Und mit der Schwäbin bist du immer noch befreundet …?", fragte Zoe leise und zog eine Augenbraue hoch.

Er verdrehte heimlich die Augen und flüsterte ihr zu:

„Die Stadt ist manchmal kleiner, als man denkt … Einigen Leuten kann man einfach nicht entgehen …"

„Horsch e mal, Nico. Mei Freundinne stehet immer noch draußte! Kommsch du jetz mit zur Tür?", fauchte Barbara, sichtlich genervt von dem Flirt vor ihren Augen.

Nico sah Zoe Hilfe suchend an. „Kommst du mit?"

„Klar, ich kann dich doch nicht mit drei Damen allein lassen", antwortete sie grinsend.

„Supi!", jubelte die Schwäbin und bahnte ihnen mit ihrem fülligen Körper umgehend den Weg Richtung Eingang.

Am Kassentresen versuchte der kräftige Türsteher, die zwei keifenden Furien vor sich zu ignorieren.

„Ich bin wichtig!", schrie die Rothaarige ihn gerade an. Sie war ein bisschen zu lang, ein bisschen zu sportlich und hatte zu viele Sommersprossen in ihrem verkniffenen Gesicht. Sie stampfte mit ihren eindeutig zu flachen Schuhen wütend auf.

„Altmodischer Haarschnitt, keine Taille und billige Discounter-Klamotten", scannte Zoes Expertenblick das hysterische Weibsbild ab.

„Ich bin auch wichtig", plapperte jetzt die dürre Dunkelhaarige, mit affektierter Kleinmädchenstimme, der Langen nach.

Sie trug grellen, korallenfarbenen Lippenstift, Rüschenbluse und Faltenrock in durchgehend blassen Farben und hatte braune Schuhe mit klobigen Absätzen und Gold-Schnallen an.

„Schlecht gefärbt, Pottschnitt und zu viel Haarspray, da bewegt sich die Frisur auch bei Sturm keinen Millimeter. Mit den Klamotten sieht die aus wie verhärmte 50", analysierte Zoe den Anblick.

„Ich will da aber rein! Ich komm überall rein!", keifte die zickige Rote weiter.

„Genau, überall", plapperte die Dürre nach.

Der Türsteher sah sich entnervt um.

„Fühlt sich irgendjemand verantwortlich für diese beiden aufgescheuchten Hühner?"

„Des sin mei Freundinne Christa und Jolande", ergriff Barbara ihre Chance.

„Dann komm mal hier nach draußen", sagte er bemüht freundlich.

Barbara marschierte treu doof zu ihren beiden Schwestern im Geiste.

„Und nu?", fragte sie den Türsteher mit erwartungs-
frohem Blick.

„Jetzt macht ihr drei Weibsbilder, dass ihr hier weg-
kommt und zwar pronto! Sonst muss ich doch noch
ungemütlich werden. Abmarsch, die Damen!"

Zeternd räumten die Furien schließlich das Feld. Zoe
und Nico sahen sich feixend an.

„Dass so was frei rumläuft ...", amüsierte sie sich.

„Und wenn die älter werden, wird's schlimmer", lachte er zurück. Grinsend gingen sie wieder Richtung Tanzfläche.

KAPITEL 8

„Hallo, Fräulein Zoe! Wenn Sie mal langsam mit dem Kaffee fertig sind, könnten Sie mir endlich die neuen Bilder zeigen!"

Zoe zuckt zusammen, als sie die kalte Stimme direkt hinter sich hört. Erschreckt dreht sie sich in der engen Kaffeeküche zu Frau Waaßler um und reißt dabei das Metallkännchen mit, in dem sie gerade mit Hochdruck die Milch aufschäumt. Im hohen Bogen spritzen ein paar weiße Tröpfchen durch die Luft und landen auf dem Ärmel des schwarzen Blazers ihrer Kundin. Die schreit auf und giftet los:

„Oh, mein Gott! Wie kann man nur so ungeschickt sein? Sehen Sie, was Sie angerichtet haben! Mein Designer-Jackett ist ruiniert! Das werden Sie ersetzen müssen oder wenigstens die Reinigung zahlen. Unglaublich!" Vorwurfsvoll streckt sie Zoe ihren Arm entgegen.

„Oh, das tut mir wahnsinnig leid, Frau Waaßler. Mit ein bisschen Wasser und einem Tuch krieg ich das sicher wieder hin", versucht Zoe, die Situation zu retten. Aber ihre Kundin ist nicht an Deeskalation interessiert, sondern legt nach:

„Wasser? Sind Sie wahnsinnig? Das ist Seide! So was muss in eine Reinigung. Aber woher sollen Sie so etwas wissen …?", fügt sie arrogant hinzu und betrachtet Zoes neues Sommerkleid mit einem vernichtenden Blick.

„Gleich schütte ich der Ziege den ganzen Milchtopf über den Kopf, damit es sich wenigstens lohnt", denkt Zoe. Doch sie reißt sich zusammen.

„Es tut mir wirklich leid, Frau Waaßler. Aber schauen Sie selbst, man sieht schon gar nichts mehr. Das waren nur ein paar Schaumbläschen, praktisch mehr Luft als Milch. Natürlich zahl ich die Reinigung. Wollen wir jetzt nach vorne gehen, damit ich Ihnen ein paar der neuen

Objekte zeigen kann, die Ihren Kunden sicher gefallen werden?" Sie schafft es, Frau Waaßler mit einem entwaffnenden Augenaufschlag unterwürfig anzulächeln. Die ist mit ihrem vermeintlichen Sieg zufrieden und lenkt großzügig ein:

„Na, gut. Ich habe sowieso schon viel zu viel Zeit mit Ihnen verloren. Meine Kunden warten nicht gern und ich auch nicht. Allerdings brauchen wir vorne im Verkaufsraum gar nicht erst zu gucken. Alles was ich da gesehen hab ist schrecklich. Das kann man doch niemandem in die Wohnung hängen, der sich mit Designer-Möbeln einrichten will. Nein."

„Aber im Laden hängen doch ganz viele tolle Bilder. Das ist doch genau der Stil, den Sie sonst bevorzugen. Kräftige Farben und abstrakte Formen", erwidert Zoe vorsichtig. Denken tut sie allerdings:

„Du hast doch sowieso keine Ahnung von Kunst. Dir könnte ich auch ein von einem Schimpansen gemaltes Klecksbild andrehen – so lange es farblich zu den Möbeln passt und so teuer ist, dass auch die unkundigen Kunden glauben, dass sie damit Geschmack demonstrieren. Euch geht's doch gar nicht um die Kunst, sondern nur ums Angeben damit. Und weil's zu einem echten Roy Lichtenstein dann doch nicht reicht, hängt man sich eben ein Riesenbild von einem Berliner Manga-Maler an die Wand. Während des BWL-Studiums waren die noch stolz auf ein gerahmtes Kalenderblatt von Miró über der Ikea-Couch, und jetzt als Unternehmensberater muss es eben etwas Großformatiges, Buntes in Öl sein, in dem sich das blasse Gelb des Rolf-Benz-Sofas wieder findet. Hauptsache, man kann seinen Bekannten erzählen, man hätte da diesen unglaublichen neuen Künstler aus Kreuzberg selbst entdeckt, und dass das Bild zwar unverschämt teuer war, aber ganz sicher im Wert noch viel weiter steigen würde. Das ist doch alles Schwachsinn!" Doch ihre Gedanken verbirgt Zoe hinter einer freundlich lächelnden Fassade.

„Nein! Da ist nichts für mich dabei. Sie sollten doch inzwischen wissen, dass ich ein sehr ausgeprägtes Gespür für moderne Kunst habe. Und wenn ich sage, das ist schrecklich, dann ist das schrecklich. Vertrauen Sie meinem Urteil als Interieur-Scout. Sie müssen da noch viel lernen, Kindchen. Zeigen Sie mir lieber etwas wirklich Neues, was mich überrascht und begeistert. Oder sollte ich doch lieber mit Ihren Chefs reden?" Herausfordernd blickt Frau Waaßler sie mit einer drohend hochgezogenen Augenbraue an.

Plötzlich fallen Zoe die Bilder ein, die sie vorhin in ihrer Büro-Abstellkammer so abschätzig an die Wand gelehnt hatte.

„Frau Waaßler, Sie haben aber auch ein Glück! Gerade haben wir ein paar Werke eines unglaublich talentierten, neuen Künstlers hereinbekommen. Die Bilder sind umwerfend! Eigentlich darf ich Sie Ihnen gar nicht zeigen, weil sie ein echter Geheimtipp sind und es eigentlich auch noch ein paar Tage bleiben sollten. Aber für so eine gewiefte, kunstinteressierte Kennerin und Stammkundin wie Sie, machen Stefan und Paul sicher eine Ausnahme. Bitte machen Sie es sich doch mit Ihrem Cappuccino und dem Wasser auf der Couch vorne bequem. Dann hol ich die Bilder aus unserem Lager und zeig sie Ihnen."

Frau Waaßler sieht Zoe neugierig an und nickt. Ihr Jagdinstinkt ist augenscheinlich geweckt. Zoe sieht die Gier in ihren Augen und beobachtet amüsiert, wie sie sich mit der Zungenspitze über ihre lila-glänzenden Lippen leckt und zurück zum Ausstellungsraum stolziert. Die Tusse hat angebissen.

Paul und Stefan legen größten Wert darauf, dass alle Kunden, seien sie auch noch so zickig, zuvorkommend behandelt werden und genau das bekommen, was sie haben wollen.

„Oder was sie verdienen …" Zoe lächelt still in sich hinein, während sie Frau Waaßler hinterherblickt.

Froh, eine Lösung für das Zicken-Problem gefunden zu haben, schlendert sie gelassen zurück ins Büro und ist mit ihren Gedanken schon wieder bei ganz anderen Dingen. Statt abstrakter Malerei, taucht das Bild von Nico vor ihrem inneren Auge auf.

„War dann echt noch ein richtig schöner Abend mit ihm auf der Mediziner-Party. Wir haben uns toll verstanden und viel miteinander geredet – also zumindest ich … War wirklich ein viel versprechender Anfang. Na ja, und dann hat er mich ja auch noch nach Hause gebracht …"

NICO II

„Magst du noch auf einen Kaffee mit raufkommen?", fragte sie Nico, als sie vor dem Haus in Wilmersdorf, in dem Zoe inzwischen in einer Zwei-Zimmer-Wohnung lebte, ankamen. „Äh, ich hab auch noch Bier im Kühlschrank", ergänzte sie schnell und strahlte ihn an. Die Taktik hatte bisher noch immer funktioniert.

„Ein anderes Mal gerne", lächelte er zurück, „aber morgen Früh hab ich eine Vorlesung, und es ist ja schon nach zwei." Zoes Lächeln gefror augenblicklich.

„Ja, klar. Ich muss ja auch früh raus", antwortete sie und kramte ihr dickes Schlüsselbund aus der Handtasche.

Er sah sie ruhig an. Eine peinliche Stille entstand. Zoe hielt es als Erste nicht mehr aus:

„Tja, dann vielen Dank fürs nach Hause bringen. War ein schöner Abend. Vielleicht meldest du dich ja mal. Mach's gut", brabbelte sie hektisch und steckte entschlossen den Schlüssel ins Schloss. Wenn er nicht so wollte, wie sie wollte, wollte sie wenigstens einen coolen Abgang hinlegen.

Plötzlich sagte Nico bedeutungsschwanger:

„So wird das nichts mit uns."

Zoe drehte sich abrupt um und starrte ihn entgeistert an. „Wie bitte?"

Er grinste. „Ohne deine Telefonnummer kann ich dich nicht anrufen."

„Ach so! Sorry", stammelte sie erleichtert. „Am besten erreichst du mich tagsüber im Laden." Sie kramte in ihrer großen Handtasche nach einer Visitenkarte.

„Bist du jetzt Galeristin?", fragte er nach einem Blick darauf erstaunt.

„Nein, ich jobbe da nur und schmeiß seit ein paar Jahren den Laden hinter den Kulissen – Termine,

Künstlerbetreuung und so. Und ab und zu lassen mich meine Chefs auch mal die Kunden beraten, vor allem wenn sie besonders schwierig sind oder keine Ahnung von Kunst haben", erklärte sie selbstbewusst.

„Na, vielleicht lass ich mich von dir auch mal beraten, welches Bild zu mir passen würde", lächelte er.

„Lieber nicht. Wir haben da nur so große, abstrakte Schinken, die ziemlich teuer sind", entfuhr es ihr.

„So, so … Seh ich so arm aus?"

„Äh, nein, natürlich nicht. Ich bin sicher, dass du einen tollen Kunstgeschmack hast und dir da bestimmt was gefallen würde …" Sie brach ab und erklärte dem immer noch grinsenden Nico kurz angebunden:

„So, jetzt hast du ja meine Nummer. Meld dich, wenn du Zeit hast. Ich muss jetzt hoch."

Mutig drückte sie ihm ein flüchtiges Abschiedsküsschen auf die linke Wange und verschwand schnell im dunklen Hausflur. Während die schwere Eingangstür langsam zuging, hörte sie Nico rufen:

„Ja, gute Nacht dann. Ich ruf dich an." Und schon sauste sie die Treppe hoch. Sie knallte die Wohnungstür hinter sich zu und ließ sich mit ausgestreckten Beinen, direkt im Flur, aufs Parkett plumpsen.

„Na, toll, Zoe. Super hingekriegt. Der hält dich jetzt für eine abgehobene, durchgeknallte Kunst-Tusse. Dabei war der Abend so schön – bis zu dieser dämlichen Nummer vor der Haustür. Er hat mich nicht mal zurückgeküsst! Okay, so viel Zeit dazu hab ich ihm nicht gelassen … Ach, der ruft mich bestimmt an. Und wenn nicht …?" Sie trank noch ein Beruhigungs-Beck's und legte sich ins Bett.

Nach drei Tagen war Zoe mit den Nerven am Ende. Ihr war kein Telefonat in der Galerie entgangen, doch für sie rief niemand an. Als Nico sich dann tatsächlich endlich meldete, blaffte sie ins Telefon:

„Mit dir hab ich ja überhaupt nicht mehr gerechnet!"

Verwirrt antwortete er: „Tut mir leid, es ging wirklich nicht früher. Ich musste Examensarbeiten korrigieren, und dann hab ich auch noch einen Auftrag für ein Buch, das demnächst erscheinen soll."

Zoe hatte sich wieder im Griff und antwortete versöhnlich: „Na ja, ich hatte auch wahnsinnig viel hier im Laden zu tun. Wir haben ja meist bis 22 Uhr auf."

„Ach so ... Ich wollte dich eigentlich heute Abend zum Essen einladen", sagte er vorsichtig. „Ich kenn da so ein nettes, kleines Ristorante bei mir um die Ecke in Charlottenburg und dachte, du hättest vielleicht Lust?" Zoe strahlte.

„Doch, doch, heute ist es okay. Wenn's dir nichts ausmacht, dass wir uns erst um halb elf treffen können? Aber vielleicht kann ich auch ein bisschen früher gehen. Mal sehen. Wo ist das Restaurant denn?"

„Das ist das ,Stella' in der Suarezstraße. Kennst du das?"

„Nö, aber finde ich."

„Klasse, dann warte ich da ab zehn auf dich, falls du früher kommen kannst."

„Wunderbar!", jubilierte sie und legte auf.

„Stefan, Paul!", rief sie quer durch den Laden. „Kann ich heute früher gehen? Ich hab ein Date!"

„Klar, kannst ruhig Schluss machen. Ist ja nicht viel los", antwortete Paul und zwinkerte ihr zu.

„Klasse, danke! Dann pack ich mal meinen Kram zusammen und düse nach Hause zum Aufrüschen", antwortete sie aufgekratzt und machte sich auf den Weg.

Das „Stella" war ein gemütliches kleines Restaurant mit rot-weiß-karierten Tischdecken und Holzstühlen. Nico sprang sofort auf, als Zoe um kurz nach zehn das Lokal betrat.

Sie hatte ausgiebig geduscht, die Haare gewaschen und gestylt, die Beine epiliert, den Körper mit duftender Bodylotion, die verführerisch nach Orangenblüten duftete, eingecremt, sich frisch geschminkt und in einen sexy Minirock gezwängt. Auf ihren Schuhen, einer Art Peeptoe-Pumps auf schwindelerregend hohen und äußerst dünnen Absätzen, in schwarzem Lackleder, konnte sie kaum laufen. „Okay, die sind vielleicht eine halbe Nummer zu klein … Aber sehr sexy! Und viel rumlaufen will ich heute Abend ja sowieso nicht, lieber sitzen und möglichst bald liegen …"

„Wow, gehst du immer so zur Arbeit?", fragte Nico, sichtlich beeindruckt von ihrer Erscheinung.

„Na ja, nicht immer, aber unsere Galerie ist schließlich auch kein Spießerladen in Dahlem. Da passt das schon", erklärte sie.

Nico trug ein dunkelblaues T-Shirt, Jeans und seine dunklen Haare strubbelig – alles wie immer.

„Auch irgendwie schick …", dachte Zoe.

„Hier ist die Karte. Was möchtest du essen? Ich hab schon mal Bruschetta bestellt und eine Flasche Rotwein. Oder möchtest du lieber Bier?", fragte er.

„Nee, ich liebe Rotwein, vor allem spanischen! Äh, aber natürlich auch italienischen!", antwortete Zoe enthusiastisch und vertiefte sich in die Karte. „Also ich dachte, ich nehm eine Zuppa di cozze vorweg und dann einfach Saltimbocca alla romana. Das machen die hier großartig", sagte er.

„Gute Idee, das nehm ich auch", erklärte Zoe sofort und klappte ihre Karte blitzschnell wieder zu.

Bis das Essen kam, knabberten sie an den Bruschette und tranken Rotwein. Das Gespräch wollte nicht so recht in Gang kommen. Sie blickte ihn entschlossen an. Und er blickte ebenso entschlossen zurück.

„Du, wegen neulich, tut mir leid!", platzten beide gleichzeitig heraus und mussten lachen.

Nico fing sich als Erster.

„Wirklich schade, dass ich schon nach Hause musste. War so ein netter Abend."

„Ich fand's auch total toll, dich auf der Party zu treffen – vor allem, nachdem unser erstes Kennenlernen im ‚Dschungel' ja ein bisschen gruselig war."

„Tja, da war ich wohl in schlechter Gesellschaft", grinste er. „Diesen Michael und seine schräge BWL'er-Truppe kannte ich ja nur durch die Mitfahrgelegenheit von Hamburg nach Berlin. Und als er fragte, ob ich noch mit in die Disco käme, hab ich gedacht: Ist eh schon spät, ich hab nichts Besseres vor und auf einen Drink, warum nicht? Tja, und dann kam die schreckliche Barbara, und ich kam nicht mehr weg … Als du dann plötzlich auftauchtest, dachte ich: Toll, wird ja doch noch ein netter Abend, aber dann warst du in Rekordgeschwindigkeit wieder verschwunden – ehe wir uns tatsächlich kennenlernen konnten."

„Wenn ich das geahnt hätte … Aber die fürchterliche Schwäbin hat uns, dank ihrer noch schrecklicheren Freundinnen, ja schließlich doch noch zusammenge-bracht. Äh, quatsch ‚zusammengebracht'. Ich mein, also sie hat quasi dafür gesorgt, dass wir uns doch noch kennengelernt haben."

„Die hatte aber auch echt was gut zu machen!", sagte er lächelnd.

Das Gespräch verebbte wieder. Zum Glück kam endlich die Vorspeise.

„Due Zuppe di cozze!", verkündete der Kellner stolz. Zoe guckte skeptisch auf die zwei großen Keramikschalen, die er vorsichtig an den Tisch balancierte.

„Mmmh, ich liebe Miesmuscheln!"

„Klingt für deutsche Ohren nicht so schön, schmeckt aber gut", lachte er.

Dank des Rotweins und des leckeren Essens entspannte Zoe sich langsam. Sie plauderte drauf los, und Nico nutzte ihre kurzen Atempausen, um auch etwas zum Gespräch beizutragen.

Zum anschließenden Espresso tranken sie noch einen Averna auf Eis, und Zoe plante den weiteren Abend.

„Wo wohnst du eigentlich?", fragte sie Nico möglichst neutral.

„In einer WG in der Sophie-Charlotte-Straße. Schöne Altbauwohnung, vier Zimmer, allerdings 5. Stock ohne Fahrstuhl."

„Warum wohnen eigentlich alle Leute, die ich kenn, ganz oben und grundsätzlich ohne Lift? Ist doch komisch", grübelte Zoe.

„Wahrscheinlich ist die Fluktuation da größer, weil die Leute irgendwann die Nase voll haben, ihre Wasser- und Bierkästen immer so hoch raufzuschleppen. Dann ziehen sie aus, und die schöne Wohnung wird von jemand anders, mit neuem Elan, bezogen. Ich wohn da auch erst seit einem Jahr."

„Und wie viele Leute leben in deiner WG?"

„Wir sind zu dritt. Alexander und Sebastian studieren noch. Und ich bin ja auch erst mal nur Assistent an der Uni. Viel verdient man da nicht. Aber zu Dritt können wir uns die große Wohnung gerade so leisten."

„Kenn ich! Ich bin auch immer knapp bei Kasse, daran hat sich seit der Uni nicht viel geändert. So dolle zahlen die in meinem Laden nämlich nicht. Ich bin ja keine ausgebildete Kunstexpertin. Aber ich kann mir meine Zwei-Zimmer-Wohnung leisten und ein bisschen was extra. Irgendwann muss ich mir aber wohl mal ernsthaft Gedanken machen, was ich langfristig aus meinem Leben machen will. Ich kann ja nicht ewig nur so rumjobben und mich mit Minimalbudget über Wasser halten. Die zündende Idee hatte ich bisher noch nicht, aber das wird schon ...“

„Ich find's toll, wie entspannt du dein Leben lebst“, sagte Nico mit ehrlicher Begeisterung.

„Das ist ja schön, aber wir schweifen vom Thema ab, mein Schatz ... Jedenfalls von meinem Top-Thema ...“, dachte Zoe und änderte die Richtung schnell wieder.

„Und das klappt gut so, mit deinen Mitbewohnern? Kein Ärger wegen Damenbesuchen und so?“, fragte sie listig.

„Nee, die beiden sind ein Paar. Bei uns gibt's keinen Stress mit Frauen.“

Nico lehnte sich entspannt zurück.

„Ups ...“, durchzuckte es sie. „Bitte nicht schon wieder!“ Aber wie sollte sie das Thema klären, ohne in diverse Fettnäpfchen zu treten? Am besten Frontalangriff!

„Und du so?“

„Ich hab da kein Problem mit. Du etwa?“

„Super Antwort!“, dachte Zoe genervt. „Das hilft mir echt weiter ...“ „Quatsch, meine besten Freunde sind schwul!“

„So! Soll er doch was draus machen ...“, dachte Zoe lauernd.

„Dann ist ja gut“, antwortete Nico.

„Gut? Wie jetzt, gut?", dachte Zoe irritiert, beschloss aber, die Klappe zu halten. Sie trank ihren letzten Schluck Wein und sah ihn erwartungsvoll an.

„Dann bestell ich mal die Rechnung, was? Ich hab zu Hause einen Haufen Fotos liegen, die ich noch sortieren muss. Muss ich dir unbedingt demnächst mal zeigen. Wir sehen uns doch bald wieder?", fragte Nico mit Dackelblick.

„Äh, ja, klar! Gerne!", beeilte sie sich, zu sagen. Kein überflüssiges Wort, kein Risiko! Kontrolliert schweigend erwartete Zoe die Rechnung. Als die endlich kam, machte sie einen halbherzigen Versuch, in ihrer Riesentasche nach dem Portemonnaie zu kramen.

„Hör auf zu suchen, du bist eingeladen", grinste er sie an.

„Danke", sagte sie lächelnd.

Er brachte sie noch zur U-Bahn.

„Tja, schön, dass es heute endlich mit uns geklappt hat", sagte er unbestimmt. „Ich hab dir meine Handynummer aufgeschrieben. Dann kannst du dich melden, wenn ich nicht schnell genug bin."

„Ich geb dir auch mal meine Nummer. Wenn ich arbeite, ist das Handy zwar meist aus, aber du kannst ja auf die Mailbox quatschen", antwortete sie leichthin.

Unschlüssig standen sie sich vor der Treppe, die zur U-Bahn hinunterführte, gegenüber. Zoe hielt die Stille kaum noch aus.

„Und jetzt? Händedruck oder Abschiedskuss? Was steht auf dem Programm, Mr. Right? Ich mach nix, ich sag nix. Immer hübsch kommen lassen", dachte sie konzentriert. Und dann hielt sie es doch nicht mehr aus:

„Tja, ich glaub, die U-Bahn kommt gerade. War schön. Hoffentlich sehen wir uns bald. Mach's gut!" Und damit drehte sie sich um.

Er hielt sie am Arm fest. „Wie? Bekomme ich denn keinen Abschiedskuss?"

„Äh, doch, klar ..."

Sie umarmten sich und kamen sich beim leicht missglückten Wangenkuss mit den Nasen in die Quere. Dabei berührten sich ihre Lippen versehentlich. Verunsichert ließen sie einander los.

„Also dann", sagte Zoe zögernd, winkte Nico kurz zu und lief – so schnell es ihre hohen Absätze zuließen – runter in die U-Bahn.

Zum Glück kam ihre Bahn gerade. Sie stieg ein und ließ sich auf eine Bank fallen.

„Wir haben uns geküsst! Also so gut wie ... Er hat mich jedenfalls in den Arm genommen. Das muss doch was zu bedeuten haben, oder? Ach, Nico ..." Gedankenverloren starrte sie durch die Scheibe in den dunklen Tunnel.

Zwei Tage hielt Zoe es aus, dann griff sie zum Telefon. Es läutete fünfmal, dann sprang die Mailbox an. Sie legte wieder auf.

„Vielleicht hat er meine Nummer im Display gesehen und wollte nicht mit mir sprechen. Oder er ist gerade in einem wichtigen Seminar und hat sein Handy im Büro liegen lassen. Oder er knutscht gerade mit einem anderen Mann! Grrrr!" Zoe war durcheinander. Am selben Abend probierte sie es wieder.

Nicos Handy läutete dreimal, dann nahm jemand atemlos ab:

„Hi, hier ist Alex, Nico steht grad unter der Dusche. Wer stört?"

Sie war perplex, fing sich aber gleich wieder.

„Äh, hallo, hier ist Zoe. Bist du Nicos Mitbewohner?"

„Ach, Zoe! Schon viel von dir gehört … Ja, ich bin Alexander – der ‚Mitbewohner'. Kann Nico dich gleich zurückrufen, wenn er mit seinem Beautyprogramm durch ist?"

„Ja, wär schön. Er hat meine Nummer. Danke, tschüss!" Sie legte schnell auf und musste erst mal tief durchatmen.

„Er duscht doch nur! Aber wieso duscht er jetzt? Alexander ist sein Mitbewohner! Aber wieso hat er das so vielsagend betont? Besteht da ein Zusammenhang zwischen Alexander und der abendlichen Dusche?" Ihre Gedanken rasten. „Mann, der Typ kostet mich echt Nerven!"

20 Minuten später rief Nico zurück.

„Hi, Zoe, schön von dir zu hören. Wie geht's?"

„Äh, super. Alles bestens. Hast du vielleicht Zeit heute Abend?"

„Sorry, aber heute geht's nicht. Wie wär's denn mit morgen Mittag?"

„Was ist das denn für eine schräge Idee? Traut der mir nicht im Dunkeln?"

„Sorry, aber morgen muss ich arbeiten", antwortete sie kurz angebunden.

„Aber du machst doch sicher eine Mittagspause, oder? Und in der Nähe deines Ladens gibt's doch jede Menge nette Restaurants. Was meinst du? Ansonsten hab ich nämlich erst wieder nächste Woche Zeit."

„Ach so. Ja, wenn du dafür extra nach Kreuzberg kommen willst. Sehr gerne!"

„Aber klar. Wann und wo wollen wir uns treffen?"

Normalerweise holte Zoe sich nur eine Kleinigkeit beim Türken um die Ecke und aß am Schreibtisch. Doch ihr fiel ein geeignetes Lokal ein.

„Am besten gehen wir ins ‚Barcomi's' in der Bergmannstraße, Ecke Zossener. So um zwei?"

„Passt perfekt. Dann freu ich mich, dich morgen Mittag zu sehen. Schönen Abend noch."

„Dir auch …", sagte Zoe vielsagend, legte auf und
grübelte weiter.

Auch bei ihrem zweiten Date kam Zoe der Antwort auf
die alles entscheidende Frage nicht näher. Sie fragte
nicht direkt, und er antwortete so, dass es alles und
nichts bedeuten konnte. Also konzentrierte sie sich
darauf, möglichst interessant, amüsant, attraktiv und –
in ihrem neuen Kleid und den knallroten Pumps – unwiderstehlich zu sein. Das Gespräch mit Nico war trotz
der weiterhin bestehenden Unklarheit sehr unterhaltsam,
und sie lachten viel. Dabei hatte sie völlig die Zeit vergessen und sauste schließlich ohne große Verabschiedung – das mit den Wangenküsschen hatten sie diesmal
allerdings endlich perfekt hingekriegt – im stöckelnden
Laufschritt zurück in den Laden.

KAPITEL 9

„So, gleich können Sie die Bilder sehen, die vor Ihnen noch niemand betrachten durfte. Der Künstler ist nämlich äußerst scheu und trennt sich nur unter großen Qualen von seinen Meisterwerken", erklärt Zoe mit Verschwörer-Miene, während sie geschäftig hin und her läuft und ein Bild nach dem anderen in den Verkaufsraum schleppt.

Schließlich hat sie sechs Gemälde, in Plastikfolie verpackt, an der Wand aufgereiht. Sie genießt den angespannten, neugierigen Gesichtsausdruck ihrer Kundin.

„Sind Sie soweit?", zögert sie den Moment noch ein bisschen hinaus.

„Nun machen Sie schon! Ich hab schließlich nicht den ganzen Tag Zeit!", blafft Frau Waaßler sie an.

Langsam verschwindet Zoe hinter der ersten Leinwand und löst vorsichtig die Klebestreifen von der Folie. Sie muss sich strecken, um die Verpackung von dem zwei Meter hohen und drei Meter breiten Gemälde nach oben abzustreifen.

Zoe hört, dass Frau Waaßler aufgestanden ist und langsam näher kommt. Mit Schwung hebt sie das Kunstwerk am Lattenkreuz an und stemmt es in die Höhe. Wie geplant, fällt in diesem Moment die Plastikfolie herunter und enthüllt das Gemälde. Zoe ist sehr zufrieden mit ihrer dramatischen Präsentation. Heimlich grinsend steht sie hinter der Leinwand und malt sich aus, wie Frau Waaßler wohl auf ihre Inszenierung reagieren wird. Wird sie anbeißen?

Dann passiert plötzlich alles auf einmal.

Frau Waaßler stößt einen spitzen Schrei aus:

„Oh! Ich werd verrückt! Didot! Ein echter Lou Didot! Den muss ich haben!"

Im selben Moment öffnet sich die weiße Tür und ein hysterischer Stefan brüllt:

„*Zoe*! Wo sind die Didots aus dem Büro? Was hast du?" Er hält kurz inne und versucht, die Szene, die sich im aufgeheizten, sonnenhellen Verkaufsraum abspielt, zu erfassen. „Um Himmelswillen! Frau Waaßler, nein! Nicht anfassen! Zoe, pass auf!"

Aber da ist es schon geschehen: Während die geschockte Zoe plötzlich begreift, was sie da auf den Armen balanciert, stürzt eine völlig verzückte Frau Waaßler auf sie zu und greift nach der Leinwand. Zoe weicht zurück, versucht, sich an der Wand abzustützen, gerät ins Schwanken und kann das schwere Bild nicht länger halten. Wie in Zeitlupe entgleiten ihr die Holzverstrebungen, und die riesige Leinwand senkt sich unaufhaltsam herab – direkt auf Frau Waaßler.

Ein dreistimmiger Aufschrei – und Stefan und Zoe blicken entgeistert auf eine hysterisch kreischende Kundin, die sich langsam unter dem Gemälde herauswindet. Mühsam versucht Frau Waaßler, in ihrem engen Rock, wieder auf die Beine zu kommen. Jetzt ist nur noch das vergebliche Scharren ihrer Beine zu hören, ansonsten herrscht gespannte Stille.

Zoe ist noch immer wie erstarrt und versucht, das absurde Geschehen zu begreifen: Da krabbelt eine Mittfünfzigerin wie ein Käfer über den weißen Boden und stiert sie wütend an. Allerdings ist aus dem schwarzen Käfer inzwischen ein Insekt geworden, das in vielen schillernden Farben leuchtet. Zoe muss sich zusammenreißen, um nicht laut loszulachen.

Frau Waaßlers schwarzes Kostüm ist über und über mit blauen, roten und gelben Farbklecksen verziert und auch Haare und Gesicht sehen inzwischen künstlerisch wertvoll aus – bis auf den lila Lippenstift, der farblich unpassend auf ihren Lippen glänzt. Fasziniert beobachtet Zoe, wie sich dieser Mund jetzt öffnet und sie anschreit: „Das ist ein Anschlag, ein Anschlag auf meine Person!"

„Aber Frau Waaßler ... So nah, wie Sie, ist noch niemand einem echten Didot gekommen", versucht Zoe, die Situation zu retten.

Jetzt löst sich endlich auch Stefan aus seiner Schockstarre. Er braucht einen Moment, um sich zu entscheiden, ob er sich zuerst um sein teures Kunstwerk oder um die hysterische Stammkundin kümmern soll. Schließlich macht er einen Schritt auf sie zu.

„Oh, Frau Waaßler, da ist unserer Mitarbeiterin wohl ein kleines Malheur passiert. Aber das ist gar kein Problem. Die Reinigung für Ihre Kleidung zahlen wir natürlich", trällert er in unpassend munterem Ton. „Zoe, Du wolltest doch noch was im Büro erledigen ...", zwitschert er weiter. Doch der Blick, den er ihr zuwirft, ist alles andere als munter.

Trotzdem kann Zoe sich ein Grinsen nicht verkneifen, dreht sich langsam um und verschwindet in Richtung Büro. Sie hört gerade noch, wie der bunte Käfer kreischt:

„Das Vertrauensverhältnis zu dieser Angestellten ist endgültig zerstört! Ich bestehe darauf, dass Sie ihr fristlos kündigen!"

Zoe verdreht genervt die Augen.

„Jetzt dreht die Alte komplett durch. Das kleine Malheur nenn ich ausgleichende Gerechtigkeit", denkt sie und grinst. Nach ein paar Minuten erscheint Paul im Büro.

„Hui, dicke Luft da vorne", sagt er feixend. „Die Waaßler sieht aus, als käme sie von einem Kunst-

Happening in den 70ern. Sehr farbenfroh ... Ich hätte der Tussi auch schon so manches Mal liebend gern einen Eimer Farbe über den Kopf gekippt."

Zoe lächelt ihn an.

„Tut mir wirklich leid, war keine Absicht. Aber ich wollte euch auf keinen Fall stören, und sie hat rumgezickt, dass ihr keins der aufgehängten Bilder vorne gefällt. Da dachte ich, ich verkauf ihr einfach was Buntes aus dem Lager. Ich konnte doch nicht ahnen, was das für Gemälde waren. Wird das ein Problem?"

„Keine Ahnung. Die Alte ist stocksauer und der Didot wahrscheinlich ruiniert. Ich weiß zwar nicht, ob irgendjemandem auffällt, dass das Bild sich verändert hat – Kleckserei bleibt Kleckserei ...", grinst er. „Aber Stefan ist stinksauer. Könnte sein, dass er das nicht so locker sieht, wie ich."

In diesem Moment stürmt Stefan in das Abstellkammer-Büro.

Mit seiner Wut füllt er auch den letzten Winkel des winzigen Raums aus.

„Zoe, so geht das nicht!", schimpft er los. „Ich hab dir schon tausendmal gesagt, dass du dich auf das konzentrieren sollst, was du hier tust. Und du warst heute wieder viel zu spät von der Mittagspause zurück. Mir reicht's. Ich hab zu lange dafür geschuftet, dass der Laden läuft. Und ich hab keine Lust, mich von solchen Zicken, wie dieser Waaßler, anbrüllen zu lassen. Die hat gerade einen Riesen-Aufstand gemacht und ich musste vor ihr noch mehr buckeln, als sonst. Ich hasse es, aber was soll ich machen? Das gehört eben zum Geschäft. Also, wenn ich dich hier weiter rumwerkeln lasse, bin ich meine beste Kundin los. Das können wir uns einfach nicht leisten."

„Verstehe", murmelt Zoe kleinlaut.

Etwas ruhiger fährt Stefan fort: „Das mit dem Didot-Bild ist zwar furchtbar, aber in diesem Fall wirklich die kleinere Katastrophe. Das kriegen wir schon irgendwie hin. Die feuchten Farben könnten unter der Folie ja auch beim Transport verwischt worden sein. Dann zahlt die Versicherung. Aber wenn die zickige Waaßler nicht ihren Willen kriegt, können wir langfristig nicht überleben. Man kann sich seine Kunden leider nicht aussuchen. Das hat nichts mit dir persönlich zu tun. Ich mag dich wirklich, aber jetzt muss ich erst mal ans Geschäft denken. Verstehst du?"

„Ja, klar", stimmt Zoe ihm leise zu.

„Der meint es ernst. Der schmeißt mich tatsächlich raus ... Hammer!"

„Komm mal her, Süße", sagt Paul, als er ihr entgeistertes Gesicht sieht und zieht sie in die Arme. „Du wolltest doch sowieso dein Leben in geregelte Bahnen lenken. Das hier ist ja auf die Dauer nichts für dich. Jetzt machst du erst mal Urlaub, und dann kümmerst du dich um deine Zukunft. Dein Gehalt zahlen wir dir noch zwei Monate weiter. Das hast du verdient, so wie du hier den Laden geschmissen hast. So eine wie dich finden wir so schnell nicht wieder", betont er mit einem strengen Seitenblick, der keinen Widerspruch duldet, in Richtung Stefan.

Zaghaft kann Zoe wieder lächeln.

„Ja, äh, danke. Vielleicht ist es wirklich besser so." Im selben Moment wird ihr die ganze Tragweite der Situation klar und sie denkt:

„Ich bin den Pseudo-Galeristinnen-Job los! Strike! Jetzt muss ich mein Leben ändern. Das wollte ich doch sowieso." Zoe ist ein bisschen durcheinander, verspürt aber im selben Moment ein unglaubliches Glücksgefühl. Der Kloß in ihrem Magen ist verschwunden.

Fröhlich strahlt sie ihre beiden verblüfften Ex-Chefs an, die ihren plötzlichen Stimmungswandel nicht ganz nachvollziehen können.

„Ich danke euch beiden für die schöne Zeit hier. War echt klasse. Die Abrechnungen und Kundenlisten sind auf dem aktuellen Stand, da müsst ihr euch die nächsten Wochen keine Sorgen machen. Aber über eure neue Kundin …", fügt sie schelmisch hinzu. Paul und Stefan blicken sie fragend an.

„Na, zur Lou-Didot-Vernissage werd ich lieber nicht kommen, aber wenn ich erst reich und berühmt bin, werd ich hier die zickige Kundin geben, die euch rumscheucht." Beide stimmen in ihr befreites Lachen mit ein. Sie umarmen sich herzlich. „Manchmal muss man eben zu seinem Glück gezwungen werden", lächelt Zoe befriedigt.

Sie packt ihre restlichen Kekse, die zwei Bananen und ihre paar persönlichen Sachen, die sich im Laufe der Jahre rund um ihren PC angesammelt haben, ein und tritt, hoch erhobenen Hauptes, auf ihren schicken, knallroten Pumps, in den strahlenden Sonnenschein hinaus.

„Jetzt gönn ich mir erst mal einen leckeren Cappuccino mit viel Milchschaum – ich hab bezahlten Urlaub! Und ab sofort beginnt mein neues Leben!"

DER NEUANFANG

Die Planung

Zoe genießt die Sonne. Und die Freiheit. Und den Cappuccino. Sie sieht sich entspannt um und betrachtet die anderen Menschen, die im Straßencafé sitzen und auf dem Bürgersteig flanieren, eingehend. „Was haben die bloß für Jobs, dass die nachmittags hier rumlungern können? Arbeitslos können die ja nicht alle sein, sonst könnten sie sich diesen schweineteuren Kaffee nicht leisten", überlegt sie. Sie blättert entspannt in einer Mode-Zeitschrift, die sie im Café entdeckt hat.

„Tolle Fotos", geht es ihr durch den Kopf. „Muss schön sein, wenn man solche Bilder schießen kann. Und immer mit tollen Models, schicker Mode und interessanten Leuten irgendwo in der Karibik ... Das wär ein Job für mich! Ich könnte Nico mal fragen, wie man ein guter Fotograf wird. Der macht das doch schließlich professionell!"

Sie kramt entschlossen nach ihrem Handy und wählt seine Nummer. Sofort springt die Mailbox an. Sie legt auf und überlegt. Ist gar nicht so einfach, plötzlich mit so viel Freizeit klarzukommen. Sie ist nicht der Typ fürs Nichtstun. Sie braucht eine Beschäftigung.

Zoe blättert unschlüssig weiter in ihrem Heft. Dabei stößt sie auf einen Bericht über Barcelona. Das ist es.

„Ich mach Urlaub! Ich fahr zu Roland nach Spanien! Erst mal weg von den ganzen komplizierten Gedanken. Einfach abschalten, neue Eindrücke und endlich mal wieder einen ‚Pyjama' mit extra viel Sahne essen – lecker!"

Zoe steht entschlossen auf, zahlt an der Theke und fährt mit der U-Bahn nach Hause.

Dort schaltet sie ihr weißes MacBook an, loggt sich ein und schreibt Roland eine Mail:

„Hi mein Süßer,
hier überschlagen sich die Ereignisse. Ich hab plötzlich Urlaub.
Nicht ganz freiwillig. Gab Ärger im Laden, und nun hab ich
keinen Job mehr. Ist aber wohl sowieso das Beste so. Konnte ja
nicht ewig so weitergehen. Aber das Gute: Ich bekomm noch zwei
Monate lang Geld und kann mir daher einen Urlaub leisten.
Wenn es Dir recht ist, such ich mir einen Billigflug und komm zu
Dir.
Freue mich auf Deine Antwort,
dicker Kuss
Deine Zoe"

Sie drückt auf „Senden". Um diese Zeit müsste Roland
eigentlich in seinem Büro sein. Aber ob er seine Mails
so schnell checkt? Eher nicht. Sie bleibt noch eine halbe
Stunde lang online, dann schaltet sie den Computer aus.
Muss ja nicht gleich heute sein. Sie hat ja jetzt alle Zeit
der Welt …! Das macht ihr Angst.

„Moment mal! Wovor hab ich eigentlich Angst? Ich
kann mich entspannen. Ich hab keinen Fußpilz, keine
Hühneraugen und auch keine nennenswerte Cellulite –
also bin ich ein glücklicher, sorgenfreier Mensch!", versucht Zoe es mit Selbstsuggestion. „Mir wird schon was
einfallen."

Da klingelt das Handy.

„Ja, hallo?", meldet sie sich betont fröhlich.

„Hallo Zoe, ich hab's gerade in deinem Laden versucht, aber da sagte man mir, dass du schon weg seiest.
Was ist denn los?", fragt Nico aufgeregt.

„Oh, hallo Nico. Hast du schon wieder Sehnsucht
nach mir?", zwitschert sie neckend zurück.

„Wie? Äh, ja, also, was ist denn nun los mit dir? Bist
du krank?"

„Nein, gab ein bisschen Ärger im Laden. Erst mein Zuspätkommen, und dann ist mir da noch ein klitze-kleines Missgeschick mit einer zickigen Kundin passiert. Wir haben uns geeinigt, dass das wohl auf Dauer doch nicht so der richtige Job für mich ist. Ich wollte mich ja schon längst neu orientieren."

„Was? Du bist rausgeflogen? Weil ich dich zu lange beim Mittagessen aufgehalten hab? Das glaub ich nicht! Das musst du dir nicht gefallen lassen!" Nico ist aufge-bracht.

„Nein, ist wirklich völlig okay so. Wir haben uns im Guten getrennt. Die zahlen mir sogar noch zwei Mona-te Gehalt. Warum hast du eigentlich versucht, mich zu erreichen?", fragt sie neugierig. Aber Nico ist mit dem Thema Entlassung noch nicht ganz fertig:

„Hör mal, wenn du die verklagen willst – ein Freund von mir ist Referendar in einer großen Anwaltskanzlei!"

„Nein, will ich nicht. Ich will Urlaub machen, und du?"

Er braucht etwas, bis er sich wieder abgeregt hat.

„Also, äh, Urlaub? Tja, das passt ja eigentlich bes-tens", sagt er schließlich zögernd. „Ich will nämlich auch verreisen. Also eher dienstlich. Für das Foto-Buch muss ich nämlich für ein paar Tage nach Barcelona, und da wollt ich dich fragen, ob du vielleicht Zeit und Lust hättest, mitzukommen. Hab's gerade erfahren, als ich nach unserem Essen wieder zu Hause war. Deshalb hab ich dich angerufen. Aber du hast wahrscheinlich gerade andere Dinge im Kopf, und das kommt jetzt wohl auch etwas plötzlich für dich. Du hast sicher schon andere Pläne. Also wenn's dir nicht passt, hätte ich dafür natür-lich Verständnis und …"

Zoe unterbricht seinen Redeschwall: „Aber Nico, das passt perfekt! Grad hab ich meinen Freund Roland in

Barcelona angemailt und gefragt, ob ich ihn besuchen kann. Dann lass uns das doch kombinieren. Wann willst du denn fliegen?"

„Na ja, so bald wie möglich. Das Hotel bezahlt der Verlag, aber um einen Flug muss ich mich selber kümmern. Wann würde es dir denn passen?", fragt er vorsichtig.

„Ich sitz gerade am Mac, lass mich mal gucken, wann die früheste Möglichkeit wäre." Zoe hackt auf die Tastatur ein. Ungeduldig wartet sie darauf, dass sich die Website öffnet.

„Und?", fragt er.

„Moment, ich hab's gleich. Da! Morgen um kurz nach elf geht ein Flieger, in dem es noch Plätze für 79 Euro gibt. Wär das okay für dich?"

„Was, so schnell?"

„Ja, soll ich buchen?"

„Du bist ja echt fix. Tja, warum eigentlich nicht?"

„Dann fang mal gleich an zu packen. Wir sehen uns morgen früh um zehn am Flughafen Schönefeld!", verkündet sie gut gelaunt.

„Toll!" Nico ist baff. Zoe tippt derweil die Buchung für zwei Plätze im Billigflieger in ihren Computer und murmelt:

„Hoffentlich meldet sich Roland bald, und hoffentlich hat er schon morgen ein Bett für mich. Sonst muss ich mit dem Schlafsack an den Strand."

„Quatsch! Das Hotelzimmer ist doch ein Doppelzimmer. Du übernachtest natürlich bei mir!", erklärt Nico bestimmt.

„Ach ja?", fragt Zoe ungläubig nach.

„Äh, ich meine, wenn's dir nichts ausmacht. Wir nehmen natürlich ein Zimmer mit zwei getrennten Betten. Nicht, dass du denkst … Also, sorry, wenn das jetzt falsch bei dir angekommen ist." Nico hat hörbar Mühe, sich aus der Nummer wieder herauszuwinden und stammelt: „So einer bin ich nicht!"

Zoe muss grinsen und denkt:

„Aber ich bin so eine ..."

Sie sagt allerdings ernst:

„Dann ist ja gut. Und wenn's doch zu eng wird, kann ich ja immer noch zu Roland ziehen."

„Sag mal, wer ist eigentlich Roland?", fragt Nico misstrauisch.

„Ach, das erzähl ich dir alles morgen im Flieger. Jetzt muss ich packen. Wir sehen uns um zehn am Flughafen!" Bevor er weiterfragen kann, hat sie aufgelegt und mit einem letzten Klick die Buchung bestätigt.

„Soll er doch auch mal eine Nacht lang grübeln. Ausgleichende Gerechtigkeit!", denkt sie grinsend.

Nach dem Motto „lieber zu viel, als zu wenig", quetscht Zoe diverse Schuhe, Kleider, T-Shirts, Tops, Bikinis, Jeans, Röcke, Shorts, Bermudas, die sexy, schwarzen Slips und den dicken, orangefarbenen Fleece-Pulli in ihren großen, knallroten Rollkoffer.

„Als Frau von Welt muss man auf alles vorbereitet sein. Und außerdem weiß ich noch nicht, wie lang ich bleibe. Bisher hab ich ja nur einen Hinflug ..."

Die Reise

Per U-Bahn und Bus macht sich Zoe früh auf den Weg. Sie hat wenig geschlafen. Die Geschehnisse des Tages, und die vielen ungelösten Fragen über ihren erzwungenen Neuanfang, hatten sie wach gehalten. Bis um zwei Uhr hatte sie gelesen und danach wieder gegrübelt. Schließlich hatte sie sich der Vorfreude auf den Urlaub und dem bevorstehenden Zusammensein mit Nico gewidmet und war endlich zufrieden eingeschlafen.

Roland hatte sie abends noch zurückgerufen und versichert, dass sie selbstverständlich bei ihm übernachten könne. Als Zoe ihm allerdings begeistert von Nico und seinem Vorschlag mit dem Doppelzimmer im Hotel erzählte, hatte er natürlich vollstes Verständnis. Auf jeden Fall hatten sie verabredet, sich so schnell wie möglich zu treffen. Und natürlich wollte er auch unbedingt ihre neue Eroberung kennenlernen. Alles lief bestens. Zoe ist in Hochstimmung.

Entspannt kommt sie um halb zehn am Flughafen an. Von Nico noch keine Spur. Sie stellt sich in der langen Warteschlange am Counter an.

Als sie um kurz nach zehn endlich dran ist, ist von ihm immer noch nichts zu sehen. Sie lässt andere Reisende vor. Langsam wird sie nervös.

„Wo bleibt der denn? In einer Viertelstunde macht der Schalter zu. Dann kommen wir nicht mehr mit. Verdammt!"

Fünf quälende Minuten später kommt Nico mit seinem kleinen Koffer und der schweren Fototasche in die Flughafenhalle gerannt. Er sieht sich hektisch um, entdeckt Zoe vorne am Schalter und ein glückliches Lächeln huscht über sein Gesicht, als er sich zu ihr durchdrängelt.

„Dit jibs doch nich. Kommt als Lezta und denn jleich janz nach vorne", schimpft ein Rentner in beige und sieht sich nach Gleichgesinnten um.

„Eine Unverschämtheit!", stimmt sofort eine altjüngferliche, blasse Braunhaarige ein und nickt dem Rentner verständnisvoll zu. Nico ignoriert beide. Er ist völlig außer Atem.

„Es tut mir so leid! Ich komm sonst nie zu spät. Aber Alex hat noch Stress gemacht, kurz bevor ich losmusste." Er holt tief Luft.

„Wieso?", fragt Zoe irritiert.

„Ach, der hat manchmal seine zickigen fünf Minuten. Er war sauer, dass ich am Wochenende nicht zu seiner Geburtstagsparty da bin, sondern mit dir in Barcelona."

„So, so", antwortet Zoe einsilbig. Sie reißt sich zusammen.

„Ich werd Nico hier doch jetzt keine Szene machen – auch wenn ich dazu Lust hätte. Dem Rentner und der ollen Zimtzicke gönn ich die Genugtuung nicht!" Also sagt sie:

„Du bist ja noch rechtzeitig gekommen. Jetzt genießen wir den Flug!"

Nico strahlt sie an.

„Ich hatte schon Angst, du bist sauer …"

„Was denkst du von mir?" Zoe ist die Selbstbeherrschung in Person – jedenfalls äußerlich.

In ihr brodelt es allerdings: „Was war das jetzt mit Alex? Ist der eifersüchtig auf mich? Und wenn ja, hat er Grund dazu?"

Zoe lächelt betont fröhlich in die Runde und reiht sich wieder ganz vorne ein – direkt vor der Nase der zickigen Braunhaarigen. Als sich die Schlange ein paar Zentimeter nach vorne bewegt, knallt der Gepäckwagen plötzlich direkt in Zoes Knöchel. Sie kommt auf ihren Pumps ins Wanken, hält sich an Nico fest und dreht sich wutschnaubend zu der Tussi um:

„Können Sie nicht aufpassen? Sie haben mir mit ihrem dämlichen Wagen fast die Beine gebrochen! Dass so was frei rumläuft!"

Die Dürre und der Rest der Schlange starren Zoe entgeistert an. Sie wird sehr laut, wenn sie wütend ist. Nico ist irritiert. Mit so einem Ausbruch hat er nicht gerechnet – jedenfalls jetzt nicht mehr. Beruhigend legt er den Arm um sie.

„Komm, wir sind dran", murmelt er und schiebt Zoe zum Schalter.

Während sie sich freie Plätze suchen, tuscheln und lachen sie über die dämliche Kuh und wie sie geguckt hat, als Zoe sie anbrüllte.

Sie ergattern zwei Plätze am Notausgang, wo Nico mit seinen langen Beinen halbwegs bequem sitzen kann und sie eine Reihe für sich alleine haben. Zoe überlässt ihm großzügig den Fensterplatz und richtet sich mit ihrer großen Handtasche am Gang häuslich ein.

„Boarding is completed", erklingt eine Stimme aus den Lautsprechern.

„Wunderbar, jetzt kommt keiner mehr, und wir haben auch den Mittelplatz für uns", erklärt sie Nico geschäftsmäßig.

Zoe fühlt sich als Frau von Welt und stellt ihre Tasche lässig auf den freien Sitz. Demonstrativ ignoriert sie die Sicherheitshinweise der Flugbegleiter. Stattdessen lächelt sie lieber Nico zu und beobachtet durch das kleine Fenster, wie sich der Flieger langsam in Bewegung setzt.

Sie zuckt zusammen, als sie hinter sich unerwartet eine tuckige, gekünstelt freundliche Stimme einen eingeübten Text abspulen hört:

„Entschuldigen Sie, junge Frau, Sie sitzen am Exit. Darf ich Ihnen kurz erklären, was Sie im Notfall tun müssen?" Ohne eine Antwort abzuwarten, leiert der junge Mann weiter:

„Der Notausgang muss selbstverständlich frei bleiben. Deshalb müssen Sie bitte während Start und Landung ihre Handtasche in den Overhead-Compartments über sich verstauen. Und im Falle einer Notlandung müssten Sie oder Ihr Begleiter an dem roten Hebel da ziehen und dann die Tür nach außen drücken. Nicht nach innen. Haben Sie das verstanden?"

Zoe ist genervt von seinen Belehrungen. Sie dreht sich ein Stückchen nach hinten, erblickt aber nur einen Teil seiner knallgrünen Uniform. „Was gibt's da nicht zu verstehen? Packen Sie doch meine Handtasche da oben irgendwo rein, wenn's unbedingt sein muss", pampt sie und dreht sich wieder um.

„Zoe? Das ist ja 'n Ding! Wir haben uns ja ewig nicht gesehen", ruft der Flugbegleiter verblüfft. Seine Überraschung ist echt. Zoe blickt dem Mann endlich ins Gesicht. Es dauert einen Moment, bis sie ihn erkennt.

„Max? Das gibt's doch nicht! Was machst du denn hier?" Sie starren sich entgeistert an. Nico beobachtet irritiert die Szene, schweigt und versucht krampfhaft, die Situation zu verstehen.

Zoe fasst sich als Erste wieder. Sie atmet tief durch und lächelt Max jetzt so locker wie möglich an.

„Mensch Max, seit wann jobbst du denn als Saftschubse, äh, Stewardess?" Sie grinst ihn an.

Max starrt pikiert zurück. Zoe scheint nicht ganz seinen Humor getroffen zu haben.

„Ich arbeite seit drei Monaten als Flugbegleiter."

Max ist noch immer groß und schlank, aber seine Angewohnheit, die Schultern hängen zu lassen, hat sich scheinbar noch verstärkt. Mit krummem Rücken, schlackernden Armen und seinen inzwischen langweiligen, braunen Haaren hat er so gar nichts mehr mit dem blond-gesträhnten Jüngling zu tun, in den sich Zoe vor vielen Jahren kurzzeitig verguckt hatte.

Sie versucht, besänftigend zu klingen, und sagt:

„Aber ich dachte, du hast vor ein paar Jahren dein Studium mit Bravour abgeschlossen und bist jetzt Architekt."

Er blickt sie aus traurigen Dackelaugen an.

„Stimmt, aber ich hatte irgendwann keine Lust mehr, ständig Keller und Dachgeschosse auszubauen. In dem Büro, in dem ich gearbeitet hab, war das leider zu 90 Prozent mein Job. Deshalb hab ich gekündigt." Seine Stimme hat immer noch den gleichen, immer leicht beleidigten Tonfall. Seinerzeit hatte das noch etwas Lässiges. Jetzt klingt er nur noch frustriert.

„Wie? Einfach so gekündigt? Um Flugbegleiter zu werden?"

„Nee, ich wollte endlich zu mir selbst finden und hab angefangen zu schreiben. Einen Lyrikband."

„Oh, das klingt ja spannend! Hab ich gar nicht mitgekriegt. Wann ist das denn erschienen?", fragt sie interessiert.

„Na ja, bisher noch nicht ...", antwortet Max.

Zoe schaltet sofort wieder einen Gang runter und wird verständnisvoll:

„Oh, das ist ja blöd. Und wovon hast du in der Zeit gelebt?"

„Na, mein Freund hat die Miete und den Rest für uns beide bezahlt."

„Das ist doch dieser Sozialarbeiter, oder? Was sagt der denn zu deinem neuen Job?"

„Er ist vor Kurzem ausgezogen ..." Max verstummt.

„Die Fettnäpfe stehen heute aber auch wieder dicht an dicht ... Wie komm ich aus der Nummer denn bloß wieder raus?", überlegt Zoe krampfhaft.

„Oh, das tut mir leid", beeilt sie sich, zu sagen. „Ihr wart doch fast zehn Jahre zusammen, oder?"

„Elf."

Sie sucht hektisch nach den passenden, tröstenden Worten:

„Tja, ist doch toll, dein neuer Job. Du kommst rum, lernst neue Leute kennen ..."

„Meinst du wirklich? Ich war mir ja zuerst nicht so sicher, aber ich muss mich jetzt eben irgendwie selbst finanzieren." Max lächelt tapfer.

„Aber klar! Lass dich nicht unterkriegen. Und vielen Dank, dass du uns das so toll mit dem Notausgang erklärt hast."

„Ist schließlich mein Job. Soll ich deine Handtasche verstauen? Wir starten ja gleich. Seid ihr auch angeschnallt?" Jetzt ist Max wieder ganz in seinem Element.

„Ja, sind wir. Wir sehen uns dann später, oder?", murmelt Zoe zaghaft.

„Klar, wenn ich mit dem Bordverkauf durchkomme", antwortet er wenig begeistert und schlängelt seinen langen, schlaksigen Körper möglichst elegant durch den engen Mittelgang.

„Woher kennst du den denn?", fragt Nico vorsichtig.

„Ach, wir haben seinerzeit beide Germanistik studiert. Als er dann zu Architektur wechselte, haben wir uns aus den Augen verloren. Musst du nicht kennen."

Zoe kauft Max aus Höflichkeit zwei überteuerte, geschmacklose, belegte Brötchen ab, als er sein Wägelchen durch die Reihen schiebt. Peinlich berührt versucht sie, möglichst konzentriert in ihre Zeitschrift zu gucken, als der Mann, den sie früher mal angeschmachtet hatte, schließlich über Lautsprecher noch eine dämliche Lotterie anpreist und die Fluggäste zum Kauf von Losen animieren muss. Ein weiteres Gespräch kommt nicht zustande.

Zoe verdreht die Augen, als die Passagiere nach der Landung in peinliches Geklatsche verfallen.

„Applaudieren die auch ihrem Busfahrer, wenn er sie ohne Unfall zu ihrer Haltestelle gefahren hat?" Sie will bloß noch raus aus dem Flieger. An der schmalen Tür verabschiedet sie sich von Max:

„Tja, dann mach's mal gut! Vielleicht sehen wir uns ja mal wieder", sagt sie ohne großen Nachdruck.

„Ja, gerne", strahlt er, „vielleicht schon bei deinem Rückflug!"

„Ja, vielleicht …" Und raus ist Zoe.

Die Ankunft

Mit dem Flughafen-Bus fahren sie in die Stadt. Plötzlich fragt Nico:

„Wer ist jetzt eigentlich Roland?"

Zoe lächelt vielsagend. „Roland ist ein sehr lieber Freund. Wir kennen uns noch aus Berlin. Aber er lebt schon seit Jahren in Spanien."

„Und was macht der so?", bohrt Nico weiter.

„Er hat eine Sprachschule, in der er zwanzig Lehrer beschäftigt, die den Angestellten von spanischen Firmen Unterricht in allen möglichen Sprachen geben. Scheint ganz gut zu laufen – ihm gehören inzwischen eine Wohnung in Barcelona und drei Häuser in Bergdörfern weiter südlich", erklärt sie begeistert.

„Aha ... Und bei dem übernachtest du also sonst, wenn du hier bist?" Er lässt nicht locker, und Zoe genießt es, ihn zappeln zu lassen.

„Ja, genau. Seit Jahren. Wir verstehen uns blendend. Und wenn er in Berlin ist, schläft er bei mir." Das sitzt. Nico fragt nicht weiter.

Das Hotel ist schon etwas in die Jahre gekommen, klein und schnuckelig – und das Zimmer hat zwei große Fenster mit Aussicht! Zoe ist sehr zufrieden. Nico nicht so.

„Es tut mir wirklich schrecklich leid, dass die hier nur Doppelbetten haben. Das wusste ich nicht! Ehrlich!"

„Ach Nico, das ist doch nicht so schlimm. Es sind doch immerhin zwei getrennte Matratzen. Da rollen wir wenigstens nachts nicht in der durchgelegenen Kuhle in der Mitte zusammen. So ein Bett hatte ich nämlich mit Roland bei meinem ersten Besuch in Barcelona. Damals hatten wir nicht mal ein Fenster im Zimmer. Hier dagegen ist der Ausblick toll. Ich find's sehr schön!"

„Na, wenn's für dich wirklich okay ist …?", antwortet Nico zögernd.

„Nun komm! Entspann dich! Lass uns einen Cortado trinken gehen. Ich kenn da ein nettes Café an den Ramblas", stupst ihn Zoe in die Seite. „Und dann kannst du mir endlich erzählen, was du hier eigentlich fotografieren willst."

Das Straßencafé hat sich kaum verändert. Nur die Comic-Stimme mit ihrem ständigen „muy bien, muy bien" fehlt. Und wesentlich wärmer ist es auch. Seitdem ist Zoe nur zwei-, dreimal kurz in Barcelona selbst gewesen. Sie hat sonst immer in Rolands liebevoll renovierten Häusern in dem Bergdorf, eine Stunde weiter südlich, Urlaub gemacht und sich dort so wohl gefühlt, dass ihr Tagesausflüge in die Stadt gereicht hatten. Metropolenleben hat sie ständig zu Hause. Da genießt sie lieber das Landleben, wenn sie hier ist.

Während sie vom Hotel aus Richtung Plaza Catalunya bummeln, stellt Zoe fest, dass sich Barcelona inzwischen sehr verändert hat. Zum Glück positiv. Das heruntergekommene Stadtviertel, in dem sie damals mit Roland gehaust hatte, ist frisch renoviert und der Stadtstrand Barcelonetta stinkt nicht mehr nach Kloake. Die meisten alten Straßenzüge sind renoviert, die architektonischen Wunder von Gaudí erstrahlen wieder in ihrem ursprünglichen Glanz, und viele neue Gebäude sind entstanden. Sie freut sich darauf, die katalanische Hauptstadt an der Seite von Mr. Right ganz neu zu entdecken.

Sie lässt sich ihren Cortado schmecken. Nico schweigt.

„So, jetzt erzähl doch endlich, was du für ein Buch machst", bringt Zoe das Gespräch in Gang.

„Also eigentlich mach ich das nicht direkt. Ein Bekannter von mir schreibt ein Buch über die europäische Partyszene, und ich bin einer der Fotografen, die die passenden Bilder dazu liefern. Und da Barcelona eine tolle Clubszene hat, will ich mich hier mal umsehen und hoffentlich auch ein paar gute Fotos schießen", antwortet er zögernd.

„Das ist ja super!", freut sich Zoe. „Was kann's Schöneres geben, als auf Partys zu gehen und damit noch Geld zu verdienen?"

„Na ja, so viel gibt's jetzt auch wieder nicht dafür. Ich muss mir schließlich erst mal einen Namen machen", sagt er bescheiden.

„Hast du denn schon eine Idee, wo du anfangen willst?"

„Ja, also da ist heute Abend in Barcelonetta so eine riesige Strandparty, anlässlich des ,Sonar'-Festivals, und da sind viele große Labels mit ihren Top-DJs vertreten. Da müsste ich eigentlich hin. Wenn du auch Lust hättest?"

„Na klar! Klingt total spannend. Aber vorher gehen wir Essen. Ich krieg langsam Hunger."

„Sicher, worauf hast du denn Hunger? Fisch? Tapas?"

„Nee, auf gebackenes Hähnchen und anschließend ,Pyjama' mit ganz viel Sahne!"

„Äh, okay … Klingt auch ganz lecker … Und wo gibt's das?"

„In jedem netten, billigen Lokal an der Ecke. Aber vorher muss ich ins Hotel. Duschen und Stylen. Und Roland muss ich auch noch anrufen. Den treff ich dann morgen. Wenn du magst, kannst du natürlich gern mitkommen. Ich muss dich doch vorstellen." Sie grinst ihn schelmisch an.

„Klar, gerne …", murmelt Nico etwas unbehaglich.

„Aber jetzt trinken wir noch einen Kaffee", beruhigt Zoe ihn.

Die Party

Das Hähnchen schmeckt so wie früher, aber das winzige Sahnehäubchen auf ihrem Flan kann Zoe nicht überzeugen.

Roland hat sie zwar vorgewarnt, dass sich Vieles in der Stadt verändert hätte. Aber auch der Flan con nata? Zoe ist erschüttert.

Nico kann ihren Ärger nicht nachvollziehen.

„Da ist doch Sahne drauf. Was stört dich?"

„Ist schon okay. Ich hatte mich eben nur so sehr darauf gefreut, und nun ist es ganz anders. Ich weiß, dass das albern ist. Manchmal bin ich eben eine sentimentale Kuh."

„Muh!", macht Nico, und Zoe muss grinsen.

„Du bist süß." Ihre Laune bessert sich sofort wieder. „Lass uns hier noch was trinken und dann endlich zu der coolen Party gehen. Ich will mal wieder richtig abtanzen."

Sie nehmen ein Taxi zum Strand von Barcelonetta. Als sie ankommen, ist die Party schon in vollem Gange. Nico steht – mit Begleitung – auf der Gästeliste, und Zoe findet es sehr schick, dass sie sich nicht in die lange Schlange einreihen muss, sondern direkt zum VIP-Counter vorgehen kann. Während Nico darauf wartet, dass die hippe, aber scheinbar nicht sehr helle Lady auf der Liste seinen Namen findet, sieht Zoe sich um. Die Partygäste sind ein buntes Gemisch. Aufgedrehte Technojünger und Rastafaris mit extrem großen Pupillen, schräge Tunten im Glitzerdress, schwarzgewandete Szenetypen, sexy aufgestylte Ladys und sogar ein paar tiefenentspannte Hippies.

„Da bin ich ja mal auf die Musikmischung gespannt – bei dem Durcheinander ...", denkt Zoe. „Immerhin gibt's an meinem Styling nix zu meckern. Ich fühl mich wohl so!" Sie hat sich nach mehreren Versuchen – bei denen Nico nicht wirklich hilfreich war, denn er fand alles ‚irgendwie toll' – für ein knalloranges Top zu schwarzem Mini und Riemchen-Sandaletten mit moderaten Absätzen entschieden.

Endlich bekommt Nico die Tickets. In dem großen, weißen Zelt am Eingang haben diverse Musiklabels ihre Stände aufgebaut. Zoe gibt sich interessiert, aber eigentlich will sie statt der Musiktheorie lieber die Praxis genießen und tanzen. Als sie endlich aus dem Zelt treten, verschlägt es ihr den Atem: Unter diversen bunten Scheinwerfern, Lasern und flackernden Spotlights tanzen Hunderte Menschen auf einer riesigen silbernen Tanzfläche mit Blick aufs Meer. Rundherum ist weißer Sand.

„Das ist ja traumhaft", jubelt sie.

„Ja, sieht klasse aus", stimmt ihr Nico zu. „Da muss ich mir einen erhöhten Standort suchen, um das alles aufs Bild zu kriegen."

„Ach, ja, wir sind ja zum Arbeiten hier …" Zoe zögert.

„Aber du doch nicht! Amüsier dich! Ich hab dich durch mein Objektiv schon im Blick. Und für alle Fälle treffen wir uns in einer Stunde wieder hier am Eingang, okay?"

„Wenn's dir nichts ausmacht? Ich würd schon ganz gern ein bisschen tanzen."

„Aber klar. Viel Spaß!"

Ohne Zoes Antwort abzuwarten, dreht er sich suchend um und marschiert los.

Aus den riesigen Boxen dröhnt exotische Musik. Indische Klänge mit harten Beats unterlegt.

„Die scheinen hier ja voll auf dem Bollywood-Trip zu sein. Soll mir recht sein." Und damit mischt sie sich unter die Tanzenden. Mit den Rhythmen können sich offenbar sowohl Technofans, als auch Hippies anfreunden.

Zoe überlässt sich der Musik, taucht ein in die fremden Sounds und vergisst darüber völlig die Zeit – und Nico. Sie flirtet beim Tanzen mit diversen Typen, total entspannt, denn sie ist ja heute endlich mal nicht auf der Pirsch.

„Ist schon ganz angenehm, wenn man nicht allein unterwegs ist. Auch wenn Nico sich seit drei Stunden nicht hat blicken lassen – seit drei Stunden?" Zoe schreckt zusammen und starrt geschockt auf die Uhr. „Wollten wir uns nicht nach einer Stunde am Eingang treffen? Der ist bestimmt total sauer, dass ich ihn versetzt hab. Oder er ist schon weg. Wie heißt unser Hotel noch mal? Oh, Shit!" Hektisch drängelt sie sich zum Rand der Tanzfläche. So schnell es geht, stapft sie auf ihren Sandaletten durch den weichen Sand und steuert den vereinbarten Treffpunkt an. Kein Nico.

„Oh, nein! Was mach ich denn jetzt?" Zoe entscheidet sich erst mal für das Naheliegendste – sie holt sich einen Drink. Mit ihrer Piña Colada in der Hand, stellt sie sich wieder in die Nähe des Zelts. Möglichst lässig nuckelt sie abwechselnd am roten und am grünen Strohhalm. Fieberhaft überlegt sie, ob Nico tatsächlich schon weg ist und wenn ja, wie sie zu ihrem Hotel zurückfinden soll. Der Name will ihr partout nicht einfallen.

„Irgendwas mit Rei … Oder Reina? Jedenfalls kommt irgendwie das spanische Königshaus vor. Aber wahrscheinlich heißt in Barcelona jedes zweite Hotel so ähnlich. Was mach ich bloß?"

Langsam wird Zoe nervös. Dann entdeckt sie endlich Nico, wie er sich entspannt grinsend auf sie zu bewegt.

„Der Typ hat ja echt die Ruhe weg! Na, der kann was erleben!", denkt sie und fährt ihn an:

„Nico! Wo kommst du denn her? Ich dachte schon, du wärst weg! Wie kannst du mich so erschrecken?"

„Tschuldige, ich hab total die Zeit vergessen", antwortet er kleinlaut.

„Na, toll! Und ich steh hier rum und mach mir Sorgen!" „Es gibt hier so viele Fotomotive. Ich wusste gar nicht, was ich zuerst aufnehmen sollte. Aber ich hab dich zwischendurch fast immer im Blick gehabt. Bis vor ein paar Minuten hast du dich doch noch bestens beim Tanzen amüsiert."

„Äh, ja, ich hab wohl auch ein bisschen die Zeit vergessen", gibt Zoe zu. „Aber dann stand ich hier, du warst nicht da, und ich weiß nicht mal, wie unser Hotel heißt!"

„Jetzt bin ich ja da. Soll ich dir noch einen Cocktail holen?", meint er versöhnlich.

„Lass uns lieber tanzen!", entscheidet sie.

„Äh, ich tanze nicht."

„Wie? Was soll das heißen?"

„Ich seh dir gerne dabei zu, aber selber mag ich nicht tanzen."

„Aber damals im ‚Dschungel', als ich dich das erste Mal getroffen hab, warst du doch auf der Tanzfläche", insistiert Zoe.

„Da war ich ja auch auf der Flucht vor Barbara. Ich hab einfach nur ein bisschen im Dunkeln mitgewippt. Tanzen mag ich wirklich nicht."

Damit ist das Thema für Nico erledigt.

„Ein Mann, der nicht tanzt …" Zoe kann es nicht fassen. „Ohne Groove und Rhythmusgefühl ist von so einem doch auch in Bezug auf andere Dinge nicht viel zu erwarten", denkt sie entgeistert. „Das wird ja eine interessante Nacht ..."

Schließlich reißt sie sich zusammen und antwortet versöhnlich:

„Kein Problem, ich hab in den letzten drei Stunden für uns beide getanzt. Meine Füße tun langsam weh, es ist schon halb fünf, und ich hätte Lust auf einen Absacker in einer ruhigen Kneipe – ohne Bollywood-Musik ..." Er lächelt erleichtert.

„Na, dann suchen wir uns draußen ein Taxi. Kommst du?" Zoe blickt noch einmal zurück auf die grandiose Kulisse und folgt Nico zum Ausgang.

Der Unfall

Auf der großen Straße, die vom Strand in die City führt, ist um diese Zeit schon ziemlich viel los. Frühe Pendler sitzen müde hinterm Steuer, und ein paar unermüdliche Nachtschwärmer brausen zur nächsten Party. Langsam wird es hell.

Zoe und Nico überqueren die breite Fahrbahn und halten Ausschau nach einem Taxi.

„Scheint nicht direkt die Hauptstrecke für Taxen zu sein. Aber hier muss auch ein Bus fahren, zumindest gibt's eine Busspur", stellt Zoe fest.

„Ich seh keine Haltestelle", antwortet Nico müde und genervt. „Ich hab keine Lust, meine schwere Kameratasche zu schleppen. Lass uns hier auf ein Taxi warten." Entschlossen stellt er die Tasche mitten auf den Bürgersteig und hockt sich darauf.

„Okay, okay. Ich stell mich an die Straße, und wenn eins kommt, wink ich's ran", sagt Zoe beschwichtigend.

In Gedanken versunken, steht sie schläfrig am Bordstein und lässt die Autos an sich vorbeiziehen.

„*Zoe*!" Nicos gellender Schrei schreckt sie auf.

„Ja? Was denn …?", und verspürt im selben Moment einen heftigen Schlag am Kopf. Sie taumelt, sieht im Augenwinkel noch etwas sehr Großes, Orangefarbenes neben sich und geht zu Boden.

Nico ist aufgesprungen und hockt neben ihr, als sie verwirrt wieder die Augen aufmacht.

„Was war das denn?", fragt sie ungläubig und sieht sich irritiert um.

Nico starrt sie entgeistert an. „Oh Gott, Zoe! Lebst du noch? Tut dir was weh? Du siehst furchtbar aus!"

„Danke für das Kompliment", erwidert sie sarkastisch. „Mein Kopf fühlt sich an, als hätte ich gerade einen Boxkampf über zehn Runden hinter mir. Und mit dem Sieg sieht's wohl schlecht aus, was?" Sie fasst sich ans linke Auge und fühlt etwas Warmes, Feuchtes.

„Oh, Blut …", sagt sie verwirrt und betrachtet ihre Hand. „Da, Nico, guck mal. Das ist aber ganz schön viel."

Auf jeden Fall zu viel für Nico. Er starrt gebannt die blutrote Hand an, blickt Zoe ins Gesicht und kippt wortlos hinten über.

„Nico!"

Bevor Zoe sich um ihren ohnmächtigen Freund kümmern kann, stehen plötzlich Männer in orangefarbenen Uniformen neben ihr und sprechen in schnellem Katalanisch auf sie ein.

„No comprendo", bringt sie schließlich hervor, und denkt völlig unpassend:

„Die Jungs passen ja farblich perfekt zu meinem Top."

Einer der Männer beugt sich zu Nico runter und tätschelt unsanft seine Wangen. Die Behandlung verfehlt ihre Wirkung nicht – Nico kommt langsam wieder zu sich, stöhnt auf und plappert los:

„Oh, wie peinlich. So was dürfte mir eigentlich nicht passieren, schließlich war ich früher mal Zivi, und da hab ich ganz oft …"

„Was ist denn passiert?", würgt Zoe ungeduldig seine Erklärung ab.

„Der Wagen da hat dich mit seinem Außenspiegel erwischt."

Jetzt endlich erkennt Zoe, was neben ihr auf der Busspur steht – ein verdammt großer, orangefarbener Müllwagen. Und die uniformierten Müllwerker stammeln weiter Entschuldigungen.

Zoe spürt, wie ihr linkes Auge langsam zuschwillt. „Das sollte sich vielleicht mal ein Arzt angucken", sagt sie schwach.

Sofort ist Nico wieder Herr der Lage. Er fuchtelt wild mit den Armen und redet laut auf die beiden Spanier ein:

„Schnell, wir brauchen einen Krankenwagen! Sie ist schwer verletzt. Und die Polizei muss auch kommen. Los!"

Die Müllmänner schauen ihn verständnislos an.

„Ambulancia, por favor! Policia tambien! Telefono! Aber pronto!", bringt Zoe jetzt mit ihrem Minimal-Spanisch die Jungs auf Trab.

„Dass Männer aber auch immer so hilflos und begriffsstutzig sind, wenn's darum geht, mehrere Dinge gleichzeitig geregelt zu kriegen ..."

Jetzt kommt Bewegung in die Gruppe. Einer zückt sein Handy und spricht aufgeregt hinein. Zoe versteht nur das Wort „Ambulancia" und lässt sich erleichtert zurücksinken. Ihr Kopf tut jetzt höllisch weh, und ihr Gesicht brennt. Nico schiebt ihr seine Fototasche als Kopfstütze unter und tätschelt ihre Hand. Dabei vermeidet er es tunlichst, ihr in das ramponierte Gesicht zu sehen.

Nach wenigen Minuten erklingen die Sirenen. Mit quietschenden Reifen und Blaulicht kommt der Krankenwagen neben ihnen zum Stehen.

„Auch 'ne coole Lightshow, nur die Musik ist nicht so ganz mein Fall", denkt Zoe und muss grinsen.

Doch das tut weh, also blickt sie die Männer in Weiß lieber ernst an. Ein gut aussehender, junger Mann, wahrscheinlich der Arzt, geht vor ihr auf die Knie, redet beruhigend auf Spanisch auf sie ein und besieht sich ihr

Gesicht eingehend. Von dem, was er dann zu ihr sagt, versteht sie nur die Worte „Hospital Clinic" und nickt. Man legt sie auf eine Trage mit Rädern und schiebt sie zum Krankenwagen. Nico steht hilflos daneben und starrt konzentriert auf den Schriftzug „Ambulancia".

„Nico, du musst unbedingt Roland anrufen. Er soll ins Krankenhaus kommen und übersetzen. Wer weiß, was die da mit mir machen."

„Aber, ich dachte, ich fahr mit …", stottert er verunsichert und fixiert, wie hypnotisiert, weiter das Fahrzeug.

„Un momento, por favor!", stoppt Zoe die beiden Männer, die sie gerade in den Wagen schieben wollen. „Komm mal her, Nico!" Zögernd tritt er näher.

„Jetzt guck mich bitte mal an und hör genau zu. Hier ist mein Adressbuch, und Roland steht unter ‚R'. Da gibt es mehrere Nummern für Handy, Dorf, Büro, Barcelona und so. Du rufst ihn jetzt zu Hause an. Er schläft bestimmt noch, aber wenn du ihm erklärst, was passiert ist, kommt er sicher gleich ins ‚Hospital Clinic'. Hast du verstanden?"

Jetzt endlich sieht Nico sie an. Er nickt mechanisch, starrt entgeistert auf das Blut in ihrem Gesicht – und geht wieder zu Boden …!

„Oh, nein! Nico! Verdammt noch mal, wie kann ein erwachsener Mann mit Zivi-Erfahrung nur so eine Memme sein?", stöhnt Zoe.

Die Krankenpfleger lassen sie stehen und kümmern sich um den ohnmächtigen Nico. Der kommt zum Glück schnell wieder zu sich, wehrt ärgerlich die helfenden Hände ab und rappelt sich mühsam auf die Beine.

In diesem Moment bremst ein Polizeiwagen am Straßenrand.

„Na, Nico, geht's wieder?", fragt Zoe halb belustigt, halb besorgt.

„Ja, klar! Das ist mir noch nie passiert! Ich hab heute wohl zu wenig gegessen …"

„Kannst du bitte den Polizisten meinen Namen geben und dir aufschreiben lassen, mit wem wir über den Unfall sprechen müssen? Roland wird das dann übersetzen." Erschöpft lässt sie sich wieder zurücksinken, sieht die unentschlossen herumstehenden Krankenpfleger an und kommandiert:

„Vamos! Ich muss ins Krankenhaus. Tschüss Nico, bis später." Die schweren Türen fallen ins Schloss, Blaulicht und Sirene werden eingeschaltet, und los geht's in die Klinik.

Der Schock

Nico schaut hilflos dem davonfahrenden Krankenwagen hinterher. Die beiden Polizisten merken schnell, dass er kein Wort Spanisch oder Katalanisch spricht, und versuchen es schließlich auf Englisch. Endlich klappt die Verständigung halbwegs, und Nico kann den Unfallhergang in allen dramatischen Einzelheiten schildern. „There was blood, lots of blood!", betont er immer wieder. Die beiden Polizisten nicken, protokollieren alles, geben ihm eine Adresse und zeigen auf den Zettel:

„You and the girl, come later to sign. Okay?"

„Yes, okay! Thank you", sagt Nico erleichtert.

Während sich die Polizisten mit den Müllmännern auf Katalanisch über den Unfall unterhalten, kramt Nico nach seinem Handy und sucht in Zoes Adressbuch Rolands Nummer.

„Ganz schön viele Männernamen …", geht es ihm durch den Kopf, als er das schwarze Büchlein durchblättert.

„Da, ‚Roland'. Fünf verschiedene Nummern! Der scheint ja echt wichtig zu sein. Ah, ‚Barc.' wird ja wohl für Barcelona stehen. Am besten mit der ganzen Vorwahl: 0034 … …" Während Nico wählt, überlegt er, wie Roland auf ihn reagieren wird. Was für eine Art von Freund ist der eigentlich für Zoe? Es klingelt sechs Mal. Hoffentlich ist er überhaupt da … Dann endlich, nach dem achten Klingeln, meldet sich eine verschlafene Männerstimme: „Si?"

Nico legt sofort los: „Äh, hola! Roland? Hier ist Nico, ein Freund von Zoe. Sie hatte einen Unfall! Du musst sofort kommen!"

Stille am anderen Ende. Dann ein kurzes:

„Un momento." Und lauter nach hinten: „Roland! Es para ti. Un Aleman …!"

Der Telefonhörer wird unsanft abgelegt und Schritte entfernen sich.

„Si?" Eine andere, tiefere, ebenso verschlafene Stimme meldet sich.

„Bist du Roland?"

„Ja?"

„Ich bin Nico. Sorry, für die späte, äh, frühe Störung, aber es ist ein Notfall. Zoe hatte gerade einen Unfall!", stößt er hervor.

„Was? Wann und wo? Was ist passiert?" Roland ist plötzlich hellwach.

„Wir haben am Strand auf ein Taxi gewartet, und dann kam der Müllwagen. Er hat sie einfach umgefahren. Zoe hat's schlimm erwischt. Ihr Gesicht ist völlig entstellt. Überall Blut! So viel Blut! Es war schrecklich!"

„Wo ist sie jetzt?"

„Im Krankenhaus. Ihr letzter Wunsch war, dass du schnell hinkommst. Sie liegt im ‚Hospital Clinic'. Weißt du, wo das ist?"

„Klar, in der Notaufnahme hab ich selbst mal nach einem Unfall gelegen. Ich muss nur meinen Wagen aus dem Parkhaus holen, komme sofort. Bist du bei ihr?"

„Nein, ich steh noch an der großen Straße in Barcelonetta, gegenüber von der Strandparty und finde kein Taxi. Ich weiß gar nicht, wie ich hier wegkommen soll …", jammert er. Nico ist mit den Nerven am Ende.

„Bleib da stehen. Ist kein großer Umweg von hier, ich hol dich ab", erwidert Roland energisch.

„Danke", seufzt Nico erleichtert, nur um dann gleich wieder hektisch zu werden: „Wie willst du mich denn erkennen?"

„Du bist circa zwei Meter groß, oder? So viele lange Spanier werden da um die Zeit wohl nicht an der Straße stehen. Bis gleich!" Und schon hat er aufgelegt.

Im Krankenhaus

Zoe liegt seit gefühlten drei Stunden, zwischen mindestens 15 anderen Patienten, im endlos langen Flur, in der Notaufnahme. Im neonbeleuchteten Gang herrscht rege Betriebsamkeit, alle scheinen durcheinanderzureden – Patienten, Pfleger und Angehörige. Bisher hat man nur ihre Personalien aufgenommen, einen Arzt hat sie noch nicht zu Gesicht gekriegt.

Weitere zehn Minuten später hat sie die Nase voll vom Warten. Trotz der Schmerzen setzt sie sich auf und spricht eine vorbeieilende Krankenschwester an:

„Por favor? Doctor? Tengo mucho aua, aua", versucht sie, sich mit einem Fingerzeig auf ihr Gesicht verständlich zu machen.

„Si, si, un poquito momento", antwortet die Schwester, lächelt sie mitleidig an, deutet mit einer hilflosen Geste auf die vielen Patienten und saust weiter.

„Ich hätte doch nicht schon bei Lektion zwölf aufhören sollen, Spanisch zu lernen", denkt Zoe resigniert, sieht sich um und entdeckt die Damentoilette. Sie steht langsam auf und schleppt sich mit dröhnendem Kopf rüber.

Der Anblick ihres verquollenen, blutverkrusteten Gesichts im Spiegel trägt nicht wirklich zur Stimmungssteigerung bei. Über Zoes zugeschwollenem linken Auge klafft eine Platzwunde, die Nase sieht irgendwie schief und unnatürlich groß aus, und die verschmierte Mascara komplettiert den wenig attraktiven Eindruck.

Entschlossen greift sie sich eins der hellgrünen Papiertücher aus dem Spender, feuchtet es an und beginnt vorsichtig die Wimperntusche zu entfernen. Unter dem rechten Auge ist das kein Problem, doch als sie das linke mit dem harten Papier berührt, zuckt sie zusammen. Es tut einfach zu weh. „Ich leg mich besser wieder hin."

Kaum hat sie ihre Pritsche erreicht, hört sie eine tiefe Stimme. Roland! Wenn der auf Spanisch flucht, geht man besser in Deckung und gibt ihm, was er will. „Wenn der seine Handwerker auch so zusammenstaucht, ist es kein Wunder, dass die dauernd abhauen", geht es Zoe durch den schmerzenden Kopf. Sekunden später saust eine völlig aufgelöste Krankenschwester, mit Roland im Schlepptau, auf sie zu und redet auf ihn ein. Er lässt sie stehen, als er Zoe entdeckt.

„Mensch Mädel, was machst du denn für Sachen? Kann man dich nicht mal einen Abend in Barcelona allein lassen? Wieso sitzt du überhaupt? Leg dich sofort wieder hin. Was für Verletzungen hast du denn, außer denen im Gesicht?"

„Hallo Roland, schön dich zu sehen – auch wenn ich dabei zurzeit auf ein Auge verzichten muss", antwortet Zoe mit einem schmerzhaften Grinsen. „Ist alles halb so schlimm – glaub ich. Allerdings hab ich bisher noch keinen Arzt gesprochen."

„Darum kümmer ich mich gleich. Die haben jetzt alle Angst vor mir. Ich dachte, du liegst im Sterben und hab alle angebrüllt. Aber so schlimm ist es ja zum Glück nicht", sagt Roland erleichtert.

„Wie kommst du denn darauf, dass ich im Sterben liege?" Zoe ist entgeistert.

„Weil dein Freund Nico mir völlig aufgelöst erzählt hat, dass du von einem Müllwagen überrollt wurdest und gestammelt hat: ‚ihr letzter Wunsch war es, dich zu sehen'. Der Typ ist immer noch völlig neben der Spur. Er wollte auch lieber draußen warten. Was hat der denn für ein Problem?"

„Oh, Mann! Der hat mich heute Abend schon Nerven gekostet. Der ist in Ohnmacht gefallen – zweimal! Er war wirklich keine große Hilfe, deshalb wollte ich ja, dass du kommst. Du kippst wenigstens nicht so schnell aus den Latschen!"

„Nee, bestimmt nicht. Aber jetzt hol ich erst mal einen Arzt. Bleib da liegen, ich bin gleich zurück!"

Nach wenigen Minuten kommt er mit einem lächelnden Arzt zurück. Roland erklärt dem Doc auf Spanisch was geschehen ist und übersetzt anschließend:

„Also, dein Kopf wird jetzt geröntgt, dann der Schmiss über dem Auge mit ein paar Stichen genäht. Tja, und deine Nase ist wohl gebrochen. Die kann man aber erst richten, wenn die Schwellung zurückgegangen ist. Und wenn du keine Gehirnerschütterung oder andere Verletzungen hast, darf ich dich mit nach Hause nehmen. Du bist jetzt nämlich meine Frau", fügt er grinsend hinzu.

„Wie bitte?"

„Ja, sonst hätten die nicht auf mich gehört. Wir sind in Spanien, mein Schatz, und da hat das Wort des Ehemannes noch immer mehr Gewicht, als das des schwulen Freundes … Comprendes, mi corazón?"

„Comprendo, teurer Gatte! Und vielen Dank!"

Die Untersuchungen verlaufen zügig. Zoe hat keine Gehirnerschütterung, übersteht das Nähen tapfer, bekommt eine kalte Kompresse mit und darf nach einer halben Stunde das Krankenhaus verlassen.

Ganz nach Vorschrift muss sie sich in einen Rollstuhl setzen und von ihrem frisch angetrauten Gemahl durch den endlos langen Tunnel der Notaufnahme fahren lassen.

Dort wartet Nico. Hektisch rauchend hockt er, seine Kameratasche neben sich, auf einem Betonpoller und zerknüllt nervös ein Stück Papier zwischen den Händen.

„Oh Mann, der scheint ja immer noch unter Schock zu stehen. Dabei bin ich doch diejenige, die hier einen großen Auftritt hingelegt hat …"

„Hallo Nico", spricht Zoe ihn behutsam an. Sofort springt er auf.

„Da bist du ja! Wie geht's dir? Warum sitzt du im Rollstuhl? Musst du nicht über Nacht in der Klinik bleiben?"

„Alles halb so schlimm. Die haben mir das Blut abgewaschen, die Platzwunde genäht und mich geröntgt. Nur meine gebrochene Nase kann ich erst später richten lassen."

„Ach herrje, gebrochene Nase … Du Arme! Was kann ich denn bloß Gutes für dich tun?"

„Der Typ macht mich noch irre", denkt sie genervt.

„Gib mir erst mal eine Zigarette, und dann pack deine Kamera aus", weist sie ihn an.

„Kamera? Was soll ich denn fotografieren?", fragt Nico verwirrt.

„Na, mich, für die Versicherung. Dann haben wir wenigstens professionelle Beweisfotos von meinem Unfall."

„Für irgendwas muss er doch gut sein …", denkt sie bissig.

„Am besten macht ihr das dort im Flur. Im grellen Neonlicht sieht's noch dramatischer aus. Die Bilder können wir dann später unsern Enkeln zeigen", feixt Roland.

„Ja, mein geliebter Gatte", stimmt Zoe zu. Nico versteht überhaupt nichts mehr, holt nur seine Kamera aus der Tasche und schießt die gewünschten Fotos.

Während er alles wieder verstaut, fragt er:

„Und, war das jetzt teuer?"

„Was?"

„Na, die Behandlung. Das hört man doch immer, dass das im Ausland immer gleich in bar gezahlt werden muss und verdammt teuer ist."

„Äh, nö. Ich hab gar nichts bezahlen müssen. Wahrscheinlich waren die nach Rolands Auftritt, als cholerischer Ehemann, so geschockt, dass sie sich nicht mehr getraut haben, mich nach einer Versicherungskarte oder Geld zu fragen", kichert Zoe.

„Dann wollen wir das Glück mal nicht überstrapazieren und uns lieber verdrücken, was? Mein Wagen steht da drüben", sagt Roland energisch. Er nimmt Zoe am Arm. Nico trabt mit seiner Tasche hinterher.

„Und jetzt?", fragt er unschlüssig, als sie im Auto sitzen. Bevor Zoe antworten kann, ergreift Roland das Wort:

„Zoe kommt jetzt erst mal mit zu mir. Sie braucht Ruhe. Ich nehm mir heute frei und kümmer mich um sie. In irgendwelche Clubs kann sie in nächster Zeit sowieso nicht gehen. Ich schlag vor, dass wir dich am Hotel absetzen. Ihr könnt dann ja später telefonieren. Ist das okay für euch?"

Zoe und Nico sehen sich unsicher an, dann antwortet sie behutsam:

„Ja, das ist wohl die beste Lösung. Ich bin echt fertig, und wär nur eine Last für dich, Nico. Du bist schließlich zum Arbeiten hier." „Viel länger ertrag ich dieses Weichei nicht mehr …"

Nico stimmt ihr kleinlaut zu:

„Ja, ist wohl das Beste. Ich ruf dich heute Abend an, okay?"

„Klar. Rolands Nummer hast du ja jetzt im Handy gespeichert."

„Ach, hier sind noch dein Adressbuch und die Unterlagen von der Polizei." Nico versucht, das völlig zerknüllte Papier wieder glatt zu streichen. „Wir sollen morgen, also heute hinkommen, um das Protokoll zu unterschreiben. Ist sicher wichtig für die Versicherung."

„Danke. Jetzt muss ich mich erst mal ausruhen", sagt Zoe so freundlich, wie möglich.

Sie wartet im Auto, während Roland ihren schweren Koffer aus dem Hotelzimmer holt. Die Verabschiedung von Nico war recht knapp ausgefallen – an Abschieds-küsschen war mit ihrem geschwollenen Gesicht nicht zu denken.

„Was hat mich an dem bloß so fasziniert?", denkt sie, als Roland sich ans Steuer setzt, Zoe angrinst und sagt:

„So, jetzt gehen wir zwei erst mal schön frühstücken, und dann erzählst du mir, wo du diese Träne aufgega-belt hast …"

Der Anwalt

Nach ihrem ausführlichen Bericht beim Frühstück ist Zoe endgültig bettreif und schläft im kleinen Gästezimmer sofort ein. Nachmittags weckt Roland sie mit dem Telefon in der Hand. Augenzwinkernd verkündet er:

„Es ist Nico ..."

„Ach, hallo Nico, wie geht's?", murmelt sie schläfrig.

„Mit geht's gut und dir?", fragt er besorgt zurück.

„Mein Gesicht tut noch weh, aber wenigstens hab ich gut geschlafen. Wie spät ist es eigentlich?"

„Kurz vor vier – nachmittags! Wann wolltest du denn zur Polizei gehen?"

„Ach ja, da müssen wir ja auch noch hin. Ich frag Roland, ob er Zeit hat, mitzukommen." Sie ruft laut:

„Cariño, können wir in einer Stunde mit Nico zur Polizei fahren, um das Protokoll zu unterschreiben?"

„Ja, klar!", kommt es von Weitem zurück.

„Also, Nico, wir holen dich um fünf am Hotel ab und fahren hin. In Ordnung?"

„Alles klar, ich warte dann an der Straße."

„Aber pass auf die Müllwagen auf ...!", schmunzelt Zoe, legt auf, kramt ihre größte Sonnenbrille aus dem Koffer, die zum Glück trotz lädierter Nase passt, und macht sich langsam fertig.

Auf der Polizeiwache spricht Roland mit den Beamten und übersetzt dann:

„Also, in dem Protokoll steht eure Version des Unfallhergangs. Das müsst ihr unterschreiben. Der Polizist hat gesagt, wenn du auf Schadenersatz oder Schmerzensgeld klagen willst, solltest du dir schnell einen Abogado, also einen Anwalt, suchen. Arnau und ich kennen da einen guten. Der ist Deutscher, lebt aber auch schon seit Jahren in Spanien und kennt sich mit dem hiesigen Recht bestens aus. Der hat uns auch schon mal wegen eines Autounfalls vertreten – und wir haben gewonnen! Ich ruf ihn an, und dann fahren wir zu ihm."

„Meinen Erholungsurlaub in Spanien hatte ich mir aber echt anders vorgestellt", denkt Zoe.

Der Anwalt hat Zeit, und so setzen sie Nico kurzerhand wieder am Hotel ab. Der scheint sich damit abgefunden zu haben, dass er nicht mehr gebraucht wird.

„Wenn's was Neues gibt, meldest du dich, Zoe, okay? Ich muss mich jetzt ja auch mal weiter um die Club-Fotos für das Buch kümmern. Schließlich bin ich eigentlich zum Arbeiten hier", grummelt er säuerlich beim recht förmlichen Abschied.

„Ja, klar!", antwortet sie etwas zu schnell und denkt: „Irgendwie ist Nico seit dem Unfall nur noch Ballast."

Zoe sieht sich beeindruckt im imposanten Treppenhaus des altehrwürdigen Gebäudes um. In der Kanzlei, im ersten Stock, empfängt sie eine attraktive Rezeptionistin und eilt ihnen auf dem weichen, dicken Teppich voraus, klopft kurz an der schweren Eichentür und lässt die beiden eintreten. Hinter seinem Schreibtisch erhebt sich ein großer Mann mit einem freundlichen Lächeln und grau melierten, kurzen Locken.

Zoe bleibt wie angewurzelt stehen und starrt ihn an. Er lächelt freundlich und bietet ihnen Platz an.

„Mein Name ist Malte von Fiandt. Hallo Roland, schön, dich mal wieder zu sehen. Und Sie sind?" Fragend lächelt er Zoe an und streckt ihr die Hand entgegen.

„Nein! Das gibt's nicht! Der tolle Hecht! Das ist doch der Süße mit dem Grübchen und den langen Locken. Der hat auf den Partys immer mit diversen scharfen Mädels rumgeknutscht. Wie kommt der denn hierher?", schießt es ihr durch den Kopf.

Zögernd sagt sie:

„Äh, hallo Malte, ich bin's Zoe. Zoe aus Berlin."

Jetzt stutzt der Anwalt.

„Zoe? Das gibt's ja nicht! Du hast dich aber verändert! Und das liegt nicht nur an der Hollywood-Sonnenbrille ... Hattest du nicht früher lange Haare?"

Roland will wissen, was hier abläuft:

„Ihr kennt euch?"

„Na ja, sozusagen", antwortet Zoe immer noch perplex.

„Ja, wir haben uns früher in Berlin flüchtig auf irgendwelchen Partys gesehen. Stimmt's?", meint Malte.

„Stimmt, aber das ist ewig her", stammelt sie verwirrt.

„Und trotzdem hast du mich auch in Anzug und Krawatte wieder erkannt ..." Er lächelt sie fragend an.

„Dieses Grübchen am Kinn vergisst man nicht!", platzt sie heraus.

„Tja ...", grinst er sie an, „das hat nicht jeder. Dass du dir das gemerkt hast ..."

„Ja, komisch, wo wir uns doch damals nicht mal unterhalten haben."

„So", unterbricht Roland das Geplänkel. „Nachdem ihr euch nun wieder gefunden habt, kommen wir zum eigentlichen Anlass unseres Besuchs. Zoe hatte gestern Nacht einen Unfall mit einem Müllwagen – sonst sieht sie besser aus", grinst er.

Zoe fasst sich wieder.

„Genau, und damit meine Versicherung die Behandlung hier in Spanien und später in Berlin das Richten meiner gebrochenen Nase zahlt und ich für meine Schmerzen und den entgangenen Urlaub Schadenersatz und Schmerzensgeld krieg, brauch ich jetzt wohl einen Anwalt", rattert sie ihr Anliegen möglichst sachlich herunter.

Nun wird auch Malte wieder amtlich:

„Die Abschrift des Protokolls von der Polizei habt ihr mit?"

Zoe kramt die Papiere aus ihrer Handtasche.

„Ja, hier, bitte."

„Dann seh ich mir das mal an, spreche mit den Polizisten, die am Unfallort waren und melde mich bei euch. Du wohnst bei Roland?"

„Ja", antwortet Zoe zögernd.

„Der weiß hoffentlich, dass Roland nicht mein Lover ist ...", denkt sie.

„Wunderbar. Die Nummer von Arnau und dir hab ich ja. Dann meld ich mich morgen."

„Klasse, danke!" Erleichtert lächelt sie Malte an. Sie blickt ihm noch einmal tief in die Augen, was aber dank ihrer dunklen Sonnenbrille ohne Wirkung bleibt, und schüttelt ihm die Hand.

Als die schwere Holztür hinter ihnen ins Schloss fällt, sieht Zoe Roland fragend an.

„War's das schon?"

„Ja, das ist im Moment alles. Aber morgen meldet er sich ja wieder ...", grinst er.

„Roland! Was du immer gleich denkst!"

„Na, du konntest dich ja kaum trennen ..."

„Quatsch!", raunzt Zoe und wechselt das Thema. „So, jetzt hab ich Hunger."

„Kein Problem. Ich weiß auch schon, wo wir hingehen. Es gibt nämlich immer noch das kleine Lokal, in dem wir mal Essen waren. Inzwischen haben die renoviert, aber die Hähnchen schmecken noch genauso knusprig wie damals."

„Und der ‚Pyjama'?", fragt sie skeptisch nach.

„Du wirst zufrieden sein", lacht er.

Als Zoe zwei Stunden später im „Pollo Loco" genüsslich den Karamellpudding unter einem riesigen Berg Schlagsahne freilegt, hat sie Roland alles erzählt, was sie über den Anwalt weiß.

Malte hatte in den 80ern tolle Partys in Kreuzberger und Schöneberger Fabriketagen veranstaltet. Dort trafen sich Maler, Musiker, Studenten und die üblichen Verdächtigen, die damals auf keiner Party fehlten. Zoe erinnert sich an aufregende Nächte – und an Maltes Grübchen … Je länger sie über ihn spricht, desto enthusiastischer wird ihre Beschreibung.

„Der scheint dich ja schon länger zu beschäftigen", fasst Roland schmunzelnd zusammen.

„Na ja, richtig kennengelernt haben wir uns ja eigentlich nie auf all den Partys. Ich scheine da immer auf der Pirsch nach Zwei-Meter-Männern gewesen zu sein und hab die interessanten, knapp 1,90er dabei wohl übersehen."

„Schön blöd", stellt Roland gnadenlos fest. „Da schleppst du hier so eine Riesen-Memme an und hättest längst einen smarten Anwalt haben können."

„Nun aber mal langsam, Roland! Nico war wirklich ganz entzückend in Berlin. Ich konnte ja nicht ahnen, dass er sich in Krisensituationen als Total-Ausfall entpuppt. Und dass ich Malte hier zufällig wieder treffe, ist ja sehr schön, aber in erster Linie ist er mein Anwalt. Guck dir doch bitte meine schiefe, dicke Nase an. Der

Herr Anwalt wird sich bedanken, wenn er privat so mit mir verkehren soll."

„Oh, Madame wollen gleich mit ihm verkehren." Roland grinst sie verschmitzt an. „Vielleicht solltet ihr erst mal etwas Trinken gehen?"

„Roland! Was du dir da zusammenreimst! Jetzt warten wir einfach mal ab, was er mir morgen in Sachen Recht erzählt."

„Wenn du meinst … Aber heul mir hinterher nicht wieder die Ohren voll, dass du eine Chance verpasst hast. Halt die Augen, beziehungsweise in deinem speziellen Fall, das rechte Auge, offen!"

Zoe knufft Roland liebevoll in die Seite.

„Du hast ja recht. Einfach mal laufen lassen, offen sein, für das was kommt. Oder wie Gregor immer so schön gesagt hat: Man darf dem Glück nicht hinterherlaufen, man muss ihm entgegengehen!"

„Ganz genau! Hast du eigentlich mal wieder was von deinen Berliner Jungs gehört? Ist Ziggy inzwischen endlich Pop-Star geworden?"

„Nee, das mit der Karriere hat er schon lange aufgegeben, echt schade. Aber er und Franz sind jetzt groß in den Antiquitätenhandel eingestiegen. Läuft wohl ganz gut, hab ich von Gregor gehört. Aber den hab ich auch schon lange nicht mehr gesehen. Nach seinem letzten Liebeskummer bin ich ausgestiegen. Ich hatte selber genug unglückliche Liebesaffären. Wir telefonieren inzwischen nur noch zum Geburtstag miteinander. Immerhin ist er Skorpion!"

„Stimmt, genau wie wir beide."

„Aber eine echte Hotnews hab ich dir noch gar nicht erzählt! Ich hab Max getroffen!"

„Ach, wo denn? Ist er inzwischen schwerreicher Architekt?", fragt Roland.

Zoe grinst und macht eine dramatische Kunstpause, bevor sie die Bombe platzen lässt:

„Nicht direkt … Er arbeitet jetzt als Stewardess bei der Billig-Airline, mit der ich hierher geflogen bin!"

„Nein! Das ist ja der Hammer!" Roland schaut sie verblüfft an.

„Ich konnte es auch nicht fassen, als er mir plötzlich Notfallinstruktionen gab … Er sagte, er hätte keinen Bock mehr gehabt, immer nur Dachgeschosse auszubauen. Ob das jetzt eine echte Alternative ist? Einen besonders glücklichen Eindruck machte er jedenfalls nicht. Hat mir selbst auch ein bisschen Angst gemacht. Wohin wohl meine berufliche Reise gehen wird?" Sie blickt Roland zweifelnd an.

„Nun mach dir mal keinen Kopf!", sagt er streng. „Du bist doch ein ganz anderes Kaliber. Bevor du auf Saftschubse umschulst, stell ich dich lieber hier als Sprachlehrerin ein. Aber ich bin mir sicher, dass dir schon bald die richtige Idee für dein Leben kommt!"

„Ich hoffe, du hast recht …"

Mallorca

Am nächsten Tag meldet sich der Anwalt vormittags um zehn. Er teilt Zoe freundlich, aber reichlich geschäftsmäßig, mit, dass es noch eine Weile dauern wird, bis er sich um ihre Klage kümmern könne.

„Es tut mir leid, ich muss dringend wegen eines schwierigen Falls nach Madrid. Aber mach dir keine Sorgen, das läuft uns ja nicht weg. Ich bin in circa einer Woche wieder da, und dann können wir ausführlich besprechen, was wir tun wollen", erklärt er.

Betont locker antwortet sie: „Überhaupt kein Problem. Ich hatte diese Woche sowieso noch verschiedene Dinge vor und auch gar nicht so recht Zeit für dich. Äh, also ich meine, für die Klage."

„Dann ist ja gut. Ich hatte schon Angst, du wärst sauer. Auf jeden Fall geb ich dir mal meine Handynummer, falls du zwischendurch eine Frage hast."

„Ja, danke", sagt sie kühl. „Du kannst dich dann ja bei Roland melden, wenn du zurück bist. Der mailt dir die Beweisfotos von meinem lädierten Gesicht rüber."

„Perfekt! Ich freu mich schon drauf, dich bald zu sehen. Vielleicht kann ich dir dann ja schon in beide Augen gucken – ohne Sonnenbrille", fügt er grinsend hinzu.

„Wie bitte? Ach so, ja, vielleicht ist mein Gesicht bis dahin ja schon wieder etwas vorzeigbarer. Also, bis dann!"

„Ja, tschüss."

Roland schaut neugierig um die Ecke.

„Und? Wann seht ihr euch?"

„Gar nicht!", platzt Zoe heraus.

„Was? Wieso? Was hat er denn gesagt?"

„Ach, er muss sich erst mal um einen dringenderen Fall kümmern und fährt für eine Woche nach Madrid.

Der Herr scheint schwer beschäftigt zu sein", schmollt sie.

„Das ist ja 'n Ding. Den hatte ich ganz anders eingeschätzt."

„Ich hab ja gleich gesagt, dass er sich so nicht mit mir in der Öffentlichkeit zeigen will."

„Wie kommst du denn darauf?"

„Na, er hofft, dass mein Gesicht beim nächsten Mal besser aussehen würde."

„Hat er das so gesagt?"

„Nicht direkt, aber gemeint. Das spürt eine Frau!"

„Oh, weibliche Intuition … Na, ja, warten wir's ab. Was hast du jetzt vor?"

„Keine Ahnung. Aber auf keinen Fall eine Woche lang hier in Barcelona rumsitzen und warten, dass der Herr Advokat mir irgendwann eine Audienz gewährt!"

Roland sieht sie skeptisch an. Er kennt sie lange genug, um zu wissen, wie er sie wieder beruhigen kann.

„Nun entspann dich mal, und komm frühstücken. Arnau hat uns leckere Ensaimadas zum Kaffee besorgt."

Angesichts der Aussicht auf verlockende Süßigkeiten ist ihre Wut weitestgehend verraucht.

Gerade als Roland die heiße, aufgeschäumte Milch in die großen Kaffeetassen schüttet, klingelt Zoes Handy, das im Gästezimmer liegt. Sie springt hektisch auf.

„Vielleicht hat er's sich ja doch noch anders überlegt", ruft sie und stürzt zum Telefon.

„Ja, hallo?"

„Ey, hallo Zoe! Ich bin's, Damian. Wo treibst du dich rum? In Berlin geht seit Tagen nur dein Anrufbeantworter dran, und im Laden haben sie so komisch rumgedruckst und dann gesagt, du hättest Urlaub", sprudelt er mit seinem unverkennbaren Bremer Dialekt hervor.

Damian, der erste schwule Mann in ihrem Leben, war kurz nach dem Abi in die Heimat seiner Eltern gezogen. Inzwischen lebt er seit vielen Jahren mit seinem kubanischen Freund Renier in Palma de Mallorca. Beide arbeiten als Chef-Flugbegleiter für zwei große spanische Airlines. Damian lebt in der Sonne, im eigenen Haus und genießt das Leben. Er arbeitet nur so viel, dass er angenehm davon leben kann. Reichtümer und Ersparnisse interessieren ihn nicht. Ihr alter Freund verfolgt schon immer konsequent das Prinzip: Arbeiten, um zu leben, nicht umgekehrt! Zoe beneidet ihn um seine schier unerschöpfliche positive Energie und seine gute Laune.

Doch jetzt hat sie jemand anderen erwartet.

„Oh, hallo Damian", antwortet sie lahm.

„Was ist das denn für eine Begrüßung?", entgegnet er entrüstet.

„Äh, sorry! So war das nicht gemeint! Ich freu mich natürlich, dass du dich meldest. Ich bin nur etwas neben der Spur."

„Wieso? Was ist passiert? Liebeskummer? Wo steckst du denn?"

„Ich bin seit ein paar Tagen in Barcelona bei Roland."

„Ach, das erklärt natürlich alles …!", unterbricht er sie angezickt.

Damian und Roland können einander nicht besonders leiden. Beide benehmen sich, Zoe zuliebe, zwar höflich und freundlich, aber unter der Oberfläche brodelt es.

„Damian! Beruhig dich! In Berlin ging's drunter und drüber. Ich hab meinen Job verloren. Das war alles super kurzfristig. Und ich hätte mich längst bei dir gemeldet, aber ich hatte hier einen Unfall." Sofort ist Damian besorgt:

„Unfall? Oh je, was ist passiert?"

Sie erklärt ihm kurz die Details.

„Tja, und Roland muss ab morgen wieder arbeiten. Dann sitz ich hier blöd rum und warte auf den Anwalt", schließt sie resigniert.

„Musst du nicht! Komm doch einfach zu mir nach Mallorca. Ich hab morgen noch einen kurzen Flug von hier nach Barcelona und ein paar Stunden später wieder retour. Da kann ich dich mitnehmen. Den Rest der Woche hab ich frei, und Renier ist noch 'ne Weile auf Kuba. Wir haben also sturmfreie Bude ...", kichert Damian. „Wir können an den Strand fahren, und ich koche für dich deine heiß geliebten Pimientos de padròn und Gambas al ajillo. Ist das ein Angebot? Wie wär's?"

„Klingt verlockend. Ich werd mal mit Roland sprechen und ruf dich dann zurück, okay?", antwortet Zoe. Sie will es sich nicht mit ihrem aktuellen Gastgeber verscherzen.

„Ja, ja ... Ich bezieh schon mal das Gästebett und kümmer mich um deinen Flug! Bis später!" Damian ist durch und durch Optimist.

Roland ist zwar zunächst nicht sonderlich begeistert von der Idee, gibt sich dann aber geschlagen. „Geht ja alles mal wieder blitzschnell bei dir. Vor zwei Tagen der Unfall, gestern der Anwalt und morgen schon Mallorca. Kein Wunder, dass du noch immer keinen Mann gefunden hast. Bei deinem Tempo kommt einfach keiner mit."

„Wir sehen uns in einer Woche", erwidert Zoe fröhlich und packt mal wieder ihren roten Riesen-Koffer.

Sie trifft Damian am nächsten Mittag am Flughafen.

„Wow, du siehst ja wirklich schlimm aus. Als wenn du eine heftige Schlägerei hinter dir hättest", begrüßt er sie lachend.

„Das trägt man in dieser Saison so", kontert Zoe. „Nach ‚Heroin-Chic' kommt jetzt der ‚Battle-Style'!"

„Na, ich weiß nicht, ob sich das wirklich durchsetzt. Aber die Sonnenbrille steht dir."

„Danke. Dann nimmst du mich so mit?"

„Na, klar! Hier ist dein Ticket. Wir sehen uns im Flieger." Und damit saust er los.

Zoe genießt den kurzen Flug und wird von Damian mit allem versorgt, was Bordküche und -Bar hergeben. Sein alter, dunkelgrüner Golf-Combi parkt am Flughafen. Er wuchtet stöhnend ihren Koffer hinein, und nach knapp 20 Minuten kann Zoe das Gästezimmer beziehen. Damian lebt in einem hübschen, alten Haus mitten in Palma. Er hat es vor Jahren gekauft und mit Renier liebevoll renoviert.

„Jetzt koch ich uns erst mal einen Kaffee, und du erzählst mir, was in den letzten Wochen so alles passiert ist", kommandiert Damian und bugsiert sie auf einen hölzernen Liegestuhl unter dem Mispelbaum im Patio. Sie macht es sich gemütlich und freut sich, als Damians zwei Kater zum Schmusen kommen.

Zoe liebt Katzen, aber ihr war die Vorstellung zuwider, ein so freiheitsliebendes Tier in einer Stadtwohnung einzusperren und stundenlang allein zu lassen.

„Damian, ich beneide dich um deine Katzen", ruft sie in die Küche.

„Dann schaff dir doch auch eine an."

„Wenn, dann müssten es mindestens zwei sein, die sich miteinander beschäftigen könnten, wenn sie allein sind. Zum Glück hängen sich Katzen nicht komplett an einen Menschen und folgen ihm auf Schritt und Tritt, sondern bestehen konsequent egoistisch auf ihrem eigenen Wohlergehen und tun nur das, was sie gerade wollen. Beneidenswert ... "

Damians Katzen können sich drinnen und draußen frei bewegen. Zoe beobachtet, wie der kleine, grau getigerte Willi mit dem großen, orangeweißen Kater Ximba, der sich scheinbar durch nichts aus der Ruhe bringen ließ, spielt. Ab und zu springen beide auf Zoes Schoß, um sich ihre Streicheleinheiten abzuholen. Sie genießt das Gefühl der warmen, weichen Katzenkörper, die sich auf ihren Beinen erst dreimal um die eigene Achse drehen, bis die richtige Position gefunden ist. Dann machen sie es sich wohlig schnurrend bequem und lassen sich kraulen.

In den nächsten Stunden erzählt Zoe. Es wird langsam dunkel, Damian zündet Kerzen und Windlichter an und legt Musik von David Bowie auf. Wie versprochen, brutzelt er für seine Freundin Pimientos de padròn – die in Olivenöl angebratenen, gesalzenen, grünen Peperoni, bei denen man nie weiß, welche mild und welche verdammt scharf sind. Aus Kühlschrank und Vorratskammer zaubert er weitere Leckereien hervor, und sie lassen sich die köstlichen Tapas unter freiem Himmel schmecken.

„Warum kann das Leben nicht immer so schön sein? Ein warmer Sommerabend, ein reizender, gut aussehender Mann, der mich bekocht und verwöhnt und keine Verpflichtungen oder Termine. Perfekt! Na ja, fast ... Wenn er jetzt noch hetero wäre ..."

Plötzlich klingelt Zoes Handy. Sie sieht aufs Display und zuckt zusammen. Nico!

„Ach herrje, den hab ich ja völlig vergessen!" Sie meldet sich mit einem zaghaften „Hallo …?".

„Hi Zoe! Wie geht's dir? Wie war's beim Anwalt? Was machst du so? Wollen wir uns treffen?", rattert Nico los. Zoe überlegt fieberhaft, wie sie ihm, ohne ihn zu verletzen, erklären soll, weshalb sie auf Mallorca ist.

„Oh, hallo Nico. Schön, dass du dich meldest. Ich wollte dich auch gerade anrufen", bringt sie möglichst locker hervor.

„Wieso, was ist los?"

„Ja, also der Anwalt hat diese Woche keine Zeit für mich, und Roland musste wieder arbeiten, und da hat Damian zufällig angerufen und mich heute mit nach Mallorca genommen."

„Was? Wie jetzt, nach Mallorca? Du bist gar nicht mehr in Barcelona? Und wer ist denn nun wieder Damian?", fragt Nico säuerlich.

„Äh, also Damian ist auch ein guter, alter Freund. Er ist Spanier und lebt auf Mallorca, und er hat diese Woche Zeit, sich um mich zu kümmern. Mein Gesicht ist ja immer noch reichlich lädiert. Außerdem muss ich mich ja schonen, hat der Arzt gesagt. Tja, und nun bin ich eben auf Mallorca und lass mich pflegen." Am anderen Ende der Leitung herrscht beunruhigende Stille.

„Nico? Bist du noch dran?"

„Ja … Hättest ja wenigstens mal anrufen können, bevor du die Stadt verlässt", mault er.

„Tut mir echt leid. Aber das ging alles so schnell. Wie lange bleibst du noch? Sehen wir uns nächste Woche, wenn ich zurückkomme?", fragt Zoe möglichst unbedarft.

„Nein, ich mach morgen Abend die letzten Bilder und dann muss ich zurück. Ich kann mir ja nicht ewig von der Uni freinehmen", antwortet er bissig.

„Oh, ja. Stimmt. Das ist ja schade. Ich weiß noch nicht, wie lang ich in Spanien bleibe. Aber wenn ich zurück bin, meld ich mich. Okay?"

„Ja, ja. Ich muss jetzt los. Da ist noch ein interessanter Club, den ich mir heute Abend ansehen will. Also, bis irgendwann dann." Nico klingt nicht besonders versöhnt. Zoe fällt aber auch nichts Aufmunterndes ein, und so verabschiedet sie sich schnell:

„Ja, bis dann …"

Nachdem sie aufgelegt hat, sagt Damian grinsend:

„Das war's dann wohl mit Nico, was?"

„Scheint so. Ich weiß bis heute nicht, was der eigentlich von mir wollte. Keine Ahnung, ob er überhaupt hetero ist. Und schwule Freunde hab ich wirklich genug! Also, adios, Nico! Das war's!" Zoe ist nicht ganz so selbstsicher und überzeugt von dem, was sie gerade gesagt hat. Sie fängt an zu grübeln:

„Und wenn er nun doch Mr. Right gewesen wär? Hab ich da gerade meine einzige Chance auf ein neues Leben verbockt? Aber so, wie er sich beim Unfall verhalten hat, war das nicht meine Kragenweite. Nee! Nico war's nicht. Eigentlich bin ich doch nur auf ihn abgefahren, weil er so groß ist. Komisch, mein Traummann muss entweder zwei Meter lang sein, wie Peter, oder aussehen wie David Bowie …."

Damian scheint, wie so oft, ihre Gedanken zu lesen:

„Komm, Zoe, lass dich nicht hängen. Kein Mann, außer David Bowie natürlich, ist es wert, dass man ihm zu lange nachtrauert." Er lächelt sie aufmunternd an. „Oder sieht Nico vielleicht aus wie der Meister?"

„Nee, ganz und gar nicht. Hast ja recht. Du bist und bleibst der einzige ‚Vize-Meister' in meinem Leben!", lacht sie.

„Genau! So hast du mich schließlich damals nach unserer gemeinsamen Nacht mit David getauft …“

„Ach ja, weißt du noch …?“ Zoe und Damian seufzen gleichzeitig. Sie erinnern sich beide, als wenn es gestern gewesen wäre.

Der Vize-Meister

Im Juni 1983 hatte Zoe das erste Mal die Gelegenheit, David Bowie live zu erleben. Gemeinsam mit Damian fuhr sie in ihrem klapprigen Kadett nach Berlin. Sie besorgten sich Karten für seine „Serious Moonlight"-Tour. Übernachten konnten sie bei Steffi, die vor kurzem nach Kreuzberg gezogen war.

Zoe hatte sich für diesen Anlass extra knallrote Lack-Ballerinas besorgt, schließlich sang David im Song „Let's dance": „Put on your red shoes and dance the blues" … Sie brezelten sich gemeinsam auf und fuhren zur Waldbühne. Es war ein warmer Sommerabend und am nächtlichen Berliner Himmel leuchtete der pralle Vollmond – serious moonlight …

Zoe war völlig aus dem Häuschen, als der inzwischen sehr blonde David schließlich die Bühne betrat und sang jeden Song, Wort für Wort, mit. Nicht zu laut, denn sie wollte ja den Meister singen hören und keines seiner kostbaren Worte verpassen. Und außerdem nahm ein heimlich eingeschmuggelter Walkman mit Mikrofon das Konzert, als privaten Bootleg für die Nachwelt, auf Kassette auf. Alles war perfekt. Zoe hatte das Gefühl zu schweben.

Nach dem Konzert beschlossen sie, den Abend im „Dschungel" ausklingen zu lassen. „Vielleicht kommt David ja auch noch", hoffte Zoe und sagte:

„Das Konzert war so toll, da kann heute einfach nichts mehr drüber gehen!"

Damian murmelte mit glänzenden Augen:

„Wir könnten uns höchstens ein Zimmer im Hotel Kempinski nehmen und hoffen … Dort übernachtet ER nämlich – hab ich gelesen."

Zoe und Steffi blickten ihn entgeistert an.

„Du spinnst! Was sollen wir denn zu dritt in einem Einzelzimmer in dem riesigen Hotel, in dem der Meister vielleicht irgendwo in seiner Suite schläft? Da feiern wir lieber noch ein bisschen im ‚Dschungel'. Das ist billiger und amüsanter!"

Sie erklommen die Galerie und setzten sich auf das blaue Samtsofa, auf dem die Mädels vor Jahren Iggy Pop kennengelernt hatten. Wenn das kein gutes Omen war … Matti arbeitete an diesem Abend auch wieder und versorgte sie großzügig mit Freidrinks. Zum wiederholten Male murmelte Zoe an diesem Abend ihr Mantra:

„Berlin ist einfach cool! Im Herbst komm ich zum Studieren und Partymachen hierher! Komme, was wolle!" Der Entschluss stand für sie felsenfest, obwohl sie noch immer auf die offizielle Zusage von der FU wartete. Aber die von ihren Eltern favorisierten, „anständigen" Unistädte kamen für sie nicht in Frage.

Die drei Hardcore-Bowie-Fans ließen noch mal das Konzert Revue passieren: wie ER geguckt hatte, was ER gesagt hatte und wie SEINE Songs live geklungen hatten. Sie waren ins Gespräch vertieft, als Matti an ihren Tisch kam. Er grinste Zoe an:

„Bowie und Band kommen später auch noch her. Ich reserviere die Tische hinter euch. Dann könnt ihr sitzen bleiben."

Zoe starrte ihren Cousin an, schnappte nach Luft und brachte endlich ein: „Echt?" hervor. Auch Damian und Steffi waren fassungslos. Aufgeregt erörterten sie die Lage. Wie sollten sie sich verhalten?

„Anquatschen geht gar nicht!" Zoe sah ihre Freunde streng an.

„Aber so nah werden wir ihm wahrscheinlich nie wieder kommen …", warf Damian aufgeregt ein.

„Ich krieg sowieso kein Wort raus", bekannte Steffi atemlos.

„Noch ist er ja nicht da. Uns wird schon das Richtige einfallen", meinte Zoe.

Die drei versuchten, locker zu bleiben, und starrten unauffällig in die diversen Spiegel, die rund herum angebracht waren, Richtung Eingang. Nach einer Stunde reichte es Zoe.

„Ich kann hier nicht einfach nur rumsitzen. Ich geh jetzt aufs Klo!"

Sie erhob sich, versuchte in ihren neuen, etwas zu engen, roten Schuhen möglichst lässig über die Galerie zu schreiten und stieg konzentriert die enge Wendeltreppe hinunter.

Als sie die vorletzte Stufe erreichte, kam ihr plötzlich jemand schwungvoll entgegen. Genervt sah Zoe auf – und blickte in das strahlende, entschuldigend lächelnde Gesicht von – GOTT! Äh, David Bowie …!

„Sorry", murmelte er höflich und schob sich an ihr vorbei nach oben. Zoe versuchte erfolglos, lässig zurückzulächeln. Stattdessen lehnte sie mit offenem Mund am Treppengeländer und ließ auch seine Entourage passieren. Dann machte sie, wie ferngesteuert, auf dem Absatz kehrt und stieg die Treppe wieder hoch.

„Die werden Augen machen, mit wem ich hier wieder nach oben komme", grinste sie in sich hinein, schlängelte sich so cool wie möglich an den neuen Gästen vorbei und setzte sich kommentarlos wieder zu ihren Freunden.

„Was war das denn?", fragte Damian atemlos. Steffi starrte sie nur stumm an.

„Tja, David und ich waren unten verabredet …!",
sagte Zoe cool.

„Wie bitte?", stammelte Damian ungläubig.

„Quatsch!", erklärte sie grinsend. „Ich bin fast in
Ohnmacht gefallen, als er mir plötzlich unten gegenüber
stand, und da bin ich natürlich sofort umgekehrt. Ist das
nicht irre?" Sie strahlte.

„Toll", sagte Damian baff. Er saß neben Zoe, mit
dem Rücken zum Geschehen. Plötzlich wurde Steffi, die
alles im Blick hatte, hektisch.

Sie flüsterte aufgeregt:

„ER sitzt jetzt genau hinter euch. Rücken an Rücken.
Wahnsinn!"

Zoe riskierte einen kurzen Blick über die Schulter
und erstarrte, als sie den hellblonden Hinterkopf von
David Bowie entdeckte.

„Jetzt oder nie!", dachte sie. Höchst konzentriert und
sehr vorsichtig legte sie ihren Arm wie zufällig auf die
Sofalehne. Stückchen für Stückchen schob sie ihn zurück – bis sie plötzlich Davids Haar an ihrem nackten
Ellenbogen spürte. Zoe hielt die Luft an, machte Damian und Steffi Zeichen und flüsterte:

„Ich berühre IHN!"

Jetzt hielten alle drei den Atem an. Bemüht, ihren
unnatürlich angewinkelten, hochgelegten Arm keinen
Millimeter zu bewegen, saß Zoe, zur Statue erstarrt, auf
dem Sofa. Langsam wurde das verdammt unbequem …

Nach einer gefühlten halben Stunde bewegte sich das
Objekt ihrer Begierde plötzlich und machte Anstalten
aufzustehen. Sofort wurde Damian hektisch:

„Er will gehen! Oh, nein! Ich will doch noch ein Autogramm!", zischte er. Zoe zog unauffällig ihren
schmerzenden, völlig verkrampften und tauben Arm
zurück und blaffte:

„Wir sind im ‚Dschungel'! Du willst den Meister doch hier nicht, wie ein peinlicher Fan, nach einem Autogramm fragen?"

„Wer ist hier der peinliche Fan? Wer hat gerade seinen Arm an seinen Kopf gehalten? Ich will ein Autogramm! Ich frag einfach mal seinen Bodyguard." Und schon erhob er sich.

Zoe und Steffi starrten ihm entgeistert nach.

„Sorry, may I ask David Bowie for an Autogramm?", sprach Damian höflich einen großen, muskulösen Mann an, der lässig an der Wand lehnte.

„Autograph, Damian, das heißt autograph", seufzte Zoe lautlos und verdrehte die Augen.

Doch der Bodyguard tippte schon David Bowie auf die Schulter, sprach mit ihm und deutete auf den jungen Mann, der strahlend neben seinem Tisch wartete.

Der Meister kam lächelnd rüber und begrüßte Damian. Der kramte nach seiner Konzertkarte und ließ Bowie darauf unterschreiben. Auch Steffi zückte ihre Karte und reichte sie stumm über den Tisch. Als auch sie ein freundliches Lächeln und die kostbare Unterschrift bekam, warf Zoe alle Bedenken über Bord.

Ohne zu ihm aufzusehen – „Oh, wie peinlich …!" – reichte sie David Bowie ihr Ticket und bekam ein Autogramm.

„Anybody else?", fragte Bowie grinsend in die Runde. Verschämt lächelten alle zurück. Zum Abschied nahm der Meister Damian sogar noch in den Arm, winkte den Mädels entspannt zu und ging.

Damian war völlig aus dem Häuschen:

„Er hat mich umarmt! Habt ihr das gesehen? Richtig umarmt! Ich schwebe …"

Zoe und Steffi waren schwer beeindruckt und beglückwünschten ihn angemessen.

„Ab sofort bist du der einzige, legitime Vize-Meister!", verkündete Zoe stolz. Damian strahlte – und war ab sofort nicht mehr ansprechbar.

Im mallorquinischen Patio, bei romantischem Kerzenschein, strahlt Damian noch immer genauso verklärt wie vor über 20 Jahren.

„War schon toll, die Nacht in Berlin, was?"

„Allerdings", bestätigt Zoe. „Manchmal hab ich das Gefühl, dass früher alles viel spannender, aufregender und interessanter war. Wird echt Zeit, dass die Gegenwart mal wieder etwas richtig Aufregendes und Neues bietet!"

Zoe hofft auf eine aufmunternde Antwort.

„Ja, dann mach doch was", sagt Damian mit leichtem Schulterzucken.

„Gern, aber was?"

„Dir ist doch bisher immer was eingefallen. Hör auf deine innere Stimme. Mach's wie ich: Überleg nicht so viel, sondern mach einfach!"

„Du hast ja recht. Aber jetzt bin ich müde. Morgen ist auch noch ein Tag …"

Der Notar

Da Zoe nach viel spanischem Rotwein und den wunderbaren Erinnerungen, die sie mit Damian bis spät in die Nacht ausgetauscht hatte, vergessen hatte, ihr Handy auszuschalten, weckt sie das penetrante Telefonklingeln um kurz nach neun. Verschlafen drückt sie die Antworttaste:

„Zoe hier. Wer weckt mich?"

„Oh, sorry. Hast du noch geschlafen?", antwortet eine sehr wache Stimme.

„Ja, klar, ich hab schließlich Urlaub", knurrt sie, öffnet die Augen und kommt endlich zu sich.

Sie reißt sich zusammen und plappert los:

„Ach, hallo Malte! Schön, dass du anrufst! DU störst mich natürlich überhaupt nicht. Wie ist es in Madrid? Viel zu tun? Wie ist das Wetter? Was gibt's Neues?"

„Interessiert dich das wirklich?", fragt Malte amüsiert. „Also, in Madrid ging alles viel schneller als erwartet, und deshalb bin ich schon wieder zurück. Als ich versucht hab, dich bei Roland zu erreichen, sagte er, dass du inzwischen bei einem anderen Freund auf Mallorca bist. Dir scheint's ja besser zu gehen, wenn du schon wieder durch die Weltgeschichte jettest."

„Ja, das hat sich ganz kurzfristig ergeben. Hier kann ich mich doch besser erholen, als in der Stadt. Damian ist ein sehr alter Freund von mir, auch aus Bremen, der jetzt in Palma lebt."

Zoe versucht, ganz locker zu bleiben.

„So, so. Geht mich ja auch nichts an. Ich würd mich aber jetzt gern um dich, beziehungsweise deine Klage kümmern. Allerdings brauch ich dazu deine Vollmacht."

„Oh, wie soll das denn gehen …?"

„Du kannst das auch bei einem Notar auf Mallorca machen."

„Sehr gerne, aber ich weiß nicht, ob Damian hier einen Notar kennt."

„Ich kenn einen in Palma, mit dem ich schon öfter zusammengearbeitet hab. Ich geb dir mal seine Adresse. Das sollte kein Problem sein."

„Klasse, danke!"

„Der verlangt dafür allerdings eine kleine Gebühr."

„Wie klein?"

„Etwa 50 Euro."

„Okay, was sein muss, muss sein", seufzt Zoe.

Mit Damian als Dolmetscher betritt sie am Nachmittag die gediegen eingerichtete Kanzlei des Notars in der Altstadt. Damian spricht mit den beiden altjüngferlichen Empfangsdamen, die gelangweilt hinterm Tresen sitzen. Nach ein paar Sätzen übersetzt er lächelnd:

„Die sagen, der Notar ist nicht im Büro – aber das wird ihnen nichts nützen …" Damit wendet er sich wieder den Damen zu und wird jetzt etwas strenger und lauter. Zoe ist das Ganze ziemlich peinlich.

Eine der Frauen läuft los, während die andere versucht, Damian zu beschwichtigen. Zoe versteht nichts, beobachtet nur fasziniert das Geschehen. Dann kommt die erste zurück und drückt ihr wortlos ein Formular in die Hand.

„Das musst du ausfüllen und deinen Perso vorzeigen, dann kriegst du einen Stempel drauf und fertig", erklärt Damian. Sie tut wie geheißen, trägt Namen und Adresse ein, unterschreibt und legt ihren Personalausweis auf den Tresen. Die eingeschüchterten Ladys werfen nur einen flüchtigen Blick darauf, knallen den Stempel auf das Dokument und starren Damian herausfordernd an. Der setzt jetzt sein charmantestes Lächeln auf, bedankt sich überschwänglich und zieht Zoe Richtung Ausgang.

Als die Tür hinter ihnen ins Schloss fällt, sieht sie ihn fragend an:

„War's das?"

„Ja, aber das Beste ist, dass die in der Aufregung völlig vergessen haben, dir die 50 Euro abzuknöpfen!", grinst er zufrieden.

„Wow! Ich bin begeistert. Jetzt schicken wir das Papier schnell Malte, und dann hab ich langsam mal wieder Hunger. Ich lad dich ein! Hab ja quasi gerade 50 Euro geschenkt bekommen", sagt sie vergnügt.

Zoe genießt die unbeschwerte Woche mit Damian. Sie schlafen aus, liegen nachmittags am Strand, trinken Kaffee in den trendigen Straßencafés von Palma, gehen Tapas essen oder grillen frische Gambas zu Hause. Langsam nimmt ihr Gesicht wieder seine ursprüngliche Form an, und dank der leichten Bräune sieht man kaum noch etwas von den Folgen des Unfalls. Lediglich ihre gebrochene Nase ist noch ein bisschen schief.

„Perfektion ist doch langweilig!", ist ihr Kommentar.

Die Gespräche mit Damian kreisen immer seltener um die Vergangenheit. „Überleg doch einfach, wozu du Lust hast und was du besonders gut kannst", rät er. Zoe blickt ihn skeptisch an. Doch anstatt, wie sonst, genervt zu reagieren, lehnt sie sich in ihrem Liegestuhl zurück und lockt den dicken Kater auf ihren Schoß. Gedankenverloren krault sie seinen Hals und genießt das Schnurren. Sie denkt über Damians Rat nach. Schließlich atmet sie tief ein und rattert los:

„Tja, also … Ich hab gern mit Menschen zu tun, sitz häufig in Kneipen und Cafés rum, schlaf am liebsten lange oder mach Urlaub. Ich rede viel und schnell, rauche aus Überzeugung, trinke mit Genuss Bier oder guten Rotwein und esse für mein Leben gern. Hm, was noch …? Also, ich kapiere sehr schnell, wie jemand tickt und wie ich mit ihm umgehen muss. Aber ich hasse Sport und Leute, die mir etwas vorschreiben und mich einengen wollen!"

„Da sind wir uns einig", stimmt Damian zu. „Und, welche positiven Eigenschaften hast du sonst noch? Denk nach."

„Ich kann Menschen überzeugen, begeistern und motivieren, aber bin nicht gerade ein Teamplayer. Ich kann mich in eine Sache vertiefen, brauch aber niemanden, der mir reinquatscht."

„Kannst du mit Kritik umgehen?"

„Na ja … Ich zieh lieber erst mal mein Ding durch und hör mir danach konstruktive Kritik an. Mein Problem ist eher, dass ich dazu neige, erst zu handeln und dann zu denken. Ich brauch jemanden, der mich ein bisschen vor mir selbst schützt. Jemanden, der mich nicht ändern und verbiegen will, dessen Urteil ich aber trauen kann. Bis jetzt ist mir – außer Gregor, dir und Roland vielleicht – aber noch niemand begegnet, dessen Ratschläge ich annehmen konnte. Wahrscheinlich muss ich einfach lernen, nicht immer die totale Kontrolle haben zu wollen, manchmal ein bisschen taktischer und cleverer zu handeln, statt so emotional. Aber nur ein bisschen … Schließlich will ich mich nicht komplett verändern!" Zoe holt tief Luft. Ximba hat aufgehört zu schnurren und starrt sie aus seinen unergründlichen, grünen Augen an. Sie krault dem Kater den Bauch und beide entspannen sich. Damian ist begeistert.

„Na, bitte! Geht doch! Wenn ich mal kurz das Wesentliche zusammenfassen darf? Du bist ein Mensch, der schnell begreift und perfekt organisieren kann. Du hast ein Problem mit Leuten, die dir sagen wollen, wo's lang geht. Du bist selbstbewusst, übernimmst gern Verantwortung und kannst am besten selbständig arbeiten. Du brauchst einen selbstbewussten Mann an deiner Seite, der dich nicht einengt oder dir seinen Willen aufzwingen will. Du stellst dir manchmal selbst ein Bein, wenn du zu emotional handelst. Aber du hast die Gabe, das Leben zu genießen. Na bitte, das war doch schon eine ganze Menge Selbsterkenntnis. Mehr, als du wahrscheinlich in den letzten Jahren formuliert hast. Hab ich recht?" Zoe sieht ihn verwirrt an.

„Stimmt. Das hab ich mir bisher nicht so klar gemacht. Ich kann echt 'ne ganze Menge: reden, schreiben, organisieren, Menschen überzeugen. Und was wird man damit? Call-Center-Tusse? Warum ist das bloß alles so kompliziert? Und warum erklärt einem das keiner? Vorher – für nachher …!" Damian lacht.

„Das musst du dir schon ganz allein überlegen."

„Ich muss also einfach entscheiden, welcher Job der richtige für mich ist und dann herausfinden, wo ich den Menschen treffe, der es mit mir aushält?" Sie hält inne. „Ich glaub, ich bin manchmal etwas schwierig …?" In der Hoffnung auf Widerspruch blickt sie Damian fragend an.

„Manchmal …", lächelt er. „Meist bist du ein liebenswerter Mensch, der eigentlich nur auf Ungerechtigkeiten und Bedrohungen heftig reagiert. Ich bin immer noch beeindruckt, wie du damals den Typen unter den Yorckbrücken zusammengebrüllt hast. Da hast du nicht lange überlegt, sondern versucht, die Frau vor dem Schläger zu beschützen."

„Stimmt! Wenn jemandem Unrecht geschieht, seh ich Rot! Das kann ich absolut nicht ab!"

„Es ist besser, dich zur Freundin zu haben, als zur Feindin …"

„Ich hab ein Elefantengedächtnis. Allerdings auch für die guten Dinge, die ich mit lieben Menschen erlebt hab. Also mach dich locker." Zoe lächelt Damian liebevoll an. „Es ist ein gutes Gefühl, Freunde zu haben, die, komme was wolle, immer für mich da sind. Eigentlich brauch ich gar keinen Hetero-Kerl an meiner Seite."

„Genau! Und im Übrigen klappt es sowieso nicht, solange du jedem potenziellen Lover gleich signalisierst: Ich will dich! Hier! Jetzt! Sofort!"

„Was? Komm ich etwa so rüber?" Zoe starrt ihn entgeistert an.

„Eine große Schauspielerin warst du noch nie. Dir merkt man ziemlich schnell an, was in deinem hübschen Köpfchen vorgeht. Und das schreckt die meisten Männer einfach ab. Der gemeine Hetero möchte immer noch gerne das Gefühl haben, dass ER die Frau erobert. Emanzipation und Metrosex haben daran nicht viel geändert." Verblüfft schweigt Zoe.

Damian sieht sie fragend an.

„Was überlegst du gerade?"

„Ich hab soeben festgestellt, dass du mir zu einer sehr wichtigen Erkenntnis verholfen hast. Ich stell ab sofort die Jagd auf ‚Mr. Right' ein!"

„Ah, ja? Für immer?"

„Na ja, sagen wir: vorerst. Und sollte er mich inzwischen finden, sehen wir weiter …" Zoe grinst breit.

„Okay, wie lautet dein Plan?"

„Ich muss erst mal zurück nach Barcelona und mich mit Malte treffen …" Er unterbricht sie:

„Aber du hast doch gerade gesagt …"

„Nein! Nicht so ‚treffen'! Ich muss doch die Sache mit dem Schadenersatz und dem Schmerzensgeld regeln, bevor ich wieder zurück nach Berlin flieg. Das ist alles!"

„Ach so …", sagt Damian vielsagend.

Die Konsequenz

Damian organisiert ihren Rückflug nach Barcelona, und Roland holt Zoe am Flughafen ab. Da das Haus, in dem seine Wohnung ist, natürlich keinen Fahrstuhl hat, schleppen sie Zoes schweren Koffer wieder rauf, in den 5. Stock.

„Na, du siehst ja schon wieder ganz manierlich aus", stellt er schnaufend fest, als sie schließlich oben ankommen. Roland hat eingekauft und marschiert in die Küche. Während Zoe wieder das Gästezimmer bezieht, steigt ihr der verführerische Duft von Olivenöl und angebratenem Knoblauch in die Nase. Sie macht es sich am Esstisch bequem und ruft halbherzig Richtung Küche: „Soll ich dir helfen?"

Sie erntet ein amüsiertes Auflachen.

„Schatz, wir wissen beide, dass du eine Menge Talente hast, aber Kochen gehört eindeutig nicht dazu. Überlass das mal lieber dem Fachmann." Zoe muss grinsen.

Roland ruft vom Herd aus:

„Mit deinem neuen alten Gesicht kannst du dich ja jetzt endlich mit Malte treffen!"

„Ja, ja, die Sonne hat mir gutgetan. Und natürlich werd ich mich mit meinem Anwalt demnächst über meine Klage unterhalten – aber auch nur darüber!", antwortet sie betont sachlich. Roland steckt den Kopf aus der Küche und blickt sie verwirrt an.

„Warum denn so förmlich? Was ist auf Mallorca passiert?"

„Ich bin mir über Einiges klar geworden."

„Ach?" Er kommt mit dem fertigen Salat an den Esstisch und setzt sich Zoe gegenüber. „Nun sag schon!"

„Ich weiß jetzt, dass ich erst mal mein eigenes Leben geregelt kriegen muss, bevor ein Mann Platz darin hat. Und jetzt lautet meine Priorität eben: Job!"

„Hui, das klingt aber erwachsen. Das ist doch nicht auf deinem Mist gewachsen …"

„Doch! Okay, um ehrlich zu sein: Damian hat mir ein bisschen die Augen geöffnet", gibt sie zu. „Findest du eigentlich auch, dass ich immer mit dem großen Lasso losgestürmt bin und jedem Mann sofort signalisiert hab, dass ich ihn haben will?" Roland bricht in schallendes Gelächter aus:

„Da hat der liebe Damian ausnahmsweise mal recht. Erinnere dich bitte an unsere erste Begegnung bei der Architektenparty. Da hast du doch auch sofort vom Hochzeitswalzer geträumt, oder?"

„Woher weißt du …? Ich hab doch nichts sagt!" Zoe fühlt sich ertappt.

„Das musstest du auch gar nicht. Das stand deutlich lesbar in deinen schönen, blauen Augen."

„Oh, nein! Wie peinlich! Und ich dachte immer, ich hätte alles im Griff. Hat ja super geklappt …" Sie ist erschüttert. Lustlos stochert sie in dem Salat herum.

„Ach, nun mach dir keinen Kopf. Das war doch für mich damals sehr schmeichelhaft. Ich wollte nie tuckig sein, und deine Reaktion hat mir bestätigt, dass ich nicht ins Schwulen-Klischee passe."

„Na, toll! Hauptsache ich konnte dich glücklich machen! Wie vielen Männern mag ich wohl im Laufe der Jahre zu einem gesteigerten Selbstbewusstsein verholfen haben? Oh, Mann!"

„Nun reg dich ab. So schlimm war's ja gar nicht. Du hattest doch in den letzten Jahren auch Erfolge mit deiner Strategie."

„Strategie? Ich hatte überhaupt keine! Ich hab immer nur nach ‚Mr. Right' Ausschau gehalten und wollte sicher gehen, dass er mir nicht durch die Lappen geht. Ich hab mich noch nie darauf verlassen, dass ich durch Zurückhaltung und Abwarten zum Zuge komme. Das können sich vielleicht süße Mädels mit naivem Augenaufschlag und Modelmaßen leisten – ich nicht!"

„Ach, Quatsch! Auf jeden Topf passt ein Deckel …"

„Was? Jetzt bin ich auch noch ein Topf? Das wird ja immer schöner."

„Nein, Zoe, so meinte ich das doch gar nicht. Dir wird schon noch der Richtige begegnen – wenn es an der Zeit ist. Hör auf, hektisch rumzulaufen und so die potenziellen Lover zu verscheuchen."

„Du hast ja recht", antwortet sie schließlich resigniert und fischt ein kleines Stück Tomate aus der Salatschüssel. „Genau zu dieser Erkenntnis bin ich mit Damian ja auch gekommen. Und deshalb hab ich beschlossen, endlich mein Singleleben zu genießen. Vielleicht noch die eine oder andere amouröse Gelegenheit mitnehmen, aber keine feste Beziehung! So! Erst mal muss eine berufliche Perspektive her."

„Bravo! Dann sind wir uns ja einig. Können wir jetzt endlich essen?"

„Ja! Und morgen ruf ich Malte an und frag ihn, wie es mit meiner Klage weitergeht. Mehr nicht! So!"

Eine interessante Erkenntnis

Trotz aller guten Vorsätze, nur kurz „dienstlich" mit ihm zu telefonieren, verabredet sich Zoe mit Malte für denselben Abend. Er wird sie um neun Uhr bei Roland – der bei dem Telefonat grinsend ihre „Konsequenz" kommentiert hatte – abholen. „Beim Essen kann ich dir dann erklären, wie es mit deiner Klage weitergeht und wie die Chancen stehen, zu gewinnen", hatte Malte gemeint, und Zoe hatte sich nicht lange geziert. Denn natürlich war sie neugierig darauf, zu erfahren, was ihn nach Spanien verschlagen hatte.

Pünktlich um neun klingelt es. Zoe springt eilig vom Sofa auf, schnappt sich ihre Handtasche, ignoriert Rolands vielsagenden Blick, drückt ihm ein Abschiedsküsschen auf die Wange und trippelt die fünf Stockwerke hinunter. Endlich unten auf der Straße angekommen, sieht sie sich verwirrt um – kein Malte. Ein kurzes Hupen – er parkt mit laufendem Motor in der zweiten Reihe.

„Parkplätze sind in Barcelona Mangelware. Ich bin froh, dass die Polizei mich noch nicht verscheucht hat. Hat ja ein bisschen gedauert …", begrüßt er sie. Zoe antwortet hektisch:

„Sorry, ich musste fünf Stockwerke laufen – mit den Schuhen …" Sie deutet auf ihre gefährlich hohen Pumps.

„Turnschuhe wären da vielleicht praktischer gewesen.", meint er skeptisch.

„Aber doch nicht zu dem Rock!", antwortet sie entrüstet.

„Stimmt. Und jetzt bist du ja da", lächelt er sie aus seinen braunen Augen an, und Zoe fallen wieder seine Lachfalten und das kleine Grübchen am Kinn auf.

„Was interessiert mich das Grübchen meines Anwalts? Zoe, denk an deine Vorsätze", ruft sie sich zur Ordnung.

„Wo fahren wir denn hin?", fragt sie betont locker.

„Lass dich überraschen. Ich hoffe, du bist keine Vegetarierin?"

„Äh, nein, ich mag Fleisch – solange ich nicht selbst schlachten muss …"

„Nein, keine Sorge, aber in dem Lokal gibt es fantastische Steaks vom Holzkohlegrill. Wär doch schade, wenn man da den ganzen Abend an einem Salatblatt knabbern würde."

„Keine Sorge, der Typ bin ich nicht! Ich esse für mein Leben gern", platzt sie heraus.

„Dann ist ja gut", sagt Malte erleichtert. „Ich hasse Frauen, die keinen Appetit haben."

Malte kurvt kreuz und quer durch Barcelona. Die nächtliche Stadt ist faszinierend. Überall sind Gebäude angestrahlt. Die „Sagrada Familia" begeistert Zoe besonders.

„Wow, das geht ja jetzt irre schnell voran! Inzwischen erkennt man richtig die Ausmaße."

„Wieso? Ich hab mich eher gewundert, dass eine so große Kirche, mitten in der Stadt, immer noch eine Baustelle ist", antwortet er.

So eine Steilvorlage kann sich Zoe einfach nicht entgehen lassen und doziert los:

„Die wurde ja auch erst in den 20er Jahren von Antonio Gaudí entworfen. Als ich in den 80ern zum ersten Mal hier war, ging es extrem langsam voran. Roland hat mir erzählt, dass inzwischen die Steine mit Lasertechnik zurechtgeschnitten werden, und deshalb geht es plötzlich rasant vorwärts. Jetzt muss sogar eine neue Straße vor dem Portal wieder aufgerissen werden, damit die

Kirche ihren ursprünglich geplanten Vorplatz kriegt. Ist doch faszinierend." Malte schaut sie beeindruckt von der Seite an.

„Von dir kann ich ja noch eine ganze Menge über die Stadt lernen", amüsiert er sich.

„Ich bin zwar blond, aber nicht blöd!", stellt Zoe trocken fest.

„Nein, so hatte ich das auch nicht gemeint. Ich find's wirklich interessant."

„Ich weiß", grinst sie ihn an. Malte konzentriert sich wieder aufs Fahren und steuert seinen Wagen weiter durch die nächtlichen Straßen. Langsam entfernen sie sich vom Stadtzentrum. Zoe verliert irgendwann die Orientierung, und Malte macht sich nicht die Mühe, ihr zu erklären, wo es hingeht.

„Komisch, normalerweise hasse ich es, wenn man einfach über meinen Kopf hinweg entscheidet", grübelt sie. „Aber eigentlich ist es ein ganz gutes Gefühl, mal nicht alles selbst bestimmen und organisieren zu müssen."

„Da sind wir!", unterbricht Malte ihre Gedanken. „Ich hoffe, es gefällt dir. Ich war erst einmal hier. War ein toller Abend."

Das nahe liegende „Mit wem?", verkneift sich Zoe gerade noch und folgt ihm ins Restaurant. Sie braucht einen Moment, sich zu orientieren, denn das kleine Lokal ist rauchgeschwängert. Auf einem großen Grillrost, der an einer schweren Kette über dem offenen Feuer hängt, brutzeln imposante Steaks und Würste. Es duftet verführerisch.

„Mmmh, da macht ja allein der Geruch schon satt! Herrlich!", sagt sie begeistert. Malte steuert auf einen der Kellner zu. In perfektem Spanisch fragt er nach seinem reservierten Tisch. Der freundliche Ober geleitet sie an einen kleinen, runden Holztisch mit einer dicken Kerze darauf. Er rückt Zoe den Stuhl zurecht und reicht Malte die Weinkarte. Als er gegangen ist, fragt sie:

„Und was ist mit der Speisekarte?"

„Hier gibt's nur ein Menü: jede Menge köstliches Fleisch, gegrillte Kartoffeln und Salat. Ist das okay für dich?"

„Ja, klar! Wie praktisch. Kein kompliziertes Übersetzen wie beim Italiener in Berlin ..." Zoe ist ehrlich begeistert.

„Wenn ich mich recht erinnere, magst du Rotwein, oder? Dann bestell ich mal eine schöne Flasche Conca de Barberá aus Poblet, wenn's recht ist?"

„Was, den gibt's hier? Das ist ja fantastisch!", antwortet sie begeistert.

„Ach, du kennst den Wein?" Malte ist verblüfft. „Ja, klar. Ich war sogar schon im Kloster Poblet und hab dort den Wein probiert. Vielleicht nicht der edelste Tropfen, aber sehr lecker. Außerdem gibt's pro Jahrgang nur 1500 Flaschen. Das Kloster selbst ist übrigens auch fantastisch", antwortet sie selbstbewusst.

„Du warst im Kloster?"

Zoe schüttelt amüsiert den Kopf.

„Natürlich nur zur Besichtigung. Echt spannend. Ich hab mir vorgestellt, wie das Leben vor ein paar Hundert Jahren war und was für eine miese Rolle die Frauen zu der Zeit gespielt haben: entweder als Magd schuften oder sich als Adelige mit Stickarbeiten langweilen. Nee, das wär nicht mein Fall. Ich kann ja nicht mal richtig Stricken."

„Aber dafür umso besser Reden ..." Malte grinst.

„Stimmt", lacht sie. „Vielleicht hätte ich damals als Spielfrau Karriere gemacht. Ich hätte die Schloss-Partys schon geschmissen."

„Da hätten wir zusammenarbeiten können …"

„Ach, ja?", fragt Zoe interessiert.

„Na, in Berlin hab ich in den 80ern so manche geile Party organisiert", sagt er stolz.

„Ach, deshalb warst du so oft auf den Feten, auf denen ich auch war, und deswegen haben die Mädels immer an dir geklebt …", platzt Zoe heraus.

Malte grinst.

„Och, daran kann ich mich gar nicht mehr erinnern, aber an die tollen Fabriketagen in Kreuzberg und Schöneberg, in denen wir gefeiert haben. Und ich hatte immer die coolsten DJs! Bei mir hat sogar Fetisch aus dem ‚Dschungel' aufgelegt! War mächtig was los. Und Geld konnte man damit auch verdienen. War echt 'ne geile Zeit …" Versonnen blickt er in die Kerzenflamme.

Zoe betrachtet ihn fasziniert.

„Tja, solche coolen Partys gibt's heute nicht mehr, jedenfalls nicht für uns. Dieses Techno-Rave-Zeug oder gruselige 80er-Revival- und ‚Ü-30-Partys' – grauenhaft! Das ist einfach nicht mein Ding." Zoe schüttelt den Kopf. „Du solltest mal wieder 'ne Party schmeißen, Malte!", lächelt sie.

„Dazu ist es jetzt wohl zu spät …", sagt er zweifelnd.

„Quatsch! Es ist nie zu spät!"

„Aber ich bin doch Anwalt."

„Na und? Wie ist aus einem coolen Partymacher eigentlich ein spießiger Anwalt geworden?" Er sieht sie irritiert an und sofort verbessert sie sich: „Äh, so meine ich das nicht! Ich finde dich nicht spießig, aber dein Job ist doch so … Also, macht dir das Spaß?"

„Spaß?" Malte überlegt einen Moment. „Na ja, interessant ist es schon, und ich hab große Verantwortung. Deshalb bin ich ja vor ein paar Jahren nach Spanien gezogen, weil die Herausforderung in einer internationalen Kanzlei größer war. Aber, Spaß? Nee, eigentlich nicht."

Zoe zwinkert ihm aufmunternd zu.

„Na, dann ändre doch was daran! Ich bin auch gerade dabei, mein Leben komplett umzukrempeln. Dazu braucht man natürlich Mut, aber den hast du! Oder?"

Malte lächelt sie zärtlich an.

„Ich denke schon ... Es tut gut, wenn man jemanden an seiner Seite hat, der einen unterstützt." Zoe spürt ein leises Kribbeln zwischen ihren Schulterblättern.

„Ja, doch ... Schon ...", sagt sie vorsichtig.

„Immer nur allein zu sein, ist auf die Dauer nicht gut, oder ...?"

„Oh, wow! Was geht denn hier ab? Das gefällt mir aber gerade ...", denkt sie.

„Mein Privatleben hab ich wohl in letzter Zeit ein bisschen vernachlässigt. Vielleicht sollte ich das ändern?"

„Ja, vielleicht ...", antwortet sie zögernd.

„Würdest du mir dabei eventuell helfen?"

Zoe sucht noch nach einer passenden Antwort, als Malte schon weiter spricht:

„Aber genau genommen bist du ja schon mittendrin, oder?" Sie sieht ihn groß an. „Immerhin hast du mich hierher zum Essen begleitet. Beim letzten Mal war es nämlich nur ein langweiliger Geschäftstermin. Heute macht es viel mehr Spaß!"

Zoe strahlt.

„Danke, für das Kompliment. Vielleicht kann ich Dir irgendwann die Bergdörfer in der Umgebung zeigen?"

„Na, klar! Unbedingt! Woher kennst du dich hier eigentlich so gut aus?"

„Wenn ich bei Roland auf dem Lande Urlaub mache, fahr ich immer per Leihwagen in die Berge. Ist wirklich wunderschön da. Und bald gibt's noch einen Grund mehr hinzufahren. Er werkelt nämlich gerade mit seinem Freund am nächsten Haus rum. Das wird ein Hotel oder besser gesagt ein Appartementhaus", erklärt Zoe begeistert.

„Was? Die knallen diese hässlichen neuen Appartements, die schon die Küste verschandeln, jetzt auch noch in die Berge?", fragt Malte schockiert.

„Nein, ganz im Gegenteil. Die beiden haben in einem wunderschönen, verschlafenen Dorf ein heruntergekommenes Gutshaus gekauft, das seit 30 Jahren vor sich hin gammelte. Und das bauen sie jetzt komplett um. Ich hab bisher nur Fotos davon gesehen, aber es scheint wirklich toll zu werden. Da entstehen gerade vier oder fünf Appartements. Alles äußerlich ‚rustico', aber Bäder und Küchen schön modern. Das wird bestimmt ein Knaller. Roland weiß nur noch nicht so genau, wie er das in Deutschland vermarkten soll."

„Na, dann solltest du das Marketing dafür machen – so enthusiastisch, wie du das gerade verkaufst, überzeugst du sicher auch jede Menge zahlungskräftige Touris. Ich möchte jedenfalls kommen!"

„Gar keine schlechte Idee. Der Job könnte mir gefallen … Na, und vielleicht könnte ich in dem Fall für dich einen kleinen Rabatt raushandeln."

„Spitze, dann buch ich jetzt sofort."

„Ist gebongt. Dann wären wir dort die Ersten", lächelt Zoe versonnen.

„Wir?"

Er grinst sie an.

„Äh, ja, ich will natürlich auch da Urlaub machen – und zwar vor allen anderen. Im Übrigen gibt's auch ein großes Appartement mit drei Schlafzimmern!", beeilt sie sich, festzustellen.

„So viel Platz brauchen wir ja nun auch wieder nicht."

„Warten wir doch erst mal ab, bis es fertig ist. Eine Weile wird der Innenausbau wohl noch dauern."

Bevor Malte weiter auf die gemeinsame Urlaubsplanung eingehen kann, erscheint der Kellner und bringt den Wein. Gleich darauf werden die imposanten Teller mit köstlich duftenden Steaks und Würstchen serviert.

Zoe und Malte lassen sich das Essen schmecken. Der Rotwein passt perfekt zum rustikalen Menü. Die Portion ist riesig, aber Zoe gibt sich redlich Mühe.

„Wenn ich jetzt noch ein Stückchen Grillkartoffel esse, platz ich", denkt sie irgendwann leise stöhnend, stößt aber dennoch möglichst enthusiastisch zwischen zwei Bissen hervor:

„Es ist einfach super-lecker."

„Dir scheint's ja echt zu schmecken, aber magst du den Salat nicht?", fragt Malte vorsichtig.

„Doch, klar!", bringt sie hervor und schiebt sich auch noch eine Scheibe Tomate in den Mund. Malte sieht ihr interessiert zu.

„Ich bewundere deinen Appetit. Möchtest du noch was von mir abhaben? Ich kann einfach nicht mehr. Die Portionen sind echt mächtig."

Sie stutzt, hört auf zu kauen und besieht sich Maltes Teller. Er hat kaum die Hälfte aufgegessen. Zoes Teller dagegen ist fast leer.

Möglichst lässig legt sie daraufhin Messer und Gabel weg, lehnt sich zurück, holt tief Luft, sieht ihn an und sagt ernst:

„War wirklich lecker, aber was gibt's denn jetzt zum Dessert?"

Malte blickt sie irritiert an, und Zoe prustet los:

„Scheeeerz! Ich krieg keinen Bissen mehr runter, und ehrlich gesagt, geht mir das schon seit gut zehn Minuten so, aber ich wollte nicht, dass du denkst, mir schmeckt's hier nicht. Es war herrlich, aber eindeutig zu viel. Ich brauch jetzt ganz schnell eine Pfauenfeder oder wenigstens einen Brandy!" Lachend bestellen sie zwei Gläser „Torres 10".

Beim anschließenden Cortado fragt Zoe, wie es denn jetzt mit ihrer Klage weitergeht.

„Ach ja, da war ja noch was …", sagt er grinsend. „Wenn die kleine Narbe an deiner Nase – ist die eigentlich noch etwas schief oder muss die so? – nicht wär, könnte man kaum glauben, dass du erst neulich einen Unfall mit einem Müllwagen hattest. Aber zum Glück gibt's ja die Fotos, die Roland mir gemailt hat. Die sehen echt professionell aus. Wer hat die eigentlich gemacht?"

„Och, ein Bekannter, der zufällig dabei war", murmelt Zoe.

„Also, die Klage hab ich eingereicht, aber das dauert wahrscheinlich ein paar Monate. Die Fahrer haben nicht abgestritten, dass du auf dem Bürgersteig gestanden hast, und damit stehen unsere Chancen auf Schmerzensgeld ganz gut. Über die Höhe kann ich dir allerdings nichts sagen. Reich wirst du sicher nicht. Was machst du eigentlich beruflich?"

„Tja, wenn ich das wüsste …" Zoe verdreht dramatisch die Augen. „Bis vor Kurzem hab ich in einer Galerie gejobbt, aber jetzt will ich etwas anderes machen. Mir muss nur noch einfallen was …", sagt sie zögernd.

„Oh, klingt interessant …"

„Na ja, mir wär wohler, wenn ich bald eine zündende Idee hätte. Aber das wird schon. Mach dir keine Sorgen."

„Ich mach mir keine Sorgen. So wie ich dich erlebt hab, gehen dir die Ideen bestimmt nicht so schnell aus. Du bist doch ein Organisationstalent. So schnell, wie du in den letzten Tagen mal kurz zwischen Berlin, Barcelona und Mallorca hin und her gesaust bist und den Unfall weggesteckt hast. Außerdem bist du durch und durch Optimistin. Das mag ich. Du lässt dich nicht so schnell unterkriegen und findest immer wieder einen Ausweg. Nee, um dich braucht man sich keine Sorgen zu machen."

Zoe strahlt ihn an. „Wahrscheinlich hast du recht. Kein Wunder – du bist ja auch Rechtsanwalt!", lacht sie. „Eigentlich bin ich ja auch davon überzeugt. Aber manchmal packt mich doch die Panik, weil ich so gar keine konkrete Idee hab, wie es weitergeht mit mir. Na ja, immerhin bekomm ich noch zwei Monate Gehalt und kann mir überlegen, wo es lang gehen soll."

„Das klingt doch super. Ich fühl mich manchmal so fest gefahren und stell mir vor, wie aufregend es sein muss, noch mal ganz was Anderes anzufangen. Völlig frei entscheiden zu können, was ich in Zukunft machen will. Aber dann verlässt mich meist der Mut. Du dagegen hast die Power, deinem Leben eine neue Richtung zu geben. Genieß es! Lass dir keine Angst machen."

Zoe blickt ihm fasziniert in die Augen. So positiv hat ihr noch niemand ihre Lage beschrieben.

„Vielen Dank! Das hab ich gebraucht. Ich glaub, mit der Einstellung kann ich mich auf meinen Weg machen." Befriedigt lehnt sie sich zurück und verschränkt die Arme.

Malte blickt sie irritiert an. Das ist nicht ganz die Erkenntnis, die er sich erhofft hatte. Ein bisschen mehr „unser" oder „wir" hätte ihm eindeutig besser gefallen, doch Zoe ist zu beschäftigt, um das zu bemerken.

Schließlich zahlt er und fährt die gut gelaunt über ihre selbstbestimmte Zukunft plaudernde Zoe zurück in die Stadt.

Vor der Haustür verabschiedet sie sich von Malte mit einem freundschaftlichen Schmatzer auf den Mund.

„Danke für den tollen Abend, das leckere Essen, den köstlichen Wein und vor allem für die Denkanstöße."

„Wann machen wir denn den Ausflug in die Berge?", fragt er behutsam.

„Oh, das hab ich mir noch gar nicht überlegt. Aber eigentlich ist es mir egal", erwidert sie.

„Egal?" Malte sieht sie entgeistert an.

„Nein, nicht egal. Ich meinte nur, dass ich ja Urlaub hab und jederzeit kann", korrigiert sich Zoe. Er atmet durch:

„Wie wär's dann mit Samstag? Soll ich dich abholen?"

„Ja, Samstag ist gut. Das ist übermorgen, oder? Ich komm im Urlaub immer völlig mit den Tagen durcheinander. Also Samstag. Ist elf Uhr für dich okay? Wir fahren ungefähr eine Stunde von hier aus und dann können wir uns einfach treiben lassen, schöne Dörfer und Klöster angucken, Wein probieren, essen und die Landschaft genießen."

„Klingt perfekt. Ich bin übermorgen um elf da!" Er strahlt sie an. Zoe lächelt und verabschiedet sich.

„Ich freu mich! Gute Nacht!" Sie winkt kurz und ist verschwunden.

Eine bittere Erinnerung

Roland liegt auf dem Sofa, als Zoe die Wohnung betritt. Schläfrig richtet er sich auf, ist aber sofort hellwach.

„Und, wie war's? Habt ihr die alten Zeiten wieder aufleben lassen? Und neue gemeinsame Zeiten geplant?"

„Da ist aber einer neugierig ...! Du bist ja schlimmer als meine Mutter", lacht sie.

„Was soll das heißen?", fragt Roland entrüstet. „Ich bin doch wohl nicht wie deine Mutter!"

„Nein, eher wie meine beste Freundin ..."

„Na hör mal, ich bin ein Mann!"

„Und ich hab weibliche Intuition!"

„Brauch ich nicht. Ich weiß auch so, wo's langgeht."

„Ja, sicher, Du bist Mr. Allwissend."

„Und du hast keine ‚beste Freundin'!", schnaubt er.

Zoe stutzt.

„Stimmt. Komisch, eigentlich. Jede Frau hat doch angeblich eine beste Freundin, mit der sie tratscht, shoppen geht und über Männer lästert. Also mal abgesehen davon, dass ich ‚Shoppen' nicht gerade für eine interessante Beschäftigung halte - warum hab ich eigentlich keine?"

Roland hakt interessiert nach:

„Keine Ahnung, sag du's mir."

„Na ja, meine letzte beste Freundin war Steffi."

„Ja, und dann?"

„Die hat mich seinerzeit schwer enttäuscht."

„Was ist damals eigentlich passiert, dass ihr euch so zerstritten habt?"

„Tja, das ist eine traurige Geschichte. Willst du die wirklich hören?"

„Ja, klar. Scheint doch irgendwie ein entscheidender Punkt in deinem Leben zu sein. Darüber hast du noch nie mit mir gesprochen. Wir sitzen hier so entspannt zusammen – na ja, solange du mich nicht mit deiner Mutter vergleichst ... Nun erzähl schon!"

Zoe schenkt sich ein Glas Rotwein ein und überlegt.

„An diese alte Geschichte hab ich schon verdammt lange nicht mehr gedacht ... Steffi und ich waren während der Schulzeit fast so was wie ein Ehepaar, allerdings ohne Erotik. Wir waren so eingespielt, dass die eine die Sätze der anderen beenden konnte. Wir haben praktisch alles gemeinsam gemacht, und unsere Begeisterung für David Bowie hat uns sehr zusammengeschweißt. Allerdings waren wir eigentlich recht verschieden. Ich hatte immer die größeren Chancen bei den Jungs, und Steffi war besser in der Schule. Wenn ich's mir jetzt richtig überleg, hab ich eigentlich mehr an ihr gehangen, als sie an mir. Ich hielt sie immer für kreativer und eiferte ihr in Vielem nach. Wenn sie sich ein paar Schuhe kaufte, suchte ich nach ähnlichen. Wenn sie einen roten Schal trug, musste ich auch einen haben. Nicht exakt den gleichen, weil das ja aufgefallen wäre, aber einen möglichst ähnlichen. Wir hatten dieselben Freunde, denselben Geschmack, haben die erste Zigarette zusammen geraucht, jahrelang erfolglos denselben Typen in der Disco angeschwärmt, Geheimnisse geteilt und praktisch alles gemeinsam gemacht. Ich fand das toll. Das Drama nahm seinen Lauf, als Steffi ein halbes Jahr vor mir ihr Abi machte und nach Berlin ging, wo sie sich schnell mit den coolen Bremer Freunden ihres älteren Bruders anfreundete, die schon in Berlin lebten. Ich hatte die Hoffnung, dass schon bald alles wieder so wie früher sein würde – weil ich ja auch nach Berlin wollte. Steffi dagegen nutzte das halbe Jahr Vorsprung, um sich in ihrem neuen Leben einzurichten. Dann war ich endlich auch in Berlin und dachte, wir könnten unsere Freundschaft einfach fortsetzen. Für mich war es völlig klar, dass sie mir helfen würde, mich in der neuen Stadt zurechtzufinden. Ich hatte mich erst mal mit sämtlichen Klamotten und meinem Bettzeug in Steffis Kreuzberger Einzimmerwohnung einquartiert. Doch ich merkte schnell, dass ihr das eigentlich überhaupt nicht recht war. Nach ein paar Tagen war sie genervt davon, mit mir in einem Zimmer zu wohnen. Das war ein Schock für mich, weil ich die Anzeichen vorher einfach ignoriert hatte. Ich kam mir so abgeschoben und hilflos vor. Ich kannte ja außer Steffi praktisch niemanden in der Stadt. Als ich mich schließlich mit ihr aussprechen wollte, erklärte sie kurz und bündig, dass sie in Berlin ein neues Leben anfangen wolle – ohne mich! Es war furchtbar, genau wie die Trennung von einem Mann, der sich in eine andere verliebt hat. Oder vielleicht noch schlimmer, weil meine beste Freundin mir viel näher war und mich besser kannte, als ein Mann es gekonnt hätte. Umso verletzender war ihr Verhalten. Steffi wusste, wo es wehtat. Ich hab echt gelitten in der Zeit. Zum Glück hab ich ein paar Tage später die Wohnung in Neukölln gefunden, total hässlich, aber teilmöbliert und somit sofort zu beziehen. Mir war zu diesem Zeitpunkt nur wichtig, nicht mehr von Steffi abhängig zu sein, also bin ich mit meinen paar Habseligkeiten Hals über Kopf ausgezogen – und hab sie aus meinem Leben gestrichen, so gut es ging. Wenn ich ihr danach irgendwo über den Weg gelaufen bin, was natürlich öfter passierte, weil wir ja beide in den ,Dschungel' gingen, ich ihre Berliner Freunde ebenfalls von früher kannte und wir in Bremen noch gemeinsame alte Freunde hatten, hab ich sie komplett ignoriert. Sie hat mich mit ihrer Zurückweisung damals sehr verletzt. Als wir uns nach Jahren zufällig auf einer Party wieder begegnet sind, haben wir uns zwar langsam versöhnt und die Vergangenheit ruhen lassen, aber der Riss in der Freundschaft ist geblieben. Das alte Vertrauen war einfach weg. Inzwischen ist das Drama aber echt verjährt, und ich hab mein Leben ganz gut in den Griff gekriegt. Vielleicht war die Trennung damals ja auch für mich ganz gut. So musste ich selbstständig werden. Aber die Art und Weise, wie ich dazu gezwungen wurde, war hart. Tja, und ich konnte nie wieder einer Frau so vertrauen, wie meiner ehemals besten Freundin. Ich wollte nie wieder so verletzt werden. Das erklärt vielleicht, warum seitdem meine engsten Freunde schwule Männer sind. Die haben mich nie so enttäuscht. Und außerdem kann ich mich mit Männern besser streiten – die sind nicht so zickig wie die Weiber!", schmunzelt Zoe.

„Hört, hört …", grinst Roland. „Na ja, jedenfalls nicht zu mir …" Zoe strahlt ihn an.

„Warum auch? Du hast zwar eine ganze Menge Macken, aber die haben wir doch alle." Er lächelt sie aufmunternd an und wird dann wieder ernst: „Ich glaub, alles im Leben hat seinen Sinn. Auch die schmerzhaften Erfahrungen. Ein paar Narben bleiben eben und erinnern uns daran, dass wir auch diese Hürde überlebt haben."

„Hui, du wirst ja richtig philosophisch …"

„Na, bei so einer Geschichte … Aber jetzt ist es genug." Roland setzt sich auf und konstatiert: „Nachdem wir nun auch diesen Teil deiner Vergangenheit bewältigt haben, interessiert mich jetzt die Gegenwart! Du hast meine Frage noch nicht beantwortet: Wie lief's denn nun mit deinem reizenden Anwalt? Habt ihr eure Berliner Vergangenheit aufgearbeitet?"

„Darüber haben wir eigentlich kaum chen." Zoe blickt nachdenklich vor sich hin.

„Ach, das ist ja mal ganz was Neues. Du warst doch in letzter Zeit so auf dem Nostalgietrip. Was hat euch denn sonst beschäftigt?"

„Eigentlich haben wir nur über Gegenwart und Zukunft gesprochen", grinst Zoe.

„Ach, ja …?"

„Ja, aber nicht so, wie du jetzt wieder denkst! Ich hab ihm von eurem Appartementprojekt erzählt, und er hatte da eine interessante Idee. Er meinte, ich sollte doch das Marketing in Deutschland übernehmen. Was meinst du?"

„Spitzenidee!" Roland ist sofort Feuer und Flamme. „Ich hab ja sowieso schon überlegt, wie ich das vernünftig bewerben soll. Davon haben Arnau und ich nämlich keine Ahnung. Also, wenn du dazu Lust hast und ein paar Ideen – nur zu! Das wär doch ein toller Job. Den kannst du in Berlin am Computer machen und ab und zu auch hier vor Ort. Du kriegst einen Anteil für die Vermittlung, und wenn's funktioniert, finden wir sicher auch noch andere Kunden für dich. In der Gegend gibt's ja eine Menge kleine Hotels. Vielleicht kennt Damian ja auch noch ein paar Leute auf Mallorca? Und du hast einen Grund, öfter nach Spanien zu kommen. Das Angenehme mit dem Nützlichen verbinden – meine Devise! Und Malte kannst du dann auch hier besuchen … Noch ein Argument!" Roland strahlt. „So, nachdem wir jetzt deine berufliche Zukunft geklärt haben, können wir ja schlafen gehen. Morgen machen wir uns dann an die Detailplanung." Entschlossen steht er auf, greift sich Flasche und Gläser und bringt sie in die Küche. Zoe sieht ihm verwirrt nach und sagt, mehr zu sich selbst:

„Ja, das klingt gut. Auch, wenn mir das alles ein bisschen schnell geht … Morgen sehen wir weiter …"

Der Ausflug

Am Samstag holt Malte sie ab. Diesmal steht Zoe recht-
zeitig unten vor dem Haus – in Jeans und Turnschuhen!
Sie nehmen die Küstenautobahn Richtung Süden. Als
sie schließlich auf die kleinen Straßen abbiegen, die die
Bergdörfer miteinander verbinden, kurbelt Zoe das
Fenster runter und genießt den warmen Fahrtwind.

„Du bist ja heute so still. Was ist los?", unterbricht Malte ihre Gedanken.

„Alles bestens. Ich genieße einfach. Da vorne müssen
wir übrigens rechts ab, wenn wir nach Rocallaura zu
Roland wollen."

„Aber klar. Ich will doch unsere künftige Ferienresi-
denz vorher mal sehen."

„Na, na, soweit sind wir ja noch nicht … Roland ist
seit gestern auf der Baustelle. Der zeigt uns sicher gern
alles." Malte lässt sich nicht beirren.

„Dann können wir bei ihm ja schon mal
chen." Leicht genervt dreht Zoe sich zu ihm um.

„Ich hab doch gesagt, dass das noch eine ganze Weile
dauern wird, bis die Appartements fertig sind."

Malte sieht sie konsterniert an. Etwas freundlicher
sagt sie daher:

„Ist die Landschaft hier nicht fantastisch? Nur Natur,
so weit das Auge reicht – himmlisch." Sie deutet auf das
fantastische Panorama mit grünen Hügeln, Weinbergen
und Olivenhainen. „Und die Luft ist so klar und rein.
Riechst du das? Den Duft nach Thymian? Irre!" Sie
strahlt Malte an.

„Stimmt, und das alles nur eine Stunde von Barcelona
entfernt. Unglaublich", nickt er. „Hätte gar nicht gedacht, dass ein Großstadtgewächs wie du, sich auf dem
Lande so wohl fühlt."

„Oh, doch! Irgendwann möchte ich auch mal ein Sommerhäuschen im Grünen haben, wo ich selber im Garten wurschteln kann. Am besten in der Nähe von Berlin. Wär doch optimal, wenn man nach Lust und Laune zwischen Stadt und Land pendeln könnte."

„Klingt verlockend. Aber jetzt suchen wir erst mal Rolands neue Residenz, was?" Malte ist mehr daran gelegen, die verlockende Gegenwart in den Griff zu bekommen.

Sie erreichen das Dorf und finden schnell das große, alte Haus. Als sie das riesige, schwere Holztor aufstoßen, empfängt Roland sie in völlig verdreckten Arbeitsklamotten und mit Atemschutzmaske. Fröhlich begrüßt er sie:

„Ich schleif grad einen Schrank ab. Guck mal, Zoe, das ist Eiche! Schön, oder? Hat man vorher gar nicht gesehen. Den hab ich billig auf dem Flohmarkt geschossen. Aber kommt doch rein!" Zoe und Malte bestaunen die riesige Eingangshalle, mit fast zehn Meter hoher Decke.

„Das ist ja Wahnsinn", entfährt es Zoe. „So groß hab ich mir das gar nicht vorgestellt."

„War es auch nicht. Da mussten wir erst mal den aufgeschütteten Steinfußboden freilegen und oben die alten Balken. Das ganze Haus ist ein einziges Überraschungs-Ei. Ständig finden wir weitere Räume, die irgendwann früher einfach zugeschüttet worden sind. Echt spannend. Ach, da sind ja auch zwei von meinen Handwerkern. Der Muskelprotz ist ‚Ivan, der Schreckliche', der Chef der Bulgarentruppe. Ein echter Spaßvogel. Und der Kleine da drüben will mir ständig an die Wäsche – jedenfalls grapscht er mich bei jeder Gelegenheit an", kichert Roland. „Kommt, ich führ euch rum!" Er ist voll in seinem Element. Zoe beobachtet fasziniert, wie ihr alter Freund auf dem Bau völlig andere Seiten von sich offenbart. Hier ist er eindeutig der Chef, scherzt mit seinen Handwerkern, die ihn augenscheinlich mögen und respektieren, und hat alles im Griff.

Malte und Zoe folgen ihm durch das große Haus. Überall hängen Kabel aus den Wänden und die steilen Treppen haben noch keine Geländer. Im Boden klaffen große Löcher, die nur notdürftig mit Brettern abgedeckt sind. Zoe lauscht begeistert Rolands Beschreibungen der nächsten Baumaßnahmen und lässt sich zeigen, wo die Küchen und Bäder entstehen sollen.

„Das ist ja absolut großartig", sagt sie ehrlich begeistert.

Malte blickt sich skeptisch um. Er sieht in erster Linie eine chaotische Baustelle, während Zoe in Gedanken schon alles eingerichtet hat. Schließlich fragt er:

„Und wie viele Appartements sollen hier entstehen?" Zoe übernimmt sofort den Job der Marketing-Chefin:

„Na, fünf. Vier kleinere, für jeweils zwei Personen und dann das große, kombinierbare, von dem ich dir schon erzählt hab, in dem sechs Personen wohnen können. Außerdem gibt's noch den Pool im Garten, den Weinkeller und die große Eingangshalle mit Bar und Kamin. Das hat Roland uns doch gerade alles gezeigt." Sie kann gar nicht fassen, dass Malte Zweifel haben könnte. Roland ergänzt ebenso euphorisch:

„Und Zoe sorgt dann dafür, dass wir immer ausgebucht sind! Machst du doch, oder?"

„Na, klar! Ich seh alles schon vor mir! Und das Appartement mit der großen Dachterrasse und dem wahnsinnigen Rundumblick über das Tal, das miete ich." Malte sieht sie zweifelnd an, schweigt aber.

Roland ist schon beim nächsten Programmpunkt:

„Ich mach hier gleich Feierabend. Wenn ihr Lust habt, könnt ihr mitkommen nach Hause. Wir kochen was und ihr könnt auch gerne übernachten, falls es später wird. Die drei Katzen und Berta warten sicher schon."

„Drei Katzen? Und wer ist Berta?", fragt Malte unbehaglich.

„Na, das ist doch Rolands Hund. So ein wuscheliger spanischer Hirtenhund. Sehr lieb, ein bisschen verrückt und langsam etwas schwerhörig", erklärt Zoe lachend.

„Ach so. Wie nett, Hunde mag ich! Aber Katzen … Und dann gleich drei?"

„Ich liebe Katzen!", erwidert Zoe mit Inbrunst. „Berta ist ja auch ein Schatz, aber dieses ewige Gassi gehen. Also nee, auf die Dauer hätte ich dann doch lieber Katzen."

„Na ja, ich mag eben keine Katzen." Malte grinst sie an – nicht ahnend, dass er gerade auf einer Tretmine steht. Zoe wird von einer Sekunde auf die andere sauer und blafft ihn an:

„Nee, da gibt's nichts zu klären. Entweder Katzen oder gar keine Haustiere!"

Bevor Malte darauf reagieren kann, mischt sich Roland ein. Er kennt seine alte Freundin zu gut und ahnt, dass sie gerade Anlauf für eine Grundsatzdiskussion nimmt. „Wollen wir mal los? Sonst wird's zu spät zum Einkaufen."

„Und ich wollte doch noch Wein in dem Kloster kaufen", sagt Malte bedächtig, um die „tierische" Diskussion diplomatisch zu beenden. „Kennst du den Weg von hier aus, Zoe?"

„Ja, ich kenn mich aus", antwortet sie spitz, um dann versöhnlicher fortzufahren: „Roland, kaufst du was zu Essen ein? Wir sorgen für die Getränke."

„Sicher. Kauft den Wein lieber in der kleinen Celleria in Barberá de Conca. Dort ist er besser und billiger – im Fünf-Liter-Plastikkanister. Du weißt doch noch wo das ist, Zoe, oder? Und außerdem müsst ihr dann nicht ganz so weit fahren."

„Ja, das ist eine gute Idee. Zur Klosterbesichtigung ist es jetzt sowieso zu spät. Los, Malte, wir fahren schon mal vor, gondeln dann gemütlich zu Roland rüber und genießen noch ein bisschen die Landschaft. Okay?" Zoe hat wieder blendende Laune.

„Perfekt. Wir sehen uns später bei mir. Ich geh auch vorher noch mit Berta raus …", grinst Roland sie an. Sie knufft ihn scherzend in den Bauch, gibt ihm ein Abschiedsküsschen und zieht Malte mit nach draußen.

Vor Einbruch der Dämmerung erreichen sie gut gelaunt das Dorf – das heikle Thema „Haustiere" hatten sie tunlichst gemieden. Malte parkt in der schmalen Straße, direkt vor dem Haus. Berta springt sofort an Zoe hoch, als Roland die Tür öffnet. Sie kriegt sich vor Begeisterung gar nicht mehr ein. Nicht nur ihr langer, puscheliger Schwanz, sondern ihr ganzes Hinterteil wackelt vor laute Freude über den unerwarteten Besuch. Zoe streichelt die Hündin ausgiebig, und auch Malte krault ihr liebevoll das wuschelige Fell. Die drei Katzen sind, wie immer, etwas zurückhaltender und besehen sich die Ankömmlinge erst mal. Doch dann siegt die Neugier. Zoe lässt sich sofort auf dem dunkelroten Terrakotta-Boden nieder und lockt die Miezen. Diese beschnüffeln interessiert ihre Hand und streichen kurz an ihren Beinen entlang.

„Nun komm, Zoe. Geschmust wird später. Jetzt kochen wir erst mal. Ich mach Paella. Das Rezept hab ich von Arnau – allerdings etwas modifiziert. Musst du ihm ja nicht verraten. Du weißt, wie überzeugt er von seiner Kochkunst ist, und er hätte sicher was dagegen, dass ich statt Reis diese kleinen Nudeln nehme. Aber die sind grad noch da. Schmeckt bestimmt auch. Wo ist der Wein?" Roland wuselt geschäftig durch die offene Küche.

Malte hievt die Fünf-Liter-Plastikflasche auf den Küchentisch und sagt unsicher:

„Hoffentlich ist der wirklich so gut, wie du gesagt hast. In der Plastikpulle ohne Etikett sieht er ja nicht so edel aus. Vielleicht sollten wir ihn wenigstens umfüllen?"

„Das mach ich!", reagiert Zoe sofort, springt auf und greift nach dem braunen Keramikgefäß auf dem Kaminsims.

„Aber vorher noch mal ausspülen", kommandiert Roland. „Die steht da schon länger."

Zoe säubert die Karaffe und gießt vorsichtig den glutroten Barberá ein. Der Duft des köstlichen Weins steigt ihr in die Nase, und sie leckt genießerisch einen Tropfen ab, der auf ihre Hand gespritzt ist.

„Lecker!", seufzt sie.

Da fliegt die Haustür auf, und Arnau schiebt sich mit diversen Tüten bepackt ins Haus.

„Na, das ist ja eine Überraschung!" Zoe begrüßt ihn mit einem Küsschen.

„Was machst du denn hier? Ich dachte, du müsstest heute in Barcelona arbeiten", fragt Roland.

„Als du mir heute Nachmittag erzählt hast, dass Zoe mit einem Freund kommt, hab ich meinen Termin verschoben und eingekauft: Es gibt Carne a la brasa!", verkündet er stolz und wuchtet seine Tüten auf den Küchentresen.

„Aber ich wollte gerade Paella machen", wendet Roland ein. Arnau sieht sich um.

„Mit *den* Nudeln?", fragt er entgeistert.

„Na ja, Reis war nicht mehr da …"

„Lass mich mal …!" Arnau schiebt Roland beiseite. „Du kannst den Salat vorbereiten. Ich hab alles dabei: Radiccio, Tomaten, Champignons und Mangos. Das wird lecker!"

„Und wie machst du das Carne a la brasa?", fragt Malte vorsichtig.

„Oh, perdón! Du bist Zoes neuer Freund? Hola, ich bin Arnau." Er streckt Malte die Hand entgegen.

„Malte."

„Herzlich willkommen! Es gibt Fleisch, im offenen Kamin gegrillt. Dazu Kartoffeln und Salat – muy típico catalan! Das habt ihr bestimmt so noch nicht gegessen."

Malte und Zoe grinsen sich an.

„Arnau hatte früher mal ein Restaurant. Er ist ein fantastischer Koch", erklärt sie.

„Hm hm", murmelt Roland, dem die Koch-Show seines Freundes etwas auf die Nerven geht. „Ich mach mich dann mal an die Hilfsarbeiten – wie immer …" Er verdreht die Augen, feuert den großen, offenen Küchen-Kamin an, beginnt den Salat zu schnippeln und grinst Zoe an. „Setzt ihr euch doch raus und trinkt ein Glas Wein – mein Mann und ich kochen jetzt …"

Zoe und Malte bewundern die exotischen Pflanzen und vor allem die riesige Bananenstaude, die in dem kleinen Innenhof wachsen. Sie saugt den Jasmin-Duft ein, lauscht dem Grillenzirpen, genießt die Ruhe und trinkt einen Schluck.

„Herrlich hier! So kann man's aushalten", sagt Malte.

„Ja, die Jungs haben es sich echt gemütlich gemacht. Die genießen ihr Leben – Harmonie pur", schwärmt Zoe. Im selben Moment kommt ein lautes Poltern aus der Küche. Gefolgt von einem Aufschrei:

„Aua!"

„Qué pasa, Roland? Cuídado! Pass auf, cariño!"

Zoe rennt in die Küche. Roland steht mit erhobenen Händen vor dem Kamin. Zu seinen Füßen liegt der Grillrost. „Ich hab mir die Finger verbrannt! Verdammt!", flucht er.

„Halt deine Hände sofort unter kaltes Wasser!", weist Zoe ihn an.

„Habt ihr Brandsalbe im Haus?", fragt Malte.

„So schlimm ist es nicht", meint Arnau. Er balanciert eine große Schale mit mariniertem Fleisch.

„Woher willst du das wissen? Bist du etwa auch noch Arzt?", pampt Roland ihn an und hält seine Finger unter den Wasserhahn. „Oh, das tut gut …" Er atmet auf.

„Zeig mal her." Zoe besieht sich den Schaden. „Ist wirklich nicht so schlimm, nur ein bisschen rot, keine Brandblasen."

„Sag ich doch", sagt Arnau leise und legt den Grillrost mit einem Topflappen zurück auf die Glut.

Roland hat sich wieder einigermaßen beruhigt. „Aber Salatschnippeln geht jetzt nicht mehr!"

„Kann ich vielleicht helfen?", fragt Malte sofort. „Ich koch total gern und Salat ist mein Spezialgebiet." Er grinst Arnau an.

„Klar, gerne!" Zu Zoe und Roland gewandt ergänzt er: „Ihr könnt ja schon mal den Tisch decken. Das geht jetzt ganz schnell."

Roland blickt Zoe an und verdreht die Augen. „Schon wieder niedere Dienste", murmelt er grinsend.

„Qué?", erkundigt sich Arnau.

„Nada … Nimmst du die Gläser, Zoe? Ich komm mit den Tellern."

Sie setzen sich an den großen alten Holztisch im Esszimmer. Malte streicht zärtlich über das Holz.

„So was Schönes kriegt man heute kaum noch. Wo habt ihr den denn her?"

„Vom Flohmarkt. Da sah er allerdings noch nicht so aus. Das hat mich einige Wochen Beizen, Schleifen und Versiegeln gekostet", erklärt Roland stolz.

„Toll, wenn man handwerklich so begabt ist."

„Das bin ich auch!", mischt sich Zoe ein. Sie ist bester Laune. Das Grillfleisch dampft auf dem Tisch. „Jetzt lasst uns endlich essen. Kochen kann ich übrigens nicht!"

Nach dem Essen sitzen sie auf der Dachterrasse und bewundern den orange-roten Sonnenuntergang über den Bergen. Die kleine, schwarz-weiße Katze hat es sich inzwischen gnädig – nach vier vorsichtigen Drehungen mit steil erhobenem Schwanz – auf Zoes Schoß bequem gemacht. Berta schnarcht entspannt zu Maltes Füßen und lässt sich auch nicht dadurch stören, dass er sie ab und zu unter den Pfoten kitzelt. Die Grillen zirpen, es weht ein leichter, warmer Wind – ein perfekter Sommerabend.

Schließlich fragt Roland in die entspannte Stille:

„Was ist denn nun? Übernachtet ihr heute hier?" Malte und Zoe blicken sich irritiert an. Eine nahe liegende Frage, aber trotzdem kommt sie für beide in diesem Moment überraschend.

„Tja, mit all dem Wein im Kopf sollte man wohl besser nicht mehr fahren, was?", antwortet Malte schließlich vorsichtig. „Habt ihr denn genügend Platz?"

„Ja, klar. Hier übernachten dauernd Leute, Familie und Freunde. Wir haben im ersten Stock ein kleines

Gästezimmer für zwei, in dem Zoe immer wohnt, wenn sie zu Besuch ist, aber auch noch eine Couch nebenan, auf der man schlafen kann. Ist wirklich kein Problem."

Roland lehnt sich entspannt zurück und blickt Zoe lächelnd an. Sie blitzt ihn mit hochgezogener Augenbraue vielsagend an und denkt:

„Hatten wir nicht gerade darüber gesprochen, dass ich mich konsequent von den Kerlen fernhalten wollte? Und jetzt bereitet mir ausgerechnet mein Verbündeter Roland das Lotterbett. Nicht zu fassen."

Malte strahlt sie an und sagt fröhlich:

„Also, wenn's dir recht ist, Zoe, dann würd ich das Angebot gern annehmen. Ich schlaf natürlich auf der Couch!"

„Ach, so ist das!", denkt sie schmollend. „Der gibt ja schnell auf. Gentleman oder desinteressiert?"

„Wunderbar. Dann nehm ich mit den Katzen das Schlafzimmer", erklärt sie lässig.

Roland schmunzelt, und Zoe holt die nächste Karaffe Rotwein aus der Küche.

Ihre Gastgeber nippen nur an ihren Gläsern, aber Malte und Zoe lassen sich den köstlichen Wein schmecken und kommen ins Plaudern. Roland erzählt enthusiastisch von den neuesten spanischen Kinofilmen, die Zoe jedoch nicht kennt.

„Du bist schon verdammt lange weg aus Deutschland und ein echter Spanier geworden", stellt sie fest.

„Ob mir das je gelingt ...?", seufzt Malte nachdenklich. „Ich lebe schon seit drei Jahren hier, aber zu Hause fühl ich mich eigentlich nicht."

„Und was denkst du, woran das liegt?", fragt Zoe interessiert.

„Na ja ..." Er druckst herum. „Ich weiß nicht. Allein macht das eben alles nicht so viel Spaß. Da geh ich lieber auch am Wochenende ins Büro, bevor ich ohne Plan durch die Gegend fahr oder zu Hause rumsitze. Ich kenn zwar ein paar Leute hier, aber die haben alle Familie. Das ist ab und zu mal ganz nett, aber auf Dauer hab ich doch keine Lust, mich länger mit jemandem zu unterhalten, der gar nicht richtig zuhört, weil er ständig gucken muss, was der Nachwuchs gerade mal wieder anstellt."

Damit findet er bei Zoe volles Verständnis.

„Das geht mir auch auf die Nerven. Man kann sich mit Eltern einfach nicht vernünftig unterhalten. Die sind ständig abgelenkt – furchtbar!"

„Noch schlimmer sind eigentlich nur schreiende Babys", ergänzt Roland.

Zoe kichert.

„Wer hat eigentlich diesen Mythos vom unwiderstehlichen Baby-‚Duft' erfunden? Den können wohl nur Eltern riechen, die dank der Gene auf ihre Brut geprägt sind. Ich riech immer nur saure Milch und volle Windeln. Und gibt es etwas Unerotischeres, als junge Väter, die ihren Nachwuchs über den Kopf heben, ihre Nase tief im Pampers-verpackten Baby-Po versenken und freudig verkünden: ‚Es ist mal wieder soweit!'? Bäh!"

„Tja, vielleicht kann man das nur nachvollziehen, wenn man selber Kinder hat …", sagt Malte vorsichtig.

Doch bevor Zoe zu einer längeren Ausführung zum Thema Familie und Kinder ansetzen kann, schaltet sich Roland ein:

„So, ihr Lieben, wir gehen dann mal ins Bett. Der Tag auf dem Bau hat mich ganz schön geschlaucht. Lasst euch nicht stören. Ihr habt ja alles, Wein ist noch reichlich da. Zoe, dein Bett ist frisch bezogen, und für Malte leg ich Bettzeug auf die Couch. Also, dann! Morgen können wir ausschlafen – ohne Kindergeschrei!"

Gute Nacht!" Er zwinkert Zoe zu und verzieht sich mit Arnau ins Schlafzimmer.

Als sie gegangen sind, werden Zoe und Malte unsicher. Sie krault nachdenklich den dicken grauen Kater, der es sich inzwischen auf ihrem Schoß bequem gemacht hat.

„Ist echt nett von Roland und Arnau, dass sie uns hier schlafen lassen", sagt Malte leichthin.

„Ja, so sind sie ...", antwortet sie unbestimmt. Wieder tritt Stille ein. Keiner weiß, was der andere von ihm erwartet.

„Grandioser Sternenhimmel!", sagt Zoe schließlich. „Vielleicht sehen wir ja noch eine Sternschnuppe ..."

„Oh ja, das wär toll. Dann kann man sich was wünschen ..."

„Und was würdest du dir wünschen?"

„Das darf man doch nicht verraten", lächelt er sie vielsagend an.

„Stimmt."

„Oh Mann, was ist denn jetzt? Was will er? Was will ich? Verdammt! So sehr ich das Zusammensein mit ihm genieße ... Ich kann doch, wegen eines romantischen Augenblicks, nicht alle meine Vorsätze über Bord werfen. Allerdings ist da noch sein entzückendes Grübchen. Ooohhh, verdammt! Was mach ich bloß?" Zoe konzentriert sich wieder intensiv aufs Kraulen des weichen Fells.

„Ist eigentlich gar nicht so schrecklich, so eine Katze", sagt Malte plötzlich. Zoe blickt überrascht auf – und verliert sich in seinen dunklen Augen. Er saugt sie mit seinem Blick förmlich auf.

Er lehnt sich herüber und legt behutsam seinen Arm um ihre Schulter. Zoe lässt es geschehen und den Kopf langsam an seine Schulter sinken. Sie blickt in den funkelnden Sternenhimmel, streichelt weiter den Kater und spürt intensiv den warmen Körper neben sich.

„Fühlt sich irgendwie richtig an. Man muss doch auch mal was genießen dürfen …“, denkt sie, und zuckt plötzlich zusammen.

„Da!“

„Was ist?“, fragt Malte verwirrt und folgt ihrem Blick in den nachtschwarzen Himmel.

„Eine Sternschnuppe! Ich hab eine gesehen!“, ruft Zoe aufgeregt und deutet auf die Stelle, wo sie gerade verglüht ist.

Begeistert blickt sie zwischen Malte und dem Firmament hin und her. Er lächelt, nimmt zärtlich ihr Gesicht in seine Hände und dreht sie sanft, bis sie ihm wieder in die Augen blickt.

„Na, dann darfst du dir ja jetzt was wünschen.“

Zoe unterdrückt gerade noch den Impuls, ihm sofort zu sagen, was sie sich gewünscht hat. Stattdessen lächelt sie und nickt stumm.

„Wenn er jetzt meine Gedanken lesen kann und richtig handelt, dann wird alles gut“, hofft sie.

Er küsst sie zärtlich. Zoe erwidert seinen Kuss und öffnet vorsichtig die Lippen. Er reagiert sofort und zieht sie enger an sich. Sie küssen sich leidenschaftlich – bis plötzlich der vernachlässigte Kater mit einem entrüsteten Miauen von Zoes Schoß springt.

Lachend lösen sich Malte und Zoe aus ihrer Umarmung und sehen dem, mit hocherhobenem Schwanz, beleidigt abziehenden Kater hinterher. „Jetzt kann ich verstehen, warum du Katzen gegenüber etwas voreingenommen bist“, amüsiert sie sich. „Manchmal können die genauso störend sein, wie Kinder.“

„Die können es eben auch nicht leiden, wenn keiner mit ihnen schmust. Eigentlich ganz sympathisch.“

Zoe nimmt ihr Weinglas und trinkt einen kleinen Schluck. Dann blickt sie ihn erwartungsvoll an.

„Und jetzt?"

„Tja, jetzt gehen wir wohl mal langsam schlafen, was? Ich muss ja auch noch die Couch beziehen." Zoe sieht ihn entgeistert an und denkt:

„Wie bitte? Wie soll ich denn jetzt schlafen? Warum machen Männer eigentlich nie das, was ich von ihnen erwarte? Das ist doch zum Verrücktwerden!"

Sie reißt sich zusammen, nickt und entgegnet so locker wie möglich:

„Ja, ist wohl vernünftiger. Die Katzen wollen auch ins Bett …"

Back To The Future

Nach einer „tierischen" Nacht – Zoe hatte sich ihr Bett mit den drei Katzen geteilt, Berta hatte es sich schnarchend vor Maltes Couch gemütlich gemacht – gehen die vier ins dörfliche „Casal" und genießen als spätes Frühstück ihren Café con leche und warme, mit Pudding und Schokolade gefüllte Blätterteigstückchen.

Zoe hat nicht so gut geschlafen. Zum einen, weil die Katzen so gedrängelt haben, und zum anderen, weil ihr eingefallen war, dass sie womöglich im Schlaf Dinge ausplaudern könnte, die Malte durch die dünne Flügeltür besser nicht hören sollte. Er schien nicht von solchen Problemen geplagt zu sein – Zoe hatte seine ruhigen, gleichmäßigen Atemzüge durch die verglaste Tür gehört. Während dieser unruhigen Nacht hatte sie sämtliche Pros und Contras genau abgewogen und schließlich beschlossen, dass die romantische Knutscherei keine Konsequenzen haben würde. Sie ist fest entschlossen, sich nicht von Emotionen aus der Bahn werfen zu lassen.

„Ich muss das einfach durchziehen. Wenn ich jetzt gleich wieder aufgebe und auf eine wilde Romanze und was da sonst noch draus werden kann, hoffe, wird das nie was. Malte hat sein Leben hier in Spanien. Und ich bin nicht dafür geboren, die ‚Frau an seiner Seite' zu geben. Verdammt! Warum ist das bloß alles so kompliziert …?"

Sie nippt an ihrem heißen Kaffee, reckt müde die verspannten Glieder und gähnt herzhaft.

„Na, urlaubsreif?", neckt Malte.

Zoe lächelt ihn an.

„Nee, eigentlich bin ich inzwischen echt erholt. Ich brauch nur noch einen Kaffee, dann bin ich wieder fit."

„Und wie sehen deine Pläne aus?", fragt Roland.

„Ich werd mal checken, wann der nächste Flug zurück nach Berlin geht. Oh Gott, hoffentlich begegne ich Max da nicht wieder …"

„Wer ist Max? Und wieso willst du schon wieder zurück? Ich denk, dir gefällt's hier." Malte sieht sie entgeistert an.

Zoe kann ihm nicht in die Augen sehen und versucht locker und optimistisch zu klingen, als sie das ausspricht, was sie sich in der schlaflosen Nacht vorgebetet hatte:

„Ja, schon, war eine aufregende Zeit hier in Spanien, aber ich muss mich langsam mal darum kümmern, dass meine schiefe Nase wieder ihre ursprüngliche Form erhält. Außerdem hab ich das Gefühl, dass ich mich mit meinem Leben auseinandersetzen muss. Und das spielt sich nun mal in Berlin ab. Ach, und Max ist ein alter Bekannter von der Uni."

„Na ja, vielleicht kann ich ja bald mal nach Berlin kommen. Was meinst du?" Malte sieht sie hoffnungsvoll an.

„Gerne! Dann kannst du mich endlich mal in meiner natürlichen Umgebung erleben", lächelt Zoe und betrachtet eingehend sein Grübchen.

Eine Stunde später verabschieden sie sich von Roland und Arnau, die wieder zu ihrer Baustelle wollen.

„Ich halt dich auf dem Laufenden, was unsere Appartements angeht. Und sobald alles fertig ist, brauch ich dich mit guten Ideen fürs Marketing", sagt Roland.

„Natürlich! Das ist doch der Plan. Du bist jetzt mein Start in eine neue, berufliche Zukunft. Mal sehen, was mir bis dahin so alles einfällt. Vielleicht brauchen ja auch meine Ex-Chefs ein bisschen Marketing-Unterstützung, damit die endlich ein paar neue zahlungskräftige Kunden kriegen", kichert sie.

„Gute Idee! Das schaffst du!", meint Malte mit Nachdruck.

„Danke! Ich glaub auch. Man soll dem Glück nicht hinterherrennen, sondern ihm entgegengehen, hat ein alter Freund mal gesagt. Und ich bin inzwischen zuversichtlich, dass da noch Einiges auf mich zukommt."

„Und wenn du anwaltliche Unterstützung brauchst, weißt du ja, wo du mich findest. Vielleicht hast du ja auch einfach mal so Lust, mich anzurufen oder zu besuchen", strahlt er sie an.

„Ja, ganz bestimmt!", platzt Zoe heraus. „Und vielleicht wird ja das Schmerzensgeld, das du für mich einklagst, mein Startkapital."

Malte fährt Zoe zurück nach Barcelona. Obwohl sich beide bemühen, möglichst locker mit der Situation umzugehen, ist die Stimmung gedrückt. Unsicher stehen sie vor dem Haus. Zoe weiß nicht, was sie sagen soll. Schließlich nimmt Malte sie in die Arme und drückt sie lange und fest an sich. Er spürt, dass Zoes Gefühle gerade Achterbahn fahren. Sanft löst er sich, sieht ihr tief in die Augen und küsst sie zärtlich. Zoe läuft ein wohliger Schauer über den Rücken.

Er sieht sie ernst an.

„Ruf mich an, wenn du weißt, wann du fliegst. Dann fahr ich dich zum Flughafen. So sehen wir uns wenigstens noch mal."

Zoe versinkt wieder in seinen braunen Augen. Plötzlich hat sie das Gefühl, gerade die Dummheit des Jahrhunderts zu begehen. Hektisch sieht sie sich um.

„Was ist los?", fragt er verwirrt.

„Bis eben war ich sicher, dass ich genau weiß, wo es für mich langgeht. Und nun krieg ich plötzlich Panik."

„Aber warum denn?"

„Ach, ich weiß nicht, ob ich die richtige Entscheidung getroffen habe. Aber das muss ich erst mal durchziehen. Verstehst du?"

„Meine liebe Zoe, ich lass dich wirklich nicht gern gehen, aber so wie ich dich hier kennengelernt habe, hab ich eins kapiert: Wenn du das jetzt nicht machst, wirst du immer denken, dass du die Chance auf einen echten Neuanfang verpasst hast. Und damit würden weder du noch ich auf Dauer glücklich. Hab ich recht?"

„Ja, Herr Rechtsanwalt!" Zoe kann endlich wieder lächeln. „Und du kommst mich wirklich bald besuchen?"

„Darauf kannst du dich verlassen! So eine tolle Frau lass ich doch nicht wieder von der Leine – auch wenn's jetzt erst mal die ganz lange zwischen Barcelona und Berlin ist." Zoe schmiegt sich glücklich in Maltes Arme, und in ihrem Kopf entsteht langsam, aber sicher eine wunderbare Erkenntnis:

„Wahrscheinlich ist eine Fernbeziehung ja genau das, was ich immer gesucht hab. Zu wissen, dass da einer ist, der dich liebt, den du liebst und trotzdem alle – na ja, fast alle … – Freiheiten des Singlelebens genießen. Ohne Einengung, ohne spießiges ‚Eheleben' und den langweiligen, grauen Alltag. Vielleicht fängt mein neues Leben jetzt endlich an!"

Einige Monate später

Zoe sitzt an ihrem Schreibtisch und kämpft sich durch ihre Mails, als das Telefon klingelt.

„Zoes Marketing-Agentur, guten Tag!", meldet sie sich fröhlich.

„Ich erschreck mich immer noch, wenn du dich so professionell meldest", ertönt Rolands Stimme.

„Oh, hallo Roland! Wie schön, dass du mal wieder anrufst. Was gibt's?"

„Nichts Dienstliches. Wollte einfach mal hören, wie's dir geht. Arnau und ich überlegen, bald mal wieder nach Berlin zu kommen."

„Ja, klar, gerne! Du weißt, dass hier immer Platz für euch ist!", lacht Zoe. „Ich hätte dich übrigens später auch noch angerufen, weil ich gerade eine Buchung für drei Wochen im Juni reinbekommen hab. Ein nettes Pärchen hätte gern das Appartement mit der Dachterrasse …"

„Oh, klasse. Mailst du mir die Namen wie üblich rüber?"

„Nicht nötig. Du kennst sie … Malte und ich brauchen endlich mal wieder gemeinsam Urlaub. Jetzt, wo er seinen langweiligen Anwaltsjob an den Nagel gehängt und sich wieder auf seine alten Qualitäten besonnen hat, ist Malte viel zufriedener. Seit er in den 80ern in Berlin seine Partys veranstaltet hat, hat sich zwar Einiges verändert, aber das Prinzip ist das gleiche geblieben. Und seit er auch noch in Spanien diese Musik-Events organisiert, pendelt er ständig zwischen Barcelona und Berlin und ist voll in seinem Element. War echt 'ne gute Idee, das gemeinsam mit Uwe und Harry vom ,Rock' aufzuziehen – das mit dem Eis hatte ja keine Zukunft. Aber die Partys laufen wie verrückt – die schwule Community feiert eben gerne. Ist zwar stressig, aber Malte hat wieder Spaß bei der Arbeit. Und bei mir brummt der Laden auch. Die Galerie in Kreuzberg läuft jetzt übrigens super. Endlich haben meine Ex-Chefs echte Kunstkenner als Kunden und müssen sich nicht mehr mit zickigen ‚Interieur-Scouts' herumärgern. Aber im Juni nehmen Malte und ich uns auf jeden Fall frei, und dann wollen wir zu euch nach Rocallaura kommen."

„Dorthin, wo alles begann …", seufzt Roland mit dramatischer Stimme und lacht los. „Wir freuen uns!"

„Und wir erst! Dann kann ich ja schon mal organisieren – vor allem, dass sich jemand um meine beiden Katzen und Maltes verrückten Hund kümmert."

„Ja, ja, Zoes Kleinfamilie …", lästert Roland scherzend.

„Genau wie bei dir – und zum Glück ebenfalls ohne Kinder! Und dabei bleibt's!"

„Wenn du dir was in den Kopf gesetzt hast, dann ziehst du das auch durch. Richtig?"

Zoe lacht schallend auf.

„Richtig!"

Mein herzlicher Dank gilt

- Jan, für seine Liebe und unendliche Geduld mit meinem Temperament
- meinen Eltern, für die Sicherheit und Unterstützung
- Roland und Damian, für Inspiration und positive Energie
- Piet, für den Groove (Hier! Jetzt! Sofort!)
- Hape, fürs Mutmachen und die Freundschaft
- David, Lou und Iggy, für den Soundtrack meines Lebens
- Gerhard, Iko und Fritz, für eine wilde Zeit
- Maike, mit dem feinen Näschen für Humor
- Thomas und Eva, Bella und Susi für die Freundschaft
- Walter, für die liebevolle Umsorgung
- Renate, die immer an mich geglaubt hat
- Frau Lü., für ihre Solidarität
- Christine, die nicht locker gelassen hat
- Doris, für ihren Humor
- und allen Menschen, die mein Leben bereichert haben, vor allem denjenigen, die mich zu der einen oder anderen Romanfigur inspiriert haben

Foto © privat

Foto © Claudia Toman, Traumstoff

Autorin

bibo Loebnau ist gelernte Journalistin, verheiratet und lebt abwechselnd in Berlin und einem kleinen Haus am See in der Mark Brandenburg. Dort, mit Blick in die Natur, entstehen die meisten ihrer Bücher.

Vor ihrer schriftstellerischen Karriere arbeitete sie als Journalistin für verschiedene Zeitungen und betreute als PR-Redakteurin die TV-Shows von Hape Kerkeling, Anke Engelke, Kai Pflaume, Christoph Maria Herbst, Harald Schmidt, Thomas Gottschalk u.v.a.

bibo Loebnau veröffentlichte 2009 ihren ersten Roman „Zoe" (Eichborn Verlag), 2010 ihre Erzählung „Tief-Blau" (Wurdack Verlag, in der Anthologie „Hinterland"), und ihr Roman „Schorsch Clooney, die Landluft und ich" (books2read) erschien 2014. 2016 erschien ihr Roman „Sonne, Meer und Wolkenbruch".

2017 veröffentlichte sie ihren Debüt-Roman unter dem Titel „Zoe – Damals ist noch lang nicht heute" in der ursprünglichen, ungekürzten Fassung neu.

bibo Loebnau ist Mitglied der Autorenvereinigung DELIA

Kontakt und Infos zu bibo Loebnau:
www.facebook.com/autorinbiboloebnau
www.bibo-loebnau.de

Übrigens:
Das alte Gutshaus in Rocallaura ist mittlerweile fertig renoviert, und Roland freut sich auf neue Gäste ;-)
www.cansulo.eu

Foto © Can Sulo